Nicole

Plan américain

Du même auteur,
chez le même éditeur

Mister Bones, 2005
(et « Piccolo » n° 58)

Un patron modèle, 2008
(et « Piccolo » n° 84)

Un bouddhiste en colère, 2011
(et « Piccolo » n° 101)

Et les regrets aussi, 2016

Mécanique de la chute, 2019
(et « Piccolo » n° 165)

Seth Greenland

Plan américain

Traduit de l'anglais (États-Unis)
par Adélaïde Pralon

Liana Levi

Titre original : *Bleecker and Bowery*

ISBN : 979-10-349-0813-4

www.lianalevi.fr

Pour moi, c'est ravir au monde le soleil que d'ôter de la vie l'amitié.

Cicéron

Le cinéma ressemble à la peinture, à la musique, à la littérature et à la danse; ce sont des moyens d'expression qu'on peut utiliser, mais rien n'y oblige, à des fins artistiques.

Rudolph Arnheim, *Le Cinéma est un art*,
trad. Françoise Pinel, L'Arche, 1989

1

Quand j'annonçai à mon père que j'allais devenir réalisateur, il ne me demanda pas quel genre de films je voulais faire.

« C'est avec ça que tu vas rembourser ton prêt étudiant ?

– Un jour, oui. »

À sa décharge, il n'eut pas l'air décontenancé par ma réponse.

« Eh bien, si tu veux être réalisateur, tu n'as qu'à faire des films.

– Des longs-métrages, déclarai-je.

– Quelle différence ?

– Je veux faire de l'art. »

Il grogna. « Prépare-toi à conduire un taxi. »

Mon père était dans la mercerie. Il vendait toutes sortes de petits objets et accessoires comme des boutons à trous et des boutons pression. Des aiguilles aussi, du fil, des épingles et des crayons textiles. Il n'avait jamais envisagé d'élargir son horizon. Le monde lui faisait peur et sa vision étriquée de la vie se manifestait chez lui par des hémorroïdes chroniques. Il aurait aimé que je rejoigne l'entreprise familiale, mais il avait compris que ses subtiles tentatives de culpabilisation n'avaient aucun effet sur moi. Si mon but était de devenir réalisateur, très bien. Mais *deviens-le*, dit-il, ne te contente pas d'en parler. Il me laissa aussi clairement entendre qu'il ne financerait pas ce projet. Sur un ton un peu sec, il me conseilla d'épouser une femme riche : « Ça te rendra la vie plus facile. » Ma mère, qui tenait les comptes de mon père et qui rêvait aussi que je me consacre à la mercerie, approuva. Ça ne l'aurait pas dérangée d'accueillir une héritière dans la famille.

À l'université de New York, j'appris les rudiments de l'écriture de scénarios, de la prise de vue, de la prise de son et du montage. Je réalisai plusieurs courts-métrages assez bien accueillis, dont un qui reçut la médaille d'or au festival d'Ann Arbor (dans la catégorie « Étudiant »). J'avais donc raison de croire en moi.

À la fin de mes études, ma dette étudiante était aussi élevée que les Alpes. Pour faire des économies, je retournai sans enthousiasme vivre à Long Island, dans la maison à deux étages de mes parents. Le malaise américain des années 70 était alors à son comble et, après quatre ans d'école de cinéma, je considérais le fait de devoir attendre des jours meilleurs dans ma chambre d'enfant comme le présage d'un échec terrifiant.

Bien que mon rêve fût de réaliser des films, aucune personne sensée ne m'aurait confié autre chose à réaliser que des travaux de ménage et pour monter mes projets moi-même, il m'aurait fallu des fonds que je ne possédais pas. Plusieurs réalisateurs européens reconnus dont mes camarades et moi admirions les œuvres avaient d'abord été journalistes. Cette voie me paraissait donc judicieuse : partir à la conquête du monde, interroger des personnes célèbres et de fil en aiguille, me retrouver au bout de quelques années sur un plateau de tournage en train de diriger Robert De Niro.

En quête d'un emploi, j'envoyai à une infinité de journaux des photocopies des critiques de films que j'avais écrites gratuitement pour un journal local (*Circulation 2000*). Je prenais le train de Long Island jusqu'aux cinémas d'art et d'essai de New York où j'assistais à des séances doubles, ébloui par les plans sur plans, les images en noir et blanc et les visages lumineux des acteurs de la Nouvelle Vague française, de la Nouvelle Vague anglaise, de la Nouvelle Vague tchèque, du nouveau cinéma allemand, du néoréalisme italien et du cinéma japonais, si vivants à l'écran sous la houlette de Federico Fellini, Werner Herzog, Wim Wenders, Agnès Varda, Jean-Luc Godard, François Truffaut, Akira Kurosawa, Miloš Forman, et de leurs homologues américains Robert Altman, Woody Allen, Francis Ford Coppola, Martin Scorsese et Stanley Kubrick.

Après les projections, je buvais du café dans des *diners*, je fumais des Lucky Strike et, muni de gros stylos-billes, consignais mes pensées dans des carnets à couverture marbrée. Les angles de prises de vues, l'éclairage, les palettes de couleurs, le montage, le son, la musique, les performances des acteurs, tout était minutieusement disséqué et archivé en prévision de l'avenir. Je méditais sur la notion de « politique des auteurs »[1]. J'imaginais mes propres films.

Un après-midi, je découvris *Spartacus* au Thalia – Kubrick avait trente et un ans quand il le réalisa – et développai une obsession pour la Rome antique. À la bibliothèque de la Cinquième Avenue, je dévorais des ouvrages entiers sur le sujet. Fasciné par les empereurs, les gladiateurs, les centurions, les écrivains et les artistes, je m'intéressais tout particulièrement au personnage

1. Théorie définie et défendue par Truffaut dans les années 50, selon laquelle le réalisateur est véritablement « l'auteur » d'un film. *(Toutes les notes sont de la traductrice.)*

de Cicéron, admirant le pouvoir que lui conférait l'art de manier le langage. Deux mille ans après sa mort, il était toujours considéré comme le plus grand orateur de l'Histoire. Cicéron avait Rome à ses pieds, mais il finit la tête sur un pic. Un homme illustre détruit par ses rivaux. Son destin résonnait à toutes les époques. Si *Un homme pour l'éternité,* sur la vie de Sir Thomas More, pouvait rafler tous les oscars, Cicéron attirerait forcément le public. Ainsi, avec un niveau d'ambition déconnecté de toute réalité – je n'imaginais pas une seconde que mes élucubrations sur les enjeux politiques de l'Antiquité ne susciteraient l'intérêt d'aucun producteur digne de ce nom –, j'entrepris de pondre mon premier scénario de long-métrage.

Tandis que l'été glissait paresseusement vers la Fête du Travail[1], pour la première fois de ma vie, je ne reprenais pas le chemin de l'école et un vide béant, effrayant, s'ouvrait peu à peu devant moi. À l'approche de Thanksgiving, mon père me rappelait régulièrement que les fast-foods du coin recrutaient. Gagné par le désespoir, je répondis à une annonce du *Village Voice* indiquant qu'une revue cherchait des rédacteurs. C'est ainsi que je me retrouvai à Union Square, dans les bureaux de *Classy,* un magazine érotique aux prétentions littéraires. La rédactrice en chef était Candy Mitchell, une femme léonine d'une quarantaine d'années aux cheveux noirs tirés dans un chignon sévère, vêtue d'un tailleur aussi serré qu'un fourreau et de bottes en cuir montant jusqu'aux genoux. Elle écrasa sa cigarette et chaussa des lunettes de lecture pour examiner mes articles. La parfaite bibliothécaire dominatrice. Ancienne actrice de films X et féministe engagée, elle ne

1. Célébrée le premier lundi de septembre.

voyait pas en quoi le fait d'avoir eu des rapports sexuels à l'écran avec plus d'hommes qu'il n'en fallait pour remplir un bus à l'heure de pointe l'empêchait d'être une intellectuelle. Pendant que je contemplais les couvertures encadrées de *Classy* qui ornaient les murs de son bureau, elle se lança dans un discours pontifiant sur les ambitions qu'elle avait pour le magazine, citant quelques auteurs célèbres dont elle avait publié des textes mineurs. Le boulot consistait à rédiger le courrier des lecteurs (sous des noms d'emprunt), des légendes et des critiques de films ; je pouvais aussi proposer des articles de fond si je voulais. Le salaire n'était pas mirobolant, mais suffisant pour me libérer du cocon familial.

Au moment où je partais, une petite femme d'environ mon âge aux cheveux bouclés, aux épaules rondes et au sourire de travers m'arrêta. Elle portait une chemise d'homme, une cravate à pois et des bretelles.

« Ça fait six mois que je suis l'assistante de Candy, murmura-t-elle. Maintenant, je déteste le sexe. »

Entrée en scène de Claudia Sabatini, originaire de Flatbush et comique en devenir.

Mes parents furent ravis d'apprendre que j'étais désormais critique de cinéma. Quant à moi, j'étais attiré par le côté louche du magazine. Je le trouvais subversif, punk.

En dehors de quelques rares exceptions, mes collègues formaient une bande de marginaux aussi libres d'esprit que leurs lecteurs. Culottés et décomplexés, ils adoraient le McDo et la lutte féminine. Un jour de pluie où je commis l'erreur de porter un trench coat ayant appartenu à mon père, je fus cruellement raillé pour ce choix stylistique bourgeois décadent. Je faisais référence à Eddie Constantine dans *Alphaville*, qui faisait référence à Humphrey Bogart dans *Le Faucon maltais*. Le chœur grinçant de mes collègues me fit savoir que j'avais surtout l'air d'un *trou du cul*.

Était-ce un environnement de travail hostile ? C'était New York en 1976.

Claudia me présenta Loomis Hayes, le directeur artistique, un homosexuel d'une trentaine d'années originaire du Mississippi qui plaquait savamment ses cheveux blonds sur son crâne pour tenter de cacher sa calvitie. Sur son bureau, trônait un presse-papiers en pierre en forme de pénis qu'il prétendait être tombé d'une sculpture grandeur nature érigée sur la tombe d'Oscar Wilde au cimetière du Père-Lachaise. Lors de discussions animées, il le pointait en direction de son interlocuteur.

Le collègue dont j'étais le plus proche était le seul homme noir du journal. Assistant éditorial ambitieux, House Rogers avait mon âge et venait de terminer ses études dans son Kentucky natal. Il vivait avec sa grande sœur actrice dans Washington Heights. Nous passions généralement nos pauses-déjeuner à plaisanter sur les angoisses des hommes sensibles prisonniers d'un monde de pornosoft. Tout en comptant sérieusement devenir journaliste de presse écrite, House abordait la vie avec humour. Il me montra un jour comment il marchait dans le métro quand il se rendait dans les quartiers chics, ce qui me sembla être la démarche d'une personne ordinaire, puis passa à l'attitude qu'il adoptait en débouchant dans la 168e Rue, fléchissant le genou gauche et balançant son bras droit. Je n'arrivais pas à savoir si c'était un vrai truc, mais il avait l'air convaincu que sa façon de bouger pourrait faciliter son insertion dans la haute société.

Le vendredi, en fin d'après-midi, House, Claudia et moi nous retrouvions dans le bureau de Loomis où, après nous avoir servi des gimlets[1], il nous racontait ce que ça faisait d'être né homosexuel dans le Sud et d'être l'enfant caché de Tennessee Williams, Tallulah Bankhead et d'une bouteille de bourbon de luxe. Ces réunions dissipaient toutes les angoisses du quotidien. Loomis nous baptisa le Club des jeunes buveurs pornographes. Nous prêtâmes serment sur le membre de pierre d'Oscar Wilde.

Les loyers les plus abordables de Manhattan se trouvaient dans East Village où je dégotai un loft en ruines au coin de Bleecker Street et de la Bowery. Le loyer s'élevait à trois cents dollars par mois. L'ancien occupant était le musicien de jazz Ornette Coleman qui avait laissé derrière lui une veste de costume noire avec, sur la doublure, son nom brodé en lettres d'or. J'étais fan de lui et croyais fermement qu'en portant son vêtement, je m'enveloppais dans sa cape de créativité. J'étais impatient de la lui rendre s'il venait un jour la chercher. Dans Orchard Street, j'achetai un fedora gris orné d'une épingle à perle. Le chapeau allait parfaitement avec la veste et, assorti d'un jean noir, la tenue devint mon uniforme.

Les lofts de l'époque n'avaient pas grand-chose à voir avec ceux d'aujourd'hui. Dans les années 70, il s'agissait d'espaces nus où les artistes survivaient à la marge, alors que maintenant ils servent de nids douillets à des traders nantis. Malgré les conditions de vie austères, habiter dans un loft dépouillé représentait pour moi un luxe, mon éducation petite-bourgeoise m'ayant appris à idéaliser les symboles de la pauvreté digne. Je m'aménageai un espace de travail en posant une vieille porte sur deux tréteaux. J'y installai la machine à écrire

1. Cocktail composé de gin et de jus de citron vert.

Corona qui m'avait accompagné pendant mes études de cinéma. Quelques planches de bois brut posées sur des parpaings me servaient d'étagère. Un tapis usé sur le sol. En guise de rideaux, des couvertures miteuses tenues par des punaises. La porte de l'immeuble en acier, l'escalier sombre à l'odeur mystérieuse, la douche accolée à l'évier de la cuisine, les toilettes dans un placard, les hordes de cafards, les punaises d'eau géantes, grandes comme des boîtes d'allumettes, qui décollaient avant de se transformer en bombardiers japonais, la souris intrépide qui se comportait comme si c'était moi l'intrus : rien de tout cela ne me dérangeait car cet espace était le théâtre parfait où donner vie au personnage que j'espérais devenir.

La pire tempête de la décennie s'abattit sur la ville le week-end qui suivit mon emménagement. Cinquante centimètres de neige tombèrent en trente-six heures, étouffant le grondement habituel et invitant les citadins à contempler la nature, soit, dans mon cas, les arbres squelettiques de Tompkins Square Park qui, avec leurs branches rachitiques blanchies, offraient un spectacle des plus sordides.

Mes parents partirent à l'assaut des routes périlleuses pour venir dîner en ville au Chumley's, un ancien bar clandestin planqué au fin fond de West Village où mon grand-père avait emmené mon père dans les années 40. Traverser la ville pour les retrouver prit des allures d'expédition à travers le Yukon. Les rares piétons, emmitouflés jusqu'au cou, traçaient à pas lourds des sentiers dans la neige immaculée.

Je me trouvais à ce moment de la vie où, tremblant au bord du précipice de la nouveauté, la jeune créature secoue sa chrysalide et se prépare à voler vers des aventures aussi désirées qu'imprévisibles. Je me souviens de mes parents ce soir-là: ma mère dans le manteau de fourrure que mon père lui avait offert quelques années plus tôt à la place de leur séjour annuel en Floride et mon père assis sur un donut gonflable pour atténuer la gêne d'une nouvelle crise d'hémorroïdes. Tout en ayant le plus grand respect pour l'homme qui avait réussi à se hisser de la classe moyenne inférieure du Queens jusqu'au confort de la banlieue douillette, comme des millions de jeunes avant moi, j'aspirais à autre chose. C'était le «Jour de l'Indépendance».

«Rappelle-toi, dit mon père, si tu veux aller loin, mets de l'eau dans ton vin.» Devise grâce à laquelle il avait passé sa vie à vendre des articles de mercerie.

Ma mère leva son verre de sherry et déclara: «Pauly – c'était la seule à m'appeler Pauly –, tu es critique de cinéma!» Comment aurais-je pu lui avouer que j'avais passé la journée à rédiger la critique de *Livreuses de pizza chaudes à souhait*?

Après le dîner, nous trinquâmes à l'avenir autour d'un verre de cognac. Ce soir-là, les adieux ressemblèrent à la séparation de deux wagons de fret, condamnés à emporter leur cargaison dans des directions opposées vers des contrées lointaines.

Alors que j'avançais à pas mesurés sur les trottoirs salés menant à mon nouveau chez moi, soufflant des nuages de vapeur dans la nuit, je me retrouvai seul à Sheridan Square devant un magasin de cigares à attendre que le feu passe au rouge quand, sous les lueurs jaunes des réverbères, surgit un homme chaussé de skis de fond qui glissait gracieusement dans la Septième Avenue à travers une pluie de flocons. La rue était presque déserte et cette silhouette filante, en apparence tellement incongrue dans le paysage urbain et en même temps tellement adéquate, est l'image qui me vient toujours à l'esprit quand je pense au New York de l'époque, où des éclairs de beauté transcendantale se manifestaient pour disparaître aussitôt, convoqués plus tard en pensée, dans des moments moroses, comme des signes porteurs d'espoir et de possibilités infinies.

Deux années s'écoulèrent pendant lesquelles j'enchaînai les critiques pour *Classy* et vendis ponctuellement des articles à d'autres journaux tout en continuant à travailler sur le scénario de mon Cicéron. Je sortis avec une chorégraphe qui roulait à moto. Elle me largua au bout de six mois soi-disant parce que je n'étais pas assez physique, ce qui voulait dire que je dansais trop mal. J'allais tout le temps au cinéma, cultivant mes liens avec Marcello Mastroianni, Toshiro Mifune, Giulietta Masina, Jean-Pierre Léaud, Anna Karina. Un jour que je mangeais des *pirojki*[1] au Kiev, dans la 7e Rue Est, je vis à la table voisine Allen Ginsberg avec un beau jeune homme. Et aussi Lou Reed acheter des cigarettes à trois heures du matin dans une épicerie de la Deuxième Avenue, aussi frétillant que la nuit. Un soir de printemps, je tombai sur un tournage dans St. Mark's Place ; des camions étaient garés le long des trottoirs et des projecteurs baignaient la rue de lumière. Bavant d'envie devant ceux qui avaient réussi à entrer dans la ronde, je me contentai de contempler ce village enchanté, peuplé d'artisans et d'artistes, de créateurs en tous genres qui pouvaient se vanter d'être largement plus implantés dans le milieu que moi. L'Amérique à l'ouest de l'Hudson était une abstraction : le choc pétrolier, le gouvernement Carter, Olivia Newton-John – sans intérêt. Tout se passait à New York, mais pas pour moi. Mon

1. Ravioles farcies à la pomme de terre, au chou ou à la viande.

copain House était sur le point de décrocher un boulot de journaliste au *Daily News*.

J'avais vingt-cinq ans et il était temps que je me bouge.

2

Le comedy club était situé dans l'Upper East Side, un quartier peuplé de familles et de jeunes cadres aux boulots exigeant le port du costume avec le plus grand sérieux et, par une moite soirée d'été, je me retrouvai là-bas, au coin d'une rue, à attendre House. Le club organisait une scène ouverte. Notre amie Claudia nous avait prévenus qu'elle y participerait. Bien que le soleil fût un lointain souvenir, une chaleur oppressante pesait sur la ville et mon dos dégoulinait de sueur. Je consultai ma montre.

« On est en avance ! » C'était House qui m'avait vu regarder l'heure. Il était accompagné d'une jeune femme noire qui se mouvait avec une souplesse aquatique en totale opposition avec sa démarche monolithique à lui. Il ne m'avait pas dit qu'il serait accompagné, sinon j'aurais exigé que sa cavalière amène une amie parce que maintenant, la soirée allait prendre une toute autre tournure et pendant que je me disais ça, il annonça : « Je te présente ma sœur, Avery. »

Ce qui changeait complètement la donne.

Elle était grande et élancée, avec un teint café au lait et de grands yeux noisette qui illuminaient son visage ovale. Vêtue simplement d'un pantalon de lin gris, d'un ample T-shirt blanc et de ballerines, elle dégageait un parfum subtil et agréable de noix de coco et de citron. C'était une bombe.

« Ravie de te rencontrer, Pablo. » Sa voix était chaude et grave. Elle me tendit la main. Sa peau était douce, sa poigne tendre, mais ferme. Elle me regardait droit dans les yeux avec une franchise captivante. « *Mi hermano dijo cosas buenas de ti.* »

Je n'avais aucune idée de ce que ça voulait dire. « Pablo, c'est un surnom, expliquai-je. Mon nom, c'est Paul. J'étais nul en espagnol, du coup, *mi amigos* ont décidé de m'appeler Pablo.

– Mon frère ne tarit pas d'éloges sur toi, traduisit-elle.

– Avery joue dans *La Mégère apprivoisée* à Central Park et c'est son soir de relâche. »

House m'avait dit que sa sœur était actrice, mais il n'avait pas précisé qu'elle faisait partie de celles qui décrochent des rôles prestigieux. C'était la première fois que je rencontrais un être ayant atteint un tel niveau de succès.

« Devrais-je être ébloui ? demandai-je.

– Évidemment », dit-elle.

J'avais beau feindre l'indifférence, j'avais du mal à cacher mon admiration. Je me trouvais face à une actrice professionnelle qui foulait une des scènes les plus convoitées de New York. « Shakespeare in the Park » était une institution aux connotations magiques pour tous les jeunes rêvant d'entrer dans le show-business, un symbole de prestige auquel un artiste en herbe comme moi n'osait même pas prétendre.

« Je suis prêt à accepter que tu te joignes à nous ce soir si – je marquai une pause théâtrale – si – je répétai le mot pour ménager mon effet – si tu nous files des invitations à ton frère et moi pour aller voir l'histoire de la mégère.

– L'histoire de la mégère ?

– Enfin, si tu promets qu'elle est vraiment apprivoisée », ajoutai-je.

Heureusement pour moi, elle eut l'air amusée. « C'est la croix et la bannière pour avoir des invitations, répondit-elle, parce que la distribution est énorme, mais si tu te pointes cinq heures en avance et que tu fais la queue, je pourrais certainement te faire entrer gratis. » Cette proposition avait été prononcée sur un ton à la fois taquin et avisé. On distribuait en effet des places de dernière minute aux passionnés qui avaient poireauté pendant des heures, souvent sous la pluie ou sous un soleil cuisant, tous deux également fournis gratuitement.

Le mélange de beauté, d'aplomb et de réussite professionnelle de cette femme me donna envie de faire bonne impression si bien que pendant que nous nous dirigions vers le club, mon système nerveux se mit à surchauffer.

« Tu aimes la comédie ? demanda le jeune homme, incapable de trouver quelque chose d'intelligent à dire, tentai-je.

– Peut-être que je rencontrerai quelqu'un de drôle ce soir, répondit-elle. Mais essaie encore. »

Pourquoi vouloir flirter avec la sœur de mon ami ? Elle naviguait sous des cieux plus vastes. House eut alors la bonne idée d'orienter la conversation vers un film de la blaxploitation[1] qu'il avait vu récemment.

Tout en marchant, nous nous mîmes à débattre de la valeur du genre – Avery le trouvait rabaissant. (« Je n'ai pas passé quatre ans à bosser Shakespeare à Juilliard pour jouer une mama sexy dans une combi en velours. ») House croyait à l'utilité de ces films qui, quoique puérils, pouvaient avoir un effet positif sur la société. (« Un des bons

1. Courant cinématographique des années 70 visant à offrir des rôles de premier plan à des acteurs afro-américains.

côtés, c'est qu'ils donnent du pouvoir à ceux qui n'en ont pas», à quoi sa sœur répondit: «Tu ne t'es jamais retrouvé face à un réalisateur blanc qui te demande de jouer la panthère.») Je gardai presque toujours le silence, craignant de marcher sur une des mines dont ce terrain était truffé et au moment où le frère et la sœur semblaient avoir parcouru le sujet en long et en large, nous arrivâmes au club.

Le public s'agglutinait autour de longues tables perpendiculaires à la scène. Là, un pianiste blanc au physique de jeune laborantin jouait des chansons pop sur un vieux piano droit adossé à un mur en briques. La musique était à peine audible au milieu des bavardages indifférents de la foule. J'entendis quelqu'un appeler mon nom, me retournai et découvris au loin Loomis Hayes avec son petit ami. J'agitai la main, Loomis croisa les doigts et articula silencieusement: «J'espère qu'elle va assurer» à propos de Claudia.

Le présentateur de la soirée se rua sur le micro.

«Bienvenue à notre scène ouverte, commença-t-il. Vous allez découvrir des comiques formidables.» Un temps. «Enfin, pas ce soir. Peut-être si vous revenez demain. Mais vous êtes là, vous avez déjà bu un verre… je rigole! Nous avons des artistes très doués avec nous ce soir et le grand Richard Pryor, mesdames et messieurs…» Il appuya sur le nom célèbre pour être sûr d'être entendu et reçut une ovation. Une fois la foule calmée, il reprit: «… ne sera malheureusement pas des nôtres.»

Le public éclata de rire. Quelques personnes grognèrent.

«Ne vous inquiétez pas, ajouta-t-il. Si vous n'aimez pas le spectacle, on ira tous boire un café ensemble après.» Il reçut encore quelques applaudissements, posa les mains sur ses hanches et sonda la foule. «On y va, vous êtes prêts?»

En noir de la tête aux pieds, avec une chemise à manches longues, un pantalon serré et des chaussures à semelles de crêpe, Frank Bones, alias Mister Bones, fit son entrée. À la sobriété de sa palette vestimentaire, je me reconnus tout de suite en lui. Avec ses traits anguleux, ses cheveux châtains en bataille qu'il lissait théâtralement au besoin et ses lunettes aux verres teintés, Bones était une tornade d'improvisation dévastatrice. Les comiques de la télé étant le plus souvent des types d'une cinquantaine d'années en costards qui racontaient des blagues sur leurs vacances avec leur femme, Bones fut pour moi une révélation. Il était tellement à l'aise sur scène qu'il donnait l'impression d'être chez lui, dans un appartement aux lumières tamisées. Nous étions ses invités et lui, le plus brillant des hôtes. Il plaisantait avec les spectateurs, montrant clairement qui était le boss, allant jusqu'à convaincre une femme à l'accent de Brooklyn en T-shirt rose extra moulant orné de brillants argentés de lui prêter son sac à main. Il s'empressa de le vider et d'en étaler le contenu – cigarettes, mascara, tampon, poudrier, bonbons à la menthe – dressant en même temps un portrait psychologique de la propriétaire qui fit hurler de rire le public. Puis il remarqua House.

« Ça va pour toi, mon frère ? » lança-t-il en jouant son fameux personnage de Noir.

Il fut un temps où cette pratique était malheureusement monnaie courante, les humoristes n'hésitant pas à imiter différents types ethniques. Aujourd'hui, on est gêné rien que d'y penser.

House regarda le comédien avec indulgence. Bones attendait.

« Compte pas sur moi pour faire le nègre pour toi, mec », lança finalement House.

Son sang-froid paralysa l'auditoire. L'espace d'un instant, l'oxygène cessa de circuler dans la salle. Quelqu'un près de nous osa un « waouh ». Et personne ne rit parce que la remarque de House n'était pas censée être drôle. Bones cherchait un moyen de retomber sur ses pattes.

Brisant le court silence, Avery ajouta : « Et ne compte pas sur moi non plus », qui déclencha un tonnerre de rires et d'applaudissements.

Bones prit rapidement la température de la salle, heureux d'entendre des rires mais pressé d'en redevenir l'élément déclencheur. « En tant qu'homme noir... dit-il de façon incongrue car il n'était évidemment pas noir... je sais ce que vous pensez, mais je vous jure que je suis noir à l'intérieur. Je suis avec vous, mes frères, et c'est pour ça que je vais maintenant imiter pour vous Neil Young faisant une pub pour des croquettes pour chiens. » Il se lança alors dans une imitation parfaite de la voix nasale du chanteur. Énorme carton. Il tenait à nouveau le public dans le creux de sa main.

À un moment, il tira un papier de sa poche et présenta le comique suivant, un prof de sports originaire du Bronx nommé Lenny qui se mit torse nu et se couvrit de crème chantilly en suppliant les spectateurs de scander : « Vas-y, Lenny » ce qu'ils firent sans retenue. Bones inventa tout un numéro pour nettoyer la scène, lançant au type qui sortait : « Mec, on dirait qu'un éléphant a joui sur le plateau » puis annonça Claudia.

Disons que malgré quelques blagues acceptables sur son enfance dans le Queens (« Il y avait tellement de paumés dans mon lycée qu'on avait un club de sniffeurs de colle »), son trac ne laissait pas augurer un avenir radieux sur les planches. House et Avery l'applaudirent néanmoins avec enthousiasme. J'étais soulagé de voir qu'ils s'amusaient.

« Le prochain artiste est un imitateur, nous avertit Bones, et ce soir, il va tenter d'imiter un mec drôle. Son nom me fait penser à celui que je portais *avant* d'en changer pour entrer dans le show biz. Merci d'accueillir Franklin Gladstone. »

Étonné, je me rappelai que Franklin Gladstone était un garçon que j'avais rencontré dans les Berkshires, au camp Iroquois. Son cousin Hal dormait dans le même chalet que moi et nous étions devenus amis pendant la colonie de vacances. Je sais que l'humour est subjectif, mais je n'avais jamais trouvé Franklin particulièrement drôle. Il avait pris du poids et masquait son nouvel embonpoint sous une large veste. Il adressa un sourire enjôleur au public et saisit le micro à deux mains. Il portait une bague en or à l'auriculaire et une gourmette. « Bonsoir, mes petits chats », commença-t-il avec un faux air d'Elvis Presley. Le chanteur venait de connaître une fin tragique et le numéro de Franklin prit rapidement le même chemin. Il consistait en une succession de clichés avec, après Elvis (à l'époque, tout le monde faisait Elvis), des imitations de toutes les vieilles stars de cinéma que les humoristes de la télé ressassaient depuis dix ans. Franklin transpirait abondamment et parlait trop vite. Ses talents d'acteur étaient médiocres et ses sujets dignes du répertoire d'un vendeur de chaussures. À la fin, je pris congé de mes amis pour aller le saluer et mentir sur la qualité de sa performance.

Accoudé au bar, un verre de rhum-coca à la main, il essuyait la sueur de son front avec une serviette. Quand il me vit, son visage s'illumina, mais je fus aussitôt distrait en m'apercevant que son voisin n'était autre que son cousin Hal.

« Pablo Schwartzman », lança Hal, sa peau lisse étirée par un large sourire, révélant des dents éclatantes parfaitement alignées. À côté de lui, se tenait une jeune femme mince de taille moyenne portant une robe droite décontractée et des sandales. Je n'avais pas vu sa sœur Bebe depuis au moins cinq ans. Une épaisse chevelure brune s'amoncelait sur le sommet de son crâne et quand elle pencha la tête en souriant, une paire de minuscules boucles d'oreilles carrées en céramique rebondirent contre son cou gracieux. Elle gardait ses distances et sa façon de me saluer me donna l'impression de subir une évaluation. Elle paraissait indisposée par le nuage de testostérone environnant, déferlante de tapes dans le dos et de poignées de main. Après que Hal eut fait un commentaire sur mes tennis et m'eut demandé si je faisais toujours du basket (c'était le cas), le visage de Franklin se figea en une expression d'attente désespérée. Quoique je me targue de toujours dire la vérité, je ne suis pas insensible, donc tout en gratifiant son large dos d'une nouvelle claque amicale, je lui annonçai que j'espérais bien le voir dans le *Tonight Show* d'ici l'année prochaine. Il hocha vigoureusement la tête et me demanda quelles étaient mes imitations préférées.

« Oh, répondis-je, impossible de choisir. »

Une fois Franklin apaisé et reconnaissant, je pus reporter mon attention sur Hal qui, adossé au bar comme s'il avait investi des millions dans le lieu, sirotait un grand verre de bière. Le contraste avec son cousin suant était saisissant.

Hal portait un polo blanc rentré dans un pantalon kaki, une ceinture en cuir de veau avec une discrète boucle dorée et des tennis. On aurait dit qu'il venait de disputer un match en trois sets, s'était douché, rasé et cherchait à présent quelle fête honorer de sa délicieuse présence. Mais comme nous nous étions rencontrés en camp de vacances presque quinze ans plus tôt et que nous avions passé cinq étés ensemble dans les Berkshires, dont le dernier en tant qu'apprentis moniteurs, j'avais l'impression de le connaître. J'étais allé chez lui, dans un coin nettement plus chic que le Long Island de mon enfance, il m'avait présenté sa famille et quelques-uns de ses amis. Même si je m'étais toujours senti comme une sorte de cousin de la campagne, moins riche, évidemment, et par conséquent, moins sophistiqué, je l'avais toujours bien aimé. À l'époque, quand on appréciait quelqu'un, la formule consacrée était *c'est un chic type* qui sous-entendait qu'en toute circonstance, le type en question opterait pour la solution la plus intègre, en accord ou non avec la loi en vigueur, or Hal Gladstone répondait parfaitement à cette définition. Ses parents possédaient une maison gigantesque plantée au milieu de quelques hectares bien entretenus dans le quartier de Maple Hill, où se regroupaient tous les riches de Westchester, et à chaque fois que j'allais chez lui, je trouvais une bande de garçons en train de jouer au basket ou de nager dans la piscine scintillante.

Hal était toujours au centre des activités et s'il avait grandi dans un milieu plus modeste, je ne crois pas qu'il aurait été très différent. Tous les jeunes s'habillaient à peu près de la même façon au lycée. Il avait depuis quelque peu changé de look, mais moi aussi. Chacun s'essaie au monde adulte à sa façon. Pourquoi nous étions-nous perdus de vue ? Pourquoi perd-on les gens de vue ? Nous étions tous les deux allés à la fac forger nos personnalités d'hommes, nous avions dû laisser tomber nos peaux d'enfants et avec elles, les êtres qui les constituaient. Mais j'étais très content de le revoir.

« Tu es rutilant, Hal », dis-je en admirant sa tenue, son bronzage estival, son style chiadé. « Lustré.

– Je ne m'appelle plus Hal », m'informa-t-il sur le ton légèrement menaçant que prennent les gens quand ils vous informent qu'ils ont changé de nom, l'air de dire : s'il te plaît, ne commets plus cette erreur. « C'est Jay maintenant.

– Jay ? Jay Gladstone ? »

La nouvelle me dérouta. Je ne l'avais jamais entendu se faire appeler autrement que Hal, quoique parfois, nous l'appelions Gladdy. Il avait l'air d'un Hal : sec, sportif. Franklin n'avait pas l'air d'un Franklin, un nom que j'associais au président Roosevelt.

« C'est mon deuxième prénom, expliqua l'ancien Hal. J'ai laissé tomber Harold en première année de fac.

– Harold Jay Gladstone ?

– C'est vachement pompeux, non ?

– Je trouve ça super que tu aies changé, intervint Bebe.

– Merci, Beatrice, dit Jay en tapotant le bras de sa sœur.

– C'est aussi pour ça que je me fais appeler Bebe, ajouta-t-elle en me regardant.

– Je ne comprends pas pourquoi tu as changé de nom, intervint Franklin. Hal, c'est très bien, comme nom.

– Vu que toi, ça ne te dérange pas de t'appeler Franklin, je préfère me fier à mon propre jugement, conclut Jay avant d'avaler une grande gorgée de bière.

– Comme tu veux », dit Franklin. Il rota bruyamment et s'éloigna.

« Je comprends que les acteurs prennent des pseudonymes, poursuivit Jay. On est tous en représentation, non ? Par exemple, toi, ton nom, c'est Paul. Mais aux yeux du monde, tu es Pablo.

– Comme Picasso », précisai-je.

Jay sourit et continua de siroter sa bière. Il prit des nouvelles de mes parents, qu'il avait toujours considérés comme des gens formidables, et me chargea de leur passer le bonjour. Jay avait le don de vous faire croire qu'il s'intéressait sincèrement à vous, il vous installait dans une intimité qui sous-entendait que tant que vous seriez à ses côtés, votre existence serait meilleure.

Nous nous racontâmes nos vies – il travaillait pour la société immobilière familiale ; je lui parlai de mes critiques de films (sans dire pour qui je les écrivais), racontai l'histoire de mon scénario et mes projets de réalisation, puis il me rappela notre dernière rencontre. Un an après la fin du lycée, nous nous étions retrouvés au tournoi de basket de Rucker Park. À l'époque, les banlieusards blancs allaient rarement à Harlem, mais ce lieu était la Mecque du basket de rue, le rendez-vous des meilleurs joueurs de la ville. Jay et moi avions joué ensemble pendant des années, nous adorions ce sport et la culture vibrante qui allait avec. Je rêvais d'une place à la NBA, Jay voulait posséder toute une équipe (son fantasme s'avéra plus réaliste que le mien). Nous étions les seuls Blancs dans la foule.

« C'est fascinant », déclara Bebe pour partager son ennui. Elle m'expliqua qu'elle suivait des cours d'été sur la Renaissance italienne à Barnard et qu'elle avait un examen à réviser. Après avoir informé Jay qu'elle le verrait dimanche à une réunion de famille, elle s'éclipsa.

« *Arrivederci* », lança-t-elle en partant.

Jay était aux anges. C'était étrange de parler à ce fantôme de ma jeunesse, période si différente de celle que nous vivions à présent. Il avait choisi une voie plus conventionnelle et, dans ma course à la construction d'une identité nouvelle, tomber sur une relique de mon ancien moi me désorientait.

« Tu es content de ta vie ? » demandai-je.

Il réfléchit un moment avant de répondre. La pulsation implacable d'un tube disco faisait trembler les enceintes du bar. De vagues éclats de rire s'échappaient du public.

« Tu es content de ton nom ? » demanda-t-il.

Je m'étais délesté de Paul et de sa fadeur suburbaine à la première occasion. Pablo avait du piquant, il fuyait la banalité, il avait soif de vivre. Paul Schwartzman était clerc de notaire à New Rochelle avec une femme, un crédit, deux enfants et une sciatique. Pablo Schwartzman était le vecteur d'une existence plus palpitante. N'ayant pas envie d'expliquer tout ça à Jay, je répondis simplement que oui, j'en étais content. Le fait que nous ayons tous les deux décidé de changer de nom était une étrange coïncidence et une source de connivence immédiate entre nous.

Avery s'approcha du bar. Elle nous adressa un signe en passant et, cigarette à la main, se dirigea vers la rue. Jay la suivit des yeux. Il me demanda qui elle était. Je m'empressai de lui répondre. Connaître une femme de son acabit valorisait mon image.

« Je crois que je suis amoureux », déclara Jay comme font souvent les garçons à cet âge.

Comment aurais-je pu lui en vouloir ? Je me gardai de lui expliquer que ce genre de femmes était hors de portée. Non pas parce qu'elle sortait d'une des meilleures écoles de théâtre du continent et travaillait déjà à un très haut niveau dans un domaine horriblement compétitif, mais parce qu'il émanait d'elle une grâce et une aisance qui, alliées à un talent exceptionnel, la rangeaient dans une catégorie à part.

« Dis-m'en plus sur elle.

– Qu'est-ce que tu veux savoir ?

– Je suis curieux. »

J'hésitai.

« Pablo, je ne te demande pas le code de la bombe nucléaire. »

Ses motifs étaient clairs et je prenais un malin plaisir à garder mes informations pour moi rien que quelques instants. Sa vie était tellement facile ; je savourais la possibilité de poser un minuscule obstacle en travers de sa route bien tracée.

Après un long silence au cours duquel il ne me quitta pas des yeux, je lui confiai tout ce que je savais sur Avery, c'est-à-dire pas grand-chose. Nous ne nous étions pas parlé depuis le début du spectacle et en dehors de quelques détails sommaires, les seules vérités que je pouvais énoncer sur elle étaient qu'elle possédait un charme fou, un humour narquois et un charisme qui l'élevaient dans une sphère inatteignable.

3

Avery était en train d'allumer sa cigarette devant le club. Une fois les présentations faites, elle rangea son briquet en plastique dans le sac qu'elle tenait à la main, l'ayant retiré de son épaule pour sortir du fouillis ce dont elle avait besoin.

« C'est quoi ta pièce de Shakespeare préférée ? » demanda Jay.

L'entrée en matière n'était pas mauvaise. Avery pencha la tête et réfléchit un instant tout en envoyant un nuage de fumée sur le côté pour épargner nos visages. Jay souriait, pendu à ses lèvres.

« Ça dépend, dit-elle. Comédie, tragédie, pièce historique ?

– Si tu devais n'en choisir qu'une, précisa-t-il. Dans n'importe quelle catégorie. »

Elle le flaira et sembla apprécier ce qu'il dégageait. Beau et sûr de lui sans être arrogant. Il attendit sa réponse et comme il n'obtenait rien, déclara que pour lui, c'était *Le Songe d'une nuit d'été*. Elle avait joué Hermia à l'école de théâtre, répondit-elle. Il lui dit qu'il en avait vu une mise en scène en plein air, dans Regent's Park, à Londres, quelques années plus tôt et que c'était sans doute son plus beau souvenir de théâtre.

« J'ai vu ce spectacle », s'étonna-t-elle. La coïncidence était trop énorme pour qu'elle réussisse à garder son air détaché et sa résistance se brisa sous nos yeux.

« Tu penses quoi de ce type ? demanda Jay en me montrant du doigt.

– Il a l'air sympa. »

Il lui dit que les apparences étaient souvent trompeuses, ce qui nous fit rire tous les trois. C'est bien connu : les jeunes hommes affichent souvent leur complicité en s'insultant publiquement. Avery aspira une dernière bouffée de cigarette, jeta le mégot sur le trottoir et l'écrasa sous sa semelle. Jay continuait à pérorer, à propos de Shakespeare, des humoristes que nous avions vus ce soir-là. J'admirais sa capacité à babiller, comme si parler était son métier.

« Il y a cinq minutes, j'étais sûr que le moment le plus mémorable de ma soirée allait être ma rencontre avec Pablo. Mais maintenant, je me dis que ma rencontre avec Pablo n'était finalement pas si mémorable. »

Avery sourit. Il était doué.

« Je suis venu soutenir mon cousin, poursuivit-il avant de laisser planer un court silence, mais il n'est pas très marrant. »

Avery éclata de rire et lui demanda lequel des comiques était de sa famille. Une fois le cousin identifié, elle déclara : « Son numéro aurait mieux marché en 1962. »

Jay approuva. Mais Franklin voulait entrer dans le show business et par solidarité familiale, il se sentait obligé de venir. « S'il voulait être champion de rodéo et enfourcher des taureaux, j'irais le soutenir aussi. » Il lui demanda si elle serait prête à aller voir son frère à elle faire du rodéo, elle se prêta au jeu et répondit que oui.

« Tu es déjà montée à cheval ? »

Elle le regarda d'un air incrédule. « Pourquoi tu me poses cette question ?

– Parce que c'est mieux que "Je peux t'offrir un verre ?" Alors, tu es déjà montée à cheval ?

– Non, figure-toi que non, jamais.

– Tu as envie d'essayer ? » Elle hésita. Était-il sérieux ? Au moins, il avait de l'imagination. Mais elle ne répondit pas. « Tu es actrice. Tu pourrais jouer dans un western. Qu'est-ce que tu feras si le réalisateur te demande si tu sais monter à cheval ? Tu repenseras à cette discussion et tu te diras : Mince alors, j'aurais dû accepter l'invitation de Jay et aller faire de l'équitation avec lui quand il me l'a proposé, mais maintenant il est trop tard et je vais être obligée d'avouer à ce type que je ne suis jamais montée sur un cheval. Ou bien tu pourrais mentir.

– Je ne sais pas mentir », dit-elle avant d'ajouter : « J'ai un petit ami. »

Jay ne baissa pas les bras. « Je vais produire un film dans lequel tu auras le premier rôle.

– Ah vraiment ? Tu as déjà produit quelque chose ?

– J'ai produit ce moment. Toi et moi… » Il leva les yeux vers le ciel où la pleine lune flottait au-dessus de la ville comme dans un décor de film. « Sous une couverture étoilée. Pas mal pour un débutant.

– Toi et moi sous une couverture étoilée ?

– Ça ne te plaît pas ?

– C'est un peu niais.

– Mais sincère.

– On vient de se rencontrer.

– Et pourtant, j'ai l'impression que toute ma vie, j'ai attendu de vivre ce moment.

– Tu rigoles, j'espère ?

– Ça dépend.

– De quoi ?

– Si tu es flattée par cet aveu, disons qu'il est vrai, mais si tu trouves que j'y vais un peu fort, alors c'est clair que je blague parce qu'il faudrait être complètement malade pour sortir ça à une femme qu'on vient juste de rencontrer. »

Avery était amusée, charmée même, mais elle n'était pas du genre à se laisser draguer sur un trottoir devant un comedy club. Après encore une brève joute verbale, elle donna à Jay le nom de son agent en lui suggérant de l'appeler quand il aurait un projet sérieux à lui proposer.

4

De nuit, du haut du 38e étage, la vue sur l'ouest de la ville était spectaculaire. À travers l'obscurité, je discernais, après la Cinquième Avenue, l'étendue sombre de Central Park et au-delà, l'Hudson River et les contrées sauvages du New Jersey. L'appartement de Jay était à deux pas du club. Deux ans plus tôt, dans un New York ébranlé par la catastrophe financière et la perspective d'une faillite générale, la famille de Jay avait fait construire cet immeuble. Il m'avait invité chez lui après le spectacle sous prétexte de me donner un livre. Le deux-pièces offrait tout le confort nécessaire sans verser dans le luxe clinquant. Jay avait choisi un mobilier neutre, mélange de gris, de beiges et de blancs cassés qui, allié à l'épaisse moquette bleu foncé, conférait au lieu un climat de calme et de sécurité, loin du tumulte de la Troisième Avenue. Une bibliothèque en formica accueillait une stéréo, une rangée de vinyles, des livres sur le sport et le cinéma, ainsi qu'une sélection de romans parmi les best-sellers récents. Je fus étonné de voir que Jay possédait aussi un décor publicitaire en carton tiré du film *Super Fly*, sorti en 1972, soit une silhouette grandeur nature de Ron O'Neal, avec sa moustache, son trench et son pantalon clairs, son chapeau à large bord et son pistolet nonchalamment glissé dans la main. Accolé à cette image, se trouvait un poster encadré d'*Ikiru*, le chef-d'œuvre de Kurosawa sur un fonctionnaire japonais qui, se sachant atteint d'une maladie incurable, se rend compte qu'il a gâché sa vie. Il y avait aussi un vieux juke-box Wurlitzer rempli de 45 tours de soul et de rhythm and blues qui diffusait *What's Going on* de Marvin Gaye.

Sur une table basse en verre, à côté d'un roman de Saul Bellow, trônait une photo encadrée de Jay adolescent avec son grand-père. Quand je la remarquai, Jay se lança dans une élégie en l'honneur de son ancêtre. Il enviait sa certitude et son audace. Jacob Gladstone était sorti des brumes inhospitalières de l'Europe de l'Est et avait réalisé le rêve du migrant en conquérant un territoire inconnu et fertile. Parti de rien, grâce à son talent et son infatigable volonté, il avait atteint la prospérité.

Jay sortit deux Heineken du frigo, fit sauter les capsules et m'en tendit une. Pendant que j'admirais la vue, il me confia que, depuis un certain temps, il quittait le bureau en douce pour aller au cinéma. À l'heure du déjeuner, il marchait quelques minutes jusqu'à Times Square et se glissait dans une des salles du quartier où il regardait une des dernières productions hollywoodiennes. Spectateur cultivé au goût forgé par des années de cinéclub à la fac, il n'avait cependant rien d'un snob. Il adorait les thrillers, les comédies, les films de monstres et certains westerns. Tout ce qu'on pouvait projeter sur un écran le divertissait, mais il était aussi attentif au processus de création et pas seulement aux choix artistiques : comment l'auteur avait écrit le scénario, parfois pour répondre à la commande d'un studio, parfois de sa propre initiative, comment le réalisateur s'était emparé de ce matériau brut et, avec une bande d'acteurs et de techniciens, s'était battu pour en faire un chef-d'œuvre impérissable, un navet bon pour les oubliettes ou tout objet situé entre les deux. Il s'intéressait aussi aux aspects financiers : le fonctionnement des studios, les coproductions internationales et le cinéma indépendant qui avait récemment commencé à bourgeonner dans des endroits inattendus.

«Je suis un peu jaloux de toi», déclara-t-il.

C'était nouveau. « Toi, tu es jaloux de moi ?

– Tu mènes ton petit bonhomme de chemin.

– J'écris des critiques de films pour *Classy*.

– Le magazine porno ?

– Hé, c'est un boulot comme un autre. »

Ma relation vis-à-vis de mon employeur était suffisamment ambiguë pour me mettre sur la défensive. Partager cette information avec Jay revenait à lui faire passer un test. C'était un moment charnière.

« Tu es un auteur professionnel, mais tu dois bien vivre ! »

Je fus rassuré par cette acceptation totale tout en m'inquiétant d'avoir besoin d'être rassuré. Il n'y avait rien de mal à bosser pour *Classy*, mais dans mon for intérieur, l'artiste en devenir luttait âprement contre le gentil garçon de banlieue, raison pour laquelle mes parents n'étaient toujours pas au courant de la situation.

Jay tira un livre de poche de sa bibliothèque et le posa religieusement entre mes mains. C'était *Le Cinéma est un art* de Rudolf Arnheim. J'avais entendu parler de ce texte, mais je ne l'avais jamais lu.

« C'est assez dense, dit-il, mais il y a des réflexions intéressantes là-dedans. »

Voulait-il célébrer nos retrouvailles, m'impressionner avec ses notions pointues en théorie du cinéma ou simplement partager avec moi un livre qu'il aimait ? Quoi qu'il en soit, son impulsion semblait sincère. J'acceptai son cadeau, heureux de retrouver un ami aussi complexe que Jay Gladstone. Son mélange de charisme, d'ambition, d'énergie et de relations faisait de lui un être à part. Nous bavardâmes encore quelques minutes, puis je terminai ma bière et annonçai que je devais partir.

Dans le métro, je me plongeai dans les pensées d'Arnheim.

5

Frank Bones flottait dans les airs, un parapluie ouvert à la main. Il portait un pantalon blanc moulant, une courte veste bleu marine soulevée par le vent et en dessous, une chemise hawaïenne. Aux pieds, des chaussures de danse à fines semelles. Sur son visage vif-argent, un sourire radieux. J'avais vendu l'idée d'un article sur lui au *Village Voice* et avais été chargé de l'écrire. Nous étions sur le toit de son appartement de Prince Street pour la séance photo et il venait de sauter d'une échelle fixée à un réservoir d'eau. Une légère bruine d'été nettoyait l'atmosphère ; l'air de la ville était doux et gris. La jeune photographe, Nan McNally, s'était déjà fait un nom en immortalisant des drag queens, des prostituées et divers habitants sexuellement fluides du monde bouillonnant de la nuit devenus les dignes représentants de Lower Manhattan.

Bones lui demanda : « Tu as déjà eu un meilleur modèle ? » Il se tenait debout sur un pied en haut de l'échelle, le parapluie en équilibre sur la paume de la main.

« Tu es mon préféré, Frank », répondit-elle, impassible, avant de le mitrailler.

Galvanisé, ravi d'être au centre de l'attention, Bones bondissait, en synchronisation parfaite avec la jeune femme. Il séduisait l'objectif tout en essayant de séduire la photographe. Avant la fin de la séance, ils étaient convenus de se retrouver le soir. Frank allait être déçu d'apprendre que Nan était lesbienne.

Une fois les photos terminées, Frank et moi atterrîmes dans un bar à vin de West Broadway. En plein après-midi, il commanda une bouteille de Bordeaux. Le nouveau disque de Blondie servait de fond sonore. À l'autre bout de l'immense bar, le barman, un grand Latino avec un anneau doré dans l'oreille, feuilletait *Backstage*. Une paire de femmes émaciées, en habits luxueux, s'échangeaient des confidences à une table près de la fenêtre. En dehors de ces trois individus, l'endroit était désert. Pendant que j'écoutais Mister Bones disserter sur ses origines familiales dysfonctionnelles – c'étaient des Juifs du Texas et son penchant pour la comédie avait été une stratégie de survie tant à l'école que dans la cuisine de sa mère –, mon approche de la vie était en train de changer. Mister Bones incarnait pour moi l'artiste véritable, le Van Gogh de l'humour, un virtuose capable de sublimer le chaos de son esprit et de le livrer au monde en captivant tous ceux qui se trouvaient dans son champ magnétique. Il mettait tout son être au service de son imagination comique au point d'inventer sa propre philosophie de vie, mais ce qui me frappait aussi très fortement, c'était sa capacité à ne faire que ce qu'il voulait. Veiller toute la nuit, se réveiller tard, petit-déjeuner au milieu de l'après-midi, travailler ses numéros, puis monter sur scène et assurer comme Charlie Parker. Il pouvait transformer une visite chez le dentiste en avalanche de blagues. C'était un superpouvoir.

« Mais assez parlé de moi, dit-il. Parlons de toi... Qu'est-ce que tu penses de moi ? Excuse-moi pour cette blague, elle est tellement vieille qu'elle doit être dans le Nouveau Testament. Si je me souviens bien, Jésus la sort à saint Pierre. » Et il partit dans un délire sur Jésus et les apôtres essayant de régler les préparatifs du dernier repas sans parvenir à se mettre d'accord sur le menu. Ni sur les animations de la soirée. Ni sur la façon de régler l'addition, en parts égales ou non. Et les apôtres ressemblaient tous à des jeunes talents du Castskills Comedy[1].

Frank Bones était l'être le plus drôle que j'avais jamais rencontré. Un poète, un homme libre qui planait au-dessus des toits de Soho.

---

1. Événement qui rassemblait des jeunes comiques d'origine juive dans les montagnes Catskills.

6

Dans mon bureau de *Classy*, la sonnerie du téléphone retentit. Je levai le nez de la critique que j'étais en train de rédiger à propos d'un film pour adultes situé dans l'Angleterre des Tudor intitulé *Anne des mille bourres*. Était-il ridicule car totalement faux sur le plan historique ou stimulant car il offrait une version de l'histoire nettement plus sexy que l'originale ? Peut-être les deux à la fois ? Au lieu de continuer à me débattre avec cette question, je décrochai le téléphone. C'était Jay qui m'invitait à dîner avec lui le soir même. Devant moi, se trouvait le livre d'Arnheim qu'il m'avait confié. L'air de rien, l'ouvrage me narguait, m'attirait.

Mon régime de l'époque était principalement composé de pizzas, falafels et ramens, mais ce soir-là, à Brooklyn, chez Peter Luger, nous bûmes du whisky en dévorant des steaks de bœuf marbré, de gigantesques pommes de terre recouvertes de crème fraîche à la ciboulette, des épinards à la crème assez riches en cholestérol pour boucher les artères du couple assis à côté de nous, le tout arrosé de litres de bière pour accompagner cinq ans d'anecdotes accumulées. Je titubai légèrement en allant dans les toilettes des hommes où, à travers une brume de contentement, je surpris mon reflet qui souriait dans le miroir. Jay se faufila à l'intérieur. Entre le pouce et l'index, il tenait une petite fiole de poudre blanche qu'il me tendit généreusement avec un rictus malicieux. Je dévissai le bouchon, trempai la petite cuillère dorée attachée à la fiole dans la coke et fourrai une prise dans chaque narine. Puis je rendis le tout à Jay pour qu'il se serve à son tour.

« C'est seulement pour les grandes occasions, dit-il avant de sniffer.

– L'occasion m'a l'air assez grande. »

Un autre client apparut, un homme massif au visage rougeaud vêtu d'un ample costume. Il nous regarda de travers sans rien dire. Jay rangea discrètement la fiole dans sa poche et nous nous ruâmes dehors en pouffant de rire. Il arrive parfois qu'une couture lâche sur l'écran de tissu qui sépare le passé du présent et quand un ami retrouvé s'y glisse, visiblement prêt à reprendre la place qu'il occupait jadis, les cieux brillent soudain d'un éclat plus fort.

Jay parla avec enthousiasme des cours du soir qu'il donnait bénévolement à des jeunes d'East Harlem, comme s'il faisait ça en pénitence des privilèges dont il avait hérité. Il se lança ensuite dans un éloge de son héros, Bobby Kennedy, dont la vie exemplaire était pour lui une source d'inspiration permanente. Après plusieurs verres, je n'avais aucun mal à imaginer que ses attributs lui permettraient d'être un jour élu sénateur de l'État de New York, mais quand je lui fis part de cette idée, il éclata de rire, prononça une remarque pleine d'autodérision et orienta la conversation vers son disque préféré, parfait mélange entre *Swiss Movement* de Les Mccann & Eddie Harris et *Chain Reaction* des Crusaders, qu'est-ce que je pensais d'eux ? (J'appréciais leur musique, mais pas autant que lui.) Quand je lui demandai quels films il avait repérés, j'eus droit à un couplet dithyrambique sur les talents méconnus de Sidney Lumet dont les films percutants et enlevés n'appartenaient à aucun registre existant, qualité qui impressionnait Jay. « Je ne peux pas imaginer ce que ça fait d'être aussi doué et humble à la fois, remarqua-t-il. Je ne serai jamais réalisateur, mais si je deviens producteur, j'aimerais bien bosser avec des gens comme lui. »

Envisageait-il sérieusement de devenir producteur ? Vu notre degré d'ébriété, je ne pouvais être sûr de rien, mais il n'arrêtait pas de répéter à quel point il tenait à faire des films à haute valeur artistique, abordant des thèmes essentiels, des œuvres (il les appelait des œuvres et non des films) qui divertiraient et raviraient les gens, qui les feraient rire et pleurer tout en transformant peut-être leur regard sur la vie.

« Ne le dis pas à mon père », conclut-il.

La conversation éclectique avait une dimension festive car bien que nous ne le formulions pas à voix haute – nous étions de jeunes hommes, ne l'oublions pas – nous célébrions tacitement le renouveau de notre amitié. Jay me confia ses doutes sur son avenir au sein de l'entreprise familiale. Chaque matin, il se rendait dans les bureaux de Manhattan, accomplissait les tâches qui lui incombaient, formulait même quelques idées originales – *A-t-on pensé à s'implanter dans Long Island City ?* – pour l'instant en attente de repreneurs, mais qui traduisaient son investissement dans la société immobilière fondée par son grand-père et dirigée actuellement par son père et son oncle. Jay avait été préparé à les rejoindre depuis son plus jeune âge. Il était convenu qu'il irait à l'université étudier pendant quatre ans ce qui lui ferait plaisir avant de retourner à New York et à ses responsabilités. La société Gladstone construisait et possédait des immeubles à Manhattan, Brooklyn, dans le Bronx et le Queens ; elle commençait tout juste à tenter quelques incursions dans d'autres villes.

Malgré la fierté que Jay nourrissait à l'égard de sa famille et de leur réussite, il n'était pas à l'aise à l'idée d'hériter automatiquement de la responsabilité financière et des attentes qui allaient avec. Il était aussi entendu qu'il choisirait une compagne issue du même milieu, s'unirait à elle au cours d'un mariage somptueux et engendrerait une nouvelle génération de Gladstone qui répéteraient ce processus inexorable à l'infini.

À l'étape du sundae au chocolat et du café, il relata un échange qu'il avait eu récemment avec un ancien employé des Gladstone, un parent éloigné venu d'Europe de l'Est. C'était à l'occasion des cinquante ans de son père au Bonnie Briar Country Club, dans le comté de Westchester. Jay quittait le bar avec son whisky sour quand il était tombé nez à nez avec le visage farouche de Marat Reznikov, un Ukrainien qu'il connaissait bien, un *refusenik* que son père avait aidé à sortir d'URSS quelques années plus tôt. Marat avait un tempérament à la fois orageux et sournois. Une cigarette pendait de sa bouche et il tenait un cocktail à la main. Un costume croisé criard à fines rayures enveloppait étroitement ses épaules carrées. Il sautilla et mima un enchaînement de boxe en guise de salut amical, envoyant au passage un peu de cendre sur la veste de Jay. Il la balaya aussitôt d'une chiquenaude sans s'excuser.

Marat avait été collecteur de loyers chez Gladstone et quelques années plus tôt, Jay et lui avaient passé un été brûlant à sillonner le Bronx et le Queens en voiture pour convaincre les mauvais payeurs de régler leurs factures. Marat avait des arguments assez convaincants, mais le père de Jay avait pensé qu'il serait formateur pour son fils de découvrir tous les aspects du métier qu'il exercerait un jour sans lui et l'avait ainsi nommé assistant de l'immigré.

Vous vous demandez peut-être si les Gladstone étaient des marchands de sommeil. Pas du tout. Mais ils ne faisaient pas dans la charité. Toujours est-il qu'en compagnie de Marat, Jay avait assisté à des scènes qu'il aurait préféré ne jamais voir.

Marat tendit une main charnue. Tandis que Jay la secouait en demandant à son propriétaire comment il allait, il remarqua sa bague à l'auriculaire.

« Les affaires, très bon. »

Marat avait arrêté de travailler pour les Gladstone trois ans plus tôt, peu de temps après la fin de son tandem avec Jay. Il s'était lancé dans la distribution de carburants et cherchait d'autres secteurs à explorer. Cet homme arrivé dans le pays depuis moins de cinq ans se réjouissait à juste titre de son succès, mais en l'écoutant pérorer dans un anglais écorché, on pouvait déceler une pointe d'agressivité dans ses manières, comme s'il cherchait un peu trop à se mettre en avant pour être sûr d'impressionner son interlocuteur. Jay l'écoutait poliment sans faire d'effort pour relancer la conversation. Quant à Marat, il était du genre à poser des questions seulement si la réponse pouvait servir ses intérêts. Un sourire pincé aux lèvres, Jay s'apprêtait à s'éclipser quand Marat posa la main sur son bras et changea de sujet.

« Je vais produire film. »

Il aurait aussi bien pu annoncer qu'il partait pour Mars tellement la nouvelle paraissait improbable. Jay était abasourdi. Quelle absurdité !

« Quel genre de film ?

– Film zombies. Investissement très bon. Budget petit, zéro syndicat. »

Bien que ce projet semblât totalement insensé aux yeux de Jay qui considérait Marat plutôt comme un homme de main que comme un homme des arts, il était intrigué.

« D'où vient l'argent ?

– Investisseurs, répondit l'Ukrainien. Le réalisateur, c'est Philippin. Gros talent. Eddie Luna. Tu connais ? »

Jay ressentit soudain le besoin de desserrer sa cravate. La cause de cette gêne oppressante était le souvenir d'un crime qu'il avait vu Marat commettre dans le cadre de ses fonctions chez Gladstone. Le simple fait d'en croiser l'auteur avait ravivé les images anxiogènes et Jay avait cru maîtriser la situation avant d'être tout à coup rattrapé par ses émotions. L'événement en question impliquait un locataire récalcitrant du Bronx qui refusait de payer plusieurs loyers de retard. Jay ne me raconta qu'à demimots ce qui s'était passé, mais j'en déduisis que l'entrevue s'était assez mal terminée pour le locataire. Jay n'avait parlé de cette histoire à personne de peur de causer des ennuis à son père.

Tandis que Marat l'observait – sa question sur le réalisateur philippin était restée sans réponse –, les yeux de Jay sondaient les lieux à la recherche d'une issue de secours. Une jeune serveuse passa, munie d'un plateau de petits fours et Marat se servit sans prendre la peine de dire merci. Quand elle tendit son plateau vers Jay, il secoua la tête. Alors que la jeune femme s'éloignait, Marat déclara : « Je veux faire une chose pour toi.

– Tu n'as pas besoin de faire quoi que ce soit pour moi.

– Si tu as besoin…

– Je n'ai besoin de rien.

– Tu aimes la pêche ? J'ai gros bateau. Huit mètres.

– Félicitations.

– On va pêcher, d'accord? Beaucoup gros et petits poissons dans la baie de New York. »

Jay dit à Marat qu'il était content de le voir et qu'il devait aller saluer d'autres invités.

Comment cet homme avait-il fait pour passer du statut de migrant mal dégrossi, débarquant comme un mendiant chez le père de Jay, à celui de producteur de cinéma ? Bien sûr, n'importe qui pouvait se prétendre producteur. Mais si c'était vrai ? Et si ça l'était, comment faisait-on pour produire un film en partant de rien ? Jay brûlait d'envie d'en savoir plus. Son échange avec Marat le taraudait, le forçant malgré lui à s'interroger sur le chemin qu'il suivait depuis toujours et qui avait été tracé pour lui.

Quand il apprit qu'un de mes courts-métrages avait reçu un prix, il m'imagina couvert de gloire à des festivals internationaux. Il dit aussi que mon dévouement à l'écriture l'inspirait et qu'il enviait ma vocation. Quand je lui rappelai que je rédigeais pour l'instant des critiques de films pour un magazine porno, il s'empressa de dénoncer les conséquences néfastes du puritanisme américain.

Pour faire carrière dans le cinéma, il faut un certain panache. Or l'énergie qu'exsudait Jay Gladstone appartenait à une catégorie à part : démesurée, détonante et sans doute vouée à s'exprimer de façon totalement inattendue, elle prenait sa source dans une nature robuste. Il était alors doté d'une aura de vainqueur qui faisait de lui un homme taillé pour le succès. Sa beauté jouait aussi en sa faveur, ses cheveux épais, ses yeux clairs, son port altier, sa gentillesse, son engagement social qui ne s'exprimait pas seulement en paroles, mais aussi en actes, sa capacité à donner confiance aux gens, à leur faire croire qu'ils pouvaient être à la hauteur de leurs rêves. C'était en tout cas ce que je ressentais avec lui. La coke aidant.

Nous traversâmes la nuit jusqu'à Manhattan en passant par le pont de Williamsburg. Quelques silhouettes sombres approchaient occasionnellement en sens inverse. Je les jaugeai avec méfiance tandis que l'allure de Jay donnait l'impression que nous flânions dans la Cinquième Avenue en plein après-midi. Nous devisâmes du rôle que joueraient les femmes dans nos vies. Il m'avoua être tombé fou amoureux d'Avery au cours de leur brève rencontre. Il se demandait comment la séduire. Le conseil que je lui donnai en riant – oublie-la, elle est trop bien pour toi – fut pris pour la blague que c'était censé être. Je voulais dire qu'elle était trop bien pour moi.

Alors que nos pieds foulaient les trottoirs tagués, je m'interrogeai sur le taux de criminalité du quartier – dans les années 70, une grande partie de Williamsburg et du Lower East Side étaient alors des zones de guerre. Je fus donc étonné quand, au milieu du pont, tourné vers le sud en direction de la statue de la Liberté, sous les murmures des voitures qui filaient en dessous vers Brooklyn et les grondements du métro derrière nous, Jay s'arrêta.

« Contemple le pont de Brooklyn », dit-il. *Contemple ?* Malgré le café, nous étions encore défoncés. Le pont dont il parlait se dressait à plus de trois kilomètres. « Imagine l'effet qu'il produisait sur n'importe quel New-Yorkais quand John Augustus Roebling l'a construit. Cette travée de câbles, de bois et de pierre, et ces tours. Impossible ! Un miracle d'ingéniosité, un mythe en puissance ! Comment a-t-il fait pour concrétiser sa vision ? La logistique ! La poésie ! Et nous voilà, presque un siècle plus tard, en train de nous extasier devant lui comme deux péquenauds. »

Dans son élan, il écarta les bras comme pour embrasser le spectacle grandiose – les eaux sombres de l'East River qui tournoyaient cinquante mètres sous nos pieds, les lumières clignotantes du chantier naval, les immeubles de Brooklyn Heights et de Wall Street, rassemblés en un vaste panorama nocturne par la merveille architecturale qu'il saluait. Je scrutai l'obscurité à la recherche de braqueurs et fus soulagé de constater que nous étions seuls. Jay continuait à s'adresser au port lointain : « C'est ça qu'on doit viser. Une œuvre qui fera savoir au monde que Pablo Schwartzman et Jay Gladstone étaient là. » Il se tut pour laisser résonner ses mots, puis se tourna vers moi. « Excuse ma grandiloquence, c'est plus fort que moi. Mais t'as pas envie de laisser une trace dans l'univers ? »

7

« Je dois le convaincre de me prendre dans son prochain film.

– Demande-lui de t'écrire un rôle », dis-je.

Kit Dashwood était debout devant l'évier de ma cuisine en train de se brosser les dents avec le doigt, dans la lumière matinale qui filtrait à travers la fenêtre crasseuse en même temps qu'un courant d'air anémique. Actrice et performeuse originaire du Cap, en Afrique du Sud, elle était aux États-Unis depuis bientôt trois ans et ne se trouvait pas plus près de la réussite que le jour où elle était descendue de l'avion. À vingt-cinq ans, la carte de l'ingénue risquait d'arriver bientôt à expiration. Elle parlait de Ving Levine, un jeune réalisateur qui avait déboulé la veille au restaurant de Spring Street où elle travaillait comme serveuse. Après avoir pris sa commande, le courant qu'elle avait senti passer entre eux l'avait convaincue qu'il était son ticket d'entrée vers la lumière. Le corps menu de Kit renfermait une énergie bouillonnante. Elle avait des cheveux blond vénitien qui lui arrivaient aux épaules, de grands yeux vert pâle et un petit nez constellé de fines taches de rousseur. Une de ses incisives était un peu cassée, lui donnant l'air d'une ancienne gamine espiègle toujours prête à faire les quatre cents coups. Dans un coin, elle avait garé son vélo au guidon courbé, esquinté mais robuste, qu'elle préférait hisser jusqu'en haut des escaliers plutôt que de l'attacher sur le trottoir, redoutant l'habileté reconnue des voleurs locaux. Le vélo l'accompagnait partout et sa présence immuable donnait toujours l'impression qu'elle était sur le départ.

«Je crois que je lui plais, dit-elle.

– Évidemment.»

Kit se rinça la bouche et cracha dans l'évier.

Elle était douée; je l'avais vue jouer dans une pièce expérimentale, dans un sous-sol d'East Village, où son interprétation du cocker maniaco-dépressif avait provoqué l'hilarité générale. Dans un loft de Chinatown, au sein d'un groupe d'artistes engagés, je l'avais vue, debout sur une table, en culotte et soutien-gorge, sortir de son entrejambe un rouleau de papier sur lequel figuraient des noms de femmes peintres oubliées par l'histoire et les énumérer d'une voix puissante tandis que, derrière elle, un quatuor à cordes féminin raclait du violon sur des chaises de cuisine. Kit était une artiste avec un grand A. Nous nous étions rencontrés à une fête dans un loft de Soho quelques mois plus tôt et avions entamé une relation qui, malgré tous ses avantages physiques et émotionnels, restait indéfinie. Elle portait un de mes T-shirts et mon fedora à la perle qu'elle avait pris en affection.

Je préparais le café tout en parlant de mon article sur Frank Bones, à qui je vouais désormais un culte.

«Est-ce que je suis aussi drôle que lui?

– C'est un comique professionnel, répondis-je en sortant deux tasses du placard avant de les poser sur le comptoir. Il ne faut pas mélanger les torchons et les serviettes. Toi, tu es actrice.

– Et performeuse, corrigea Kit. Je suis montée sur la scène londonienne avec une tronçonneuse. »

Je versai le café dans les tasses et en tendis une à Kit qui l'accepta en silence. *C'est un comique* m'avait semblé être un argument suffisant, mais de toute évidence, j'avais répondu de travers.

Kit planta une cuillère dans le paquet de sucre qui se trouvait devant elle et en versa une quantité importante dans sa tasse, puis du lait. Elle remua le breuvage et le goûta d'un air concentré. Satisfaite, elle tenta une autre approche : « Le soir où tu es allé au comedy club, quand tu as croisé ton copain Jay, est-ce qu'il y avait des comiques femmes ?

– J'y suis allé pour voir une femme. »

Bien que ce matin de la fin août nous promît une journée suffocante, la température de la pièce baissa aussitôt de plusieurs degrés. Kit me dévisagea. « Tu ne m'avais pas dit que tu allais voir ta petite amie.

– Ce n'est pas ma petite amie. Claudia est un mouton qui fait un boulot alimentaire en rêvant d'autre chose, comme moi.

– T'es pas un mouton, Pablo.

– C'est le truc le plus gentil que tu m'aies jamais dit.

– Haha, rit-elle faussement.

– On peut changer de sujet ? suppliai-je en versant la fin de mon café dans l'évier avant de rincer la tasse.

– Tu as à peine touché à ton café.

– Il faut que j'aille au boulot. Je dois rédiger une critique de *Soirée pyjama sur le campus* et ce serait mieux que je l'aie vu avant. »

C'était vrai. Malgré tous les aspects tendancieux de mon travail, j'étais quand même censé me pointer le matin, m'asseoir à mon bureau et produire le nombre de lignes requis.

« C'est toi qui as écrit le numéro de ta copine Claudia ?

– Non ! Et c'est pas ma copine.

– Tu n'as jamais couché avec elle ?

– On est des collègues de travail.

– J'ai déjà couché avec des collègues de travail.

– Claudia et moi n'avons jamais couché ensemble ! » Même si je disais la vérité, la conversation me mettait mal à l'aise. Quant à Kit, il était difficile de savoir si elle était sérieuse. Était-ce un numéro comique, une sorte de performance ? Sa colère semblait bien réelle. « Pourquoi tu es jalouse comme ça ?

– Parce que je t'aime. » Le ton sardonique de la déclaration amoindrit considérablement le poids des mots. « Tu veux me faire croire que tu ne lui as pas fourni une seule blague pour son show ?

– Je te le jure. Et franchement, je n'apprécie pas beaucoup le troisième degré.

– J'ai fait du troisième degré ? demanda-t-elle, sincèrement intéressée.

– C'est une expression qui désigne une forme d'interrogatoire violent qu'on voit dans les films de gangster.

– Ça me plaît. » Pendant quelques secondes, elle partit ailleurs, nota la phrase dans sa tête, imaginant peut-être différents emplois qu'elle pourrait en faire dans des conversations futures.

« Et pendant qu'on y est, est-ce que ça veut dire que nous deux, demandai-je en nous désignant l'un et l'autre, on est dans une relation exclusive ? Parce que personne ne m'avait prévenu.

– C'est ce que tu veux ? »

Le silence qui suivit fut assez gênant. Je n'avais pas songé un seul instant que ce qu'il y avait entre nous, quoi que ce fût, appelât une définition plus précise. Nous couchions ensemble quelques soirs par semaine et étions visiblement arrivés au stade de la relation où soit elle devient plus sérieuse, soit elle se dissout d'elle-même. Il n'y avait pas de climatisation dans le loft. Un ventilateur de fortune dispersait vers nous son souffle faible. Tout ce que je voulais, c'était partir au boulot.

8

En avril, j'avais invité Kit à me retrouver devant le Cinema Village. Elle poussait son vélo et la première chose que je remarquai fut son chapeau cloche, accessoire anachronique qu'aucune Américaine n'aurait porté, et dont l'audace convoquait des images de cabriolets rutilants rugissant dans l'ombre de nouveaux bâtiments Art déco, de flasques en argent remplies de gin de contrebande et de krach boursier. « Enchantée », dit-elle en s'arrêtant devant moi, la main tendue d'un air faussement guindé. « Je suis Zelda Fitzgerald. Bienvenue à l'hôpital d'Asheville, en Caroline du Nord où je suis morte dans un tragique incendie. » L'insaisissable référence qui justifiait son choix vestimentaire et témoignait de sa capacité à l'incarner me réjouit. Le reste de sa tenue était composé d'un jean coupé, de collants résille, de bottines et d'un long pull près du corps. Un petit cœur en or scintillait à son cou. Son charme était irrésistible, tout comme son envie de divertir, de s'amuser, de lancer des allusions piquantes et d'égayer l'échange le plus banal.

Et puis il y avait l'accent qui venait ajouter encore un peu de piment à l'ensemble. Cousin proche de celui de l'ouest londonien, moins précieux, mais pas aussi rugueux que celui de la classe ouvrière, l'accent sud-africain si singulier de Kit me rappelait le sentiment que j'avais eu la première fois que j'avais entendu parler les Beatles : il existait une civilisation lointaine bien plus cool que celle dans laquelle je baignais.

Ce soir-là, je l'emmenai voir *Jules et Jim*, de Truffaut, film qui capture si parfaitement l'effervescence de la jeunesse. Tandis qu'à l'écran se succédaient les plans en noir et blanc enveloppés dans la somptueuse musique de Georges Delerue, nos bras se frôlaient et un frisson parcourait tout mon corps m'empêchant de me concentrer sur les acteurs. Le profil de Kit éclairé par la lumière dansante, la pointe de son menton, la ligne de son chapeau que j'observais du coin de l'œil constituaient des sources de distraction permanente.

Je l'invitai ensuite à manger une salade grecque dans un petit restaurant de MacDougal Street. Elle m'apprit que son visa étudiant expirait dans quelques mois. Quand je cherchai à savoir si elle avait l'intention de rester à New York, elle me demanda si je voulais l'épouser. Devant ma stupéfaction, elle gloussa et commanda un autre verre de retsina. Puis elle me laissa entendre que j'avais besoin de changer de garde-robe.

« Je ne vais pas pouvoir continuer à sortir avec toi si tu t'habilles comme ça. » Je portais un jean bleu et un T-shirt sur lequel figurait la pochette d'un album des New York Dolls. Je mentis en disant que je n'accordais pas grande importance à mon look.

« Ça se voit », dit-elle.

Après que j'eus réglé l'addition, nous nous rendîmes dans une friperie où j'achetai un costume slim noir, une chemise blanche et une cravate fine. Je sortis du magasin, mes anciens vêtements dans un sac. Kit m'incita à les donner à un sans-abri.

Le soir, elle fut éblouissante. Elle parlait aussi bien de musique punk et des truculentes comédies de la Restauration anglaise que de son enfance pendant l'apartheid qui, disait-elle, l'avait rendue ultrasensible à la cause noire. Sympathisante d'extrême-gauche, elle détestait ses origines sud-africaines qui l'obligeaient à s'excuser tout le temps. Son boulot de serveuse ? Une performance artistique.

Comment avait-elle trouvé le courage de partir pour une ville étrangère où elle ne connaissait personne ?

« Si je devais avoir une devise, dit-elle, ce serait : saute dans la rivière et nage. »

Après un baiser au parfum de tabac – elle fumait des cigarettes à faible teneur en goudron – échangé à la porte de son immeuble d'Eldridge Street, je fus ravi d'être invité à monter boire un verre. Dans un accès de chevalerie, je hissai son vélo sur mon épaule et gravis les escaliers derrière elle. L'appartement était composé d'une cuisine et d'une pièce garnie d'un canapé en velours ayant connu des jours meilleurs englouti sous une montagne de linge et d'un fauteuil usé recouvert d'une couverture en patchwork. Contre un des murs, une commode aux tiroirs ouverts dégoulinants de vêtements et à côté, une petite chaîne stéréo.

Sous un lit mezzanine, des journaux s'empilaient sur un bureau et en dessous, une vieille chaise en bois branlait sur ses roulettes (« La deuxième chaise, c'est pour quand je reçois du monde »). Un mur entier était tapissé de clous auxquels pendaient une trentaine de chapeaux de tous les styles et les matières possibles. En bas de ce mur, reposait une rangée de vinyles. Plusieurs boas s'entortillaient sur une petite coiffeuse jonchée de rouges à lèvres, fards à paupières, poudres et pinceaux.

Elle s'écria : « J'ai été cambriolée ! » et devant ma réaction apeurée, elle précisa sans ciller : « Je rigole. »

Pendant que je reprenais le contrôle de mon système nerveux, Kit souleva la pile de linge du canapé et la flanqua par terre. D'un geste de la main, elle m'invita à profiter de l'espace ainsi dégagé. Pendant que je m'installais, elle disparut dans la cuisine. Je remarquai les étagères bourrées de livres sur les acteurs et le théâtre, agrémentés d'une variété de romans, dont plusieurs classiques européens du XIXe siècle, et de quelques ouvrages féministes.

Je feuilletais *Notre corps, nous-mêmes*[1] quand elle revint avec une bouteille de vin blanc et deux pots de confiture vides. Elle me tendit un tire-bouchon et s'assit, sa cuisse collée contre la mienne. « Je passe cinq soirs par semaine à déboucher des bouteilles hors de prix pour des gosses de riche, du coup, j'aime pas le faire en dehors du boulot. »

Je retirai délicatement la capsule en aluminium, enfonçai le tire-bouchon proprement et, à mon grand soulagement, extirpai le bouchon sans difficulté. Je remplis nos pots de confiture pendant qu'elle me confiait avoir volé la bouteille au restaurant où elle travaillait. « Comme je suis actrice, c'est une façon de soutenir le théâtre », dit-elle en proposant de trinquer à ses impulsions cleptomanes.

1. Ouvrage féministe paru aux États-Unis en 1973.

Après une gorgée de vin, elle se leva et se dirigea vers sa collection de vinyles. Je la regardai s'accroupir sur la pointe des pieds, les cuisses tendues, le doigt pointé vers les pochettes. Elle choisit un disque et le posa sur la platine. Un groupe punk mené par une chanteuse. Elle revint vers moi en ondulant au rythme de la musique, chantant à l'unisson, et je ne pus m'empêcher de remarquer la dissonance entre ses mouvements, sensuels et maîtrisés, et sa voix, touchante de fausseté, ce dont elle n'était clairement pas consciente.

« Ma voix est le reflet de mon cœur dans un miroir brisé », dit-elle sur un ton mémorable.

De retour sur le canapé, elle m'apprit que nous écoutions Siouxsie and the Banshees, est-ce que ça me plaisait ? Dans ce contexte, c'était mon nouveau groupe préféré.

Nous parlâmes de littérature, de musique et de cinéma. Elle remplit nos verres et m'expliqua qu'elle espérait trouver un agent afin de pouvoir auditionner pour de vrais films, pas des films étudiants, mais qu'elle avait peur de se faire expulser du pays avant, est-ce que je pensais qu'elle devrait s'inscrire dans une école juste pour pouvoir garder son visa étudiant ? Mais si elle envoyait un dossier d'inscription, elle craignait que les autorités l'obligent à quitter le pays parce qu'on ne savait jamais ce qui pouvait se passer. Ça faisait beaucoup d'informations à digérer et toutes les questions qu'elle me posait étaient liées à sa situation personnelle. Ça ne me dérangeait pas parce que son existence chaotique d'immigrée bohème hantée par le racisme du gouvernement sud-africain me paraissait nettement plus palpitante que la mienne.

« Pourquoi tu n'écris pas un scénario avec un rôle pour moi ? demanda-t-elle. Tu réaliserais le film et tous mes problèmes seraient résolus. » Je lui avouai que j'avais d'autres projets, que j'écrivais sur Cicéron. J'avais fait des recherches. J'avançais à grands pas.

« C'est une comédie ?

– Ce n'est pas censé en être une, non. »

Elle réfléchit un instant. « Eh bien, ça a l'air passionnant. Pablo, excuse-moi de te dire ça, mais personne n'a envie d'aller voir un film qui parle d'un vieillard en toge qui se fait décapiter au nom de la démocratie. Franchement, c'est un peu pompeux. Il faut que tu écrives quelque chose pour *moi.* »

Avait-elle raison ? Étais-je pompeux ? Et était-ce grave ? Kit soutint mon regard, dans l'attente d'une réponse, et au lieu de défendre mon intérêt pour les querelles intestines de la Rome antique, je ne songeai qu'au moyen de la rendre amoureuse de moi.

« Quel genre de scénario tu aimerais ? demandai-je, aussi coulant que du fromage fondu.

– Oh, une comédie romantique ou un film de braquage, dit-elle. Ou alors une histoire dans laquelle je jouerais une reine folle hyper autoritaire qui a des amants issus de toutes les classes sociales et qui meurt au combat sur son cheval alors qu'elle dirige une immense armée de soldats totalement dévoués. Bref, un truc modeste. » Elle se servit un nouveau verre de vin.

Comme son visage était tout près du mien, je l'embrassai et elle me rendit mon baiser. Sa bouche avait un goût de cendrier, mais elle était tellement fascinante que ça m'était égal. Au lieu de s'allonger sur le canapé, elle se leva, contourna la pile de linge posée par terre et me tira en haut de l'échelle de la mezzanine où nous nous déshabillâmes mutuellement sans nous presser. Quand, après un moment cocasse à propos de diaphragme et de lubrifiant, j'entrepris de la pénétrer, elle me saisit par les épaules et me retourna sur le dos. Je n'avais pas l'habitude d'être manipulé comme un sac, mais c'était visiblement ce qui était au programme ; il ne servait à rien de lutter. Elle m'enfourcha, me montra son grand sourire à dent cassée et murmura : « Tu es mon poney. » Je songeai : « Ma muse ! »

Cette nuit avait eu lieu au début du printemps et nous étions désormais à la fin de l'été. Il fallait que je parte au boulot. Kit me demanda encore une fois si je voulais que notre relation, si c'en était vraiment une, soit exclusive.

« Non, répondis-je. C'est trop tôt.

– Je suis contente que tu dises ça, répondit-elle à mon immense soulagement. Je déciderai de notre avenir quand j'aurai lu un texte de toi. Si tu as assez de talent, j'accepterai peut-être de t'épouser pour avoir la *green card*. »

Un mariage ? Ça ne faisait pas partie de mes projets. Je trouvais l'institution conventionnelle et démodée. Mais être marié temporairement pour aider une artiste dans le besoin, une sœur, c'était une autre histoire. Nous deviendrions des rebelles, prêts à rouler le gouvernement américain. Kit n'aurait plus à porter le poids de ses origines sud-africaines. Ce serait un acte festif, révolté, radical.

Bien sûr, c'était hors de question.

9

Pressé de présenter Kit à Jay, j'organisai une sortie à trois au cinéma de Bleecker Street pour aller voir *Les Vitelloni* de Fellini. Pareils aux jeunes oisifs du film, nous déambulâmes ensuite sans but dans les rues – Kit poussait son vélo – conjecturant sur l'avenir avec entrain.

Je sentais que Jay et Kit se jaugeaient. Jay était détendu. Kit, plus en représentation, gesticulait en racontant des anecdotes et des blagues sur ses tribulations de sans-papiers. Ils avaient l'air de bien s'entendre. Après un dîner de crabes des neiges dans un rade de Chinatown ouvert tard le soir, Kit, inspirée par les *Vitelloni,* décida qu'elle voulait voir la mer et, comme elle ne connaissait pas la demi-mesure, elle exprima le souhait d'être instantanément sur l'eau. C'est ainsi que nous embarquâmes à bord de l'imposant Staten Island Ferry dont aucun de nous n'avait encore goûté les plaisirs abordables.

Nous prîmes place sur un banc du pont supérieur, Kit au milieu, entre Jay et moi, le vélo contre les genoux. Les autres oiseaux de nuit étaient un mélange de jeunes éméchés revenant de leurs aventures citadines, de travailleurs à grises mines regardant la ville à travers les carreaux crasseux et de tristes sires éclectiques qui semblaient vivre sur le rafiot. Dans le cocktail vaporeux et salé de la nuit, le World Trade Center flambant neuf, piqueté de lumières, flottait au loin, fendant les nuages. Par-dessus la plainte des moteurs, j'appris à mes amis que, suivant l'exemple de Frank Bones, j'avais décidé de mettre de côté mon Cicéron et d'écrire un scénario à propos d'un comique.

« Je pourrais complètement jouer une comique, déclara Kit.

– Le héros est un homme, expliquai-je.

– Plus maintenant, dit-elle. C'est une femme qui s'appelle Viv Piston. » Pourquoi ce nom ? « Parce que j'adore.

– C'est un nom qui en jette, dit Jay, mais est-ce que les gens ont vraiment envie d'aller voir un film qui parle d'un comique ? » Sans me laisser le temps de répondre, il poursuivit : « J'ai déjeuné avec un type qui bosse dans une grosse agence artistique il y a pas longtemps… »

Cette remarque éveilla soudain l'intérêt de Kit. Désespérant de trouver un agent, elle se disait peut-être que mon ami lui offrirait une porte d'entrée. Comme nous étions jeunes et en devenir, toute personne s'exprimant avec assurance faisait figure d'autorité.

« Et on a parlé scénario. »

Grâce à un de ses camarades de fraternité, Jay avait été mis en relation avec un jeune agent d'auteurs et l'homme avait accepté de déjeuner avec lui dans un restaurant espagnol de Manhattan. Jay, qui détestait être en retard, était arrivé dix minutes en avance. À l'heure convenue, il était seul. Cinq minutes s'écoulèrent : c'était acceptable, les agents étaient des gens occupés. Dix minutes, passe encore. Quinze, c'était de l'impolitesse pure et simple et le nombre de fois qu'il supporterait de lire le menu n'était pas illimité. Personne ne pouvait être si occupé.

Presque une demi-heure plus tard, Rob Schenk arriva comme une fleur. Jay se leva pour lui serrer la main. Sans être particulièrement grand, il dominait le minuscule agent à tel point qu'il se courba légèrement pour éviter de le mettre mal à l'aise. Schenk avait des cheveux châtains bouclés et quand il salua Jay, ses fines lèvres s'écartèrent pour révéler deux rangées de petites dents animales plantées sur un visage étroit. Il flottait dans son costume beige. Après une poignée de main, les deux hommes s'assirent et au lieu de s'excuser pour son retard, Rob expliqua à Jay qu'il avait été retenu au téléphone par un célèbre écrivain de polars qui adaptait une de ses séries à succès pour la télévision. Jay perçut aussitôt les efforts de son interlocuteur pour l'impressionner et sentit la paradoxale faiblesse que cela trahissait. Puis Rob demanda à Jay de quoi il voulait parler sur un ton qui laissait entendre que ce déjeuner était une immense faveur qu'il lui accordait.

Guère plus âgé que Jay, l'agent était à la fois distrait et concentré. S'il trouvait une remarque amusante, son sourire pincé donnait l'impression qu'il refoulait une douleur extrême. Il en afficha un lorsque Jay lui annonça son intention de devenir producteur. Ça n'était pas la réaction que Jay espérait et il regretta d'avoir besoin des Rob Schenk de ce monde. Il fut soulagé quand le serveur vint prendre leur commande.

« Écoute mon grand », commença Rob comme un vieux sage qui aurait représenté Buster Keaton. Jay ignora l'adresse paternaliste et tendit une oreille polie au cas où il apprendrait quelque chose d'utile. « Tu ne peux pas te prétendre producteur de cinéma et t'attendre à ce que les gens te traitent comme tel. » Jay hocha la tête. Doté d'une saine confiance dans ses capacités, sans arrogance aucune, il avait organisé ce rendez-vous afin de glaner des informations, pas pour annoncer qu'il voulait conquérir le monde. Il avait du mal à comprendre pourquoi cet entretien prenait un tour aussi hostile. Peut-être était-ce tout simplement le mode opératoire habituel de Rob Schenk.

Le serveur apporta leurs plats, une paella pour Rob, une soupe de poisson pour Jay. Pensant détendre l'atmosphère, Jay commanda un verre de rioja. L'agent un cola sans sucre.

Tout en mastiquant une moule, Rob parla à Jay d'un jeune producteur avec qui il travaillait et qui accompagnait plusieurs auteurs de théâtre à succès dans l'écriture de scénarios – « Tu as dû voir leurs pièces au Playwrights Horizons, au Manhattan Theater Club ou au Public », supposa-t-il. Ça n'était pas le cas, mais Jay ne démentit pas car le débit de Rob ne lui permettait pas d'en placer une. « Ce type a signé un contrat avec la Paramount et ils étaient sûrs d'avoir dégoté le prochain Robert Evans, tu connais Evans, j'imagine, c'était le directeur de production du *Parrain* et de *Chinatown*, et quand j'ai dîné avec lui la semaine dernière, il m'a dit… »

Les boissons arrivèrent. Jay sirota son vin en écoutant Rob palabrer de la sorte, vanter ses accomplissements personnels et ses liens avec les membres de la profession les plus célèbres, se présentant au bout du compte comme un homme que Jay comptait fuir à tout prix. Mais ce dernier espérait encore obtenir quelques conseils utiles. Quand Rob reprit enfin son souffle, il demanda :

« Tu as des conseils pour moi ?

– Garde ton boulot alimentaire », dit-il en ricanant de sa propre blague. Jay l'encaissa humblement. « Plus sérieusement, pour être producteur, il faut avoir des matériaux exceptionnels.

– C'est pour ça que je t'ai demandé de déjeuner avec moi.

– Est-ce que tu as acquis les droits d'une pièce ou d'un livre ? »

Jay répondit que non. Rob soupira. « Et j'imagine que tu n'as pas non plus de scénario original à produire. »

Jay n'en avait pas non plus.

« Eh ben, dans ce cas, t'es foutu », déclara Rob en empalant une palourde sur sa fourchette.

Cet avorton condescendant faisait exprès de le décourager. Une fois son verre de vin terminé, Jay eut du mal à garder sa jovialité et à sonder encore le petit rapace. « C'est toi qui contrôles les matériaux, non ? Les romans, les pièces de théâtre, ce genre de choses ?

– Et je représente les auteurs qui écrivent des scénarios originaux que je vends ensuite aux studios », déclara Rob en toisant Jay comme pour décider s'il allait ou non lui confier des informations hautement confidentielles. « Écoute, James…

– C'est Jay.

– Désolé, dit-il en adoptant soudain une attitude plus humaine. Tu m'as l'air d'être un gars bien, Jay, alors je vais te dire comment ça marche, le milieu du cinéma. En gros, ça grouille d'artistes de merde qui veulent bouffer dans des restos de luxe et garder leur boulot. Ces gars-là se foutent de faire des films et le mot qu'ils préfèrent prononcer, c'est non. Alors comment un type comme toi peut développer un projet jusqu'au jour où une file de camions se gare à l'aube le long d'un trottoir pour que l'équipe du film décharge le matos et démarre le tournage ? Comment tu arrives au point où les électros accrochent les projecteurs, le service traiteur installe le petit déjeuner et les stars attendent dans leur caravane que l'assistant réalisateur frappe à leur porte en disant : M. Spielberg vous attend sur le plateau ? Tu y arrives en travaillant avec des gens qui ont du talent. Donc, avant que je te laisse poser une option sur un de mes scénarios, ce qui voudrait dire qu'un de mes auteurs, que je suis censé protéger, remet son avenir entre les mains de Jay Gladstone, il faudrait me prouver que tu as au moins une petite idée de ce que tu fous, sinon pourquoi j'irais confier le boulot d'un de mes clients à un novice qui ne sait même pas comment amener des camions sur un lieu de tournage ? »

Tout en appréciant la franchise de l'agent, Jay était agacé par sa réticence. Rob éludait toutes ses questions, déformait ses propos et leur sens. Mais il ne le dissuaderait pas si facilement de produire des films.

« Attends une seconde, se défendit Jay. J'ai envie de faire quelque chose de bien. Je ne sais pas exactement comment m'y prendre donc je me disais que je pourrais te demander conseil, mais j'ai l'impression que tu fais tout pour me décourager.

– J'espère bien te décourager, précisa Rob. Le cinéma, c'est pas pour les chiffes molles. Je préfère que tu évites de te fatiguer pour rien, c'est d'ailleurs ce que j'ai dit à… » et il cita le nom du camarade de fraternité de Jay qui était leur ami commun.

Le reste du déjeuner se poursuivit sur la même note dissonante. Pourquoi Rob le traitait-il comme un parasite ? Lui en voulait-il à cause de leur différence de taille ? Jay se sentait comme un intrus qui essaie d'entrer dans un club dont il ne sera jamais membre, position à laquelle il n'était guère habitué. Il se demanda si Rob n'avait pas recours à une forme de psychologie inversée, jouant la carte, non pas du mépris, mais disons, de la défiance face à ce qu'il percevait comme un manque de sérieux de la part de Jay. Quoi qu'il en soit, Jay ne supportait pas de passer pour un quémandeur. Il expliqua qu'il avait de l'argent, qu'il songeait à acquérir des textes et qu'il serait heureux que Rob lui envoie un échantillon. De quelles sommes d'argent parlait-on, voulut savoir Rob. Jay essaya d'éluder la question avec humour, disant : je demanderai à mon banquier de t'envoyer mon dernier relevé. Rob lui adressa un de ses sourires douloureux et lui dit d'appeler son assistant pour qu'il lui envoie des scénarios à lire.

Trois quarts d'heure après son arrivée, Rob se leva brusquement et informa Jay qu'il devait aller à une réunion. Il partit sans le remercier d'avoir réglé l'addition.

Jay retourna lentement vers son bureau, ruminant les propos de l'agent, prenant ses mises en garde comme un défi. Il appela l'agence, parla à l'assistant de Rob et obtint qu'il lui envoie des scénarios chez lui. Il n'avait pas envie de devoir expliquer leur présence au bureau à son père. Les manuscrits arrivèrent quelques jours plus tard et Jay passa tout un samedi après-midi à les lire. Il ne les trouva pas extraordinaires.

« Les types comme Rob Schenk sont des girouettes, dit-il. Ils suivent n'importe quelle tendance. Moi, ce que je veux, c'est de l'originalité. »

En entendant Jay décrire leur entretien, je fus frappé non seulement par son assurance, mais surtout par sa capacité à ignorer les cerbères. Il était facile d'idéaliser le monde du cinéma avec sa flopée de noms célèbres, son histoire éblouissante et le rôle majeur qu'il avait joué dans la construction du mythe américain. Mais la fabrication d'un film, dans son aspect le plus terre à terre, consistait à résoudre des problèmes. Le cinéma avait beau être *la* forme d'art emblématique du XXe siècle, même les artistes les plus visionnaires avaient besoin de collaborateurs capables de comprendre aussi bien les budgets que les différents objectifs d'une caméra. Jay Gladstone n'allait pas se laisser intimider par un nabot suffisant comme Rob Schenk. Malgré son manque d'expérience, il savait dresser des plans, anticiper, organiser. J'admirai sa lucidité. Quant à Kit, elle était un missile détecteur de chaleur et Jay, une cible incandescente.

Quand le ferry accosta à Staten Island, il était presque minuit. Kit chancela sur la passerelle et, pour l'empêcher de tomber, Jay, plus rapide que moi, lui saisit le bras et l'aida à retrouver son équilibre. Le moment me parut étonnamment intime et je regrettai de ne pas avoir eu de meilleurs réflexes, mais l'épisode fut vite oublié. Nous envisageâmes de partir à la recherche d'un bar, mais décidâmes finalement de nous promener au bord de l'eau. Tandis que nous longions le quai, contemplant les points lumineux qui mouchetaient les gratte-ciel de Manhattan, de l'autre côté du vaste port, je repensai à la scène de *Jules et Jim* où Jules, Jim et leur amante Catherine marchent au bord de la Seine et où, sous le regard horrifié des deux hommes, Catherine se jette dans le fleuve.

Nous débattions de l'existence du libre arbitre quand, sans dire un mot, Kit enfourcha son vélo et partit. Nous l'appelâmes, mais elle pédala furieusement loin de nous. Elle disparut pendant cinq minutes, puis dix.

Jay resta sans voix.

« Elle est fougueuse », dis-je.

Quelques instants plus tard, la silhouette de Kit perça l'obscurité. Elle avançait vers nous. Son vélo vacillait au bord du quai. Je restai sur mes gardes, craignant qu'elle tourne délibérément son guidon vers le vide, mais elle arriva à notre hauteur, rougie par l'effort et, sans nous donner d'explication, reprit avec nous le chemin du ferry.

Sur le trajet du retour, elle s'endormit entre nous, la tête sur mon épaule. Tandis que le bateau nous ramenait poussivement vers chez nous, Jay croisa mon regard et m'adressa un pouce levé. Je n'avais pas l'intention de présenter Kit à mes parents, craignant une déferlante de questions, mais l'approbation de Jay comptait beaucoup pour moi.

10

Une semaine plus tard, je montrai à Kit les trente premières pages de mon scénario qui parlait maintenant d'une femme humoriste. C'était un soir de semaine et nous buvions trop de bières en grignotant des cacahouètes dans un bar de la 7e Rue Est appelé le Blue & Gold.

Pourquoi avais-je écrit l'histoire d'une comique ? Parce que certains hommes sont prêts à tout pour faire plaisir à une femme ? En partie. Mais c'était plus compliqué que ça. Parce qu'un personnage de comique féminin était plus intéressant à cause de leur rareté à l'époque et qu'en choisissant d'en mettre une sur le devant de la scène, je m'affirmais en tant que nouvelle voix du cinéma américain ? Peut-être. Une raison moins égocentrique ? Je manquais de véritable point de vue. Homme ou femme, j'avais seulement envie d'écrire un scénario qui plairait à quelqu'un.

Kit trouva le début acceptable, mais elle avait quelques idées au sujet de son personnage. Je l'écoutai patiemment tout en lui rappelant gentiment que c'était moi qui me débattais avec le texte.

« Bien sûr que c'est ton scénario ! Je suis juste de mauvaise humeur à cause d'une audition pourrie que j'ai passée aujourd'hui. »

C'était encore pour un film étudiant donc ça n'était pas payé, bien sûr, et le réalisateur lui avait demandé si ça ne la gênait pas de montrer ses seins. Ben si, ça me gêne, putain, avait-elle répondu. Elle me rappela qu'elle risquait d'être expulsée pour avoir dépassé la date de son visa et qu'elle n'aurait plus jamais le droit de revenir dans ce pays. C'était toujours la même histoire. Kit se lamentait sur son sort, je tentais de la consoler, elle me disait que je ne pouvais pas comprendre, puis s'excusait, se traitait d'idiote, me caressait la cuisse, me remerciait d'être aussi gentil de l'écouter et me priait de la pardonner. Oh ! Et qu'est-ce que je pensais de l'idée du mariage ? Est-ce que j'y avais réfléchi ? Mon désarroi lui arrachait toujours un rire.

« Mais le plus important dans tout ça, dit-elle, c'est que tu termines ton super scénario ! »

Alors que nous traversions la nuit humide pour regagner mon appartement, elle aperçut sur le trottoir devant le Kiev un sans-abri qui observait les clients indifférents attablés dans le restaurant.

« File-moi dix dollars », ordonna-t-elle. C'était l'époque de ma vie où quand j'allais au distributeur, je ne retirais que vingt dollars à la fois. Après une seconde d'hésitation, je fouillai dans mon portefeuille et en sortis quelques billets crasseux. Elle s'approcha du spectre en haillons souillés et chaussures rafistolées avec du scotch, lui tendit l'argent et montra le restaurant. Pendant que l'homme entrait, nous recommençâmes à marcher. Elle ne parla pas de l'argent.

« Tu es sûr que tu ne veux pas qu'on se marie ?

– Pour que tu dilapides ma fortune ?

– Vois ça comme une performance artistique. » Je ne me considérais pas comme un performeur. Nous marchâmes en silence. « Je vais vraiment être expulsée. » Du jazz cacophonique s'échappait d'une fenêtre. Un taxi jaune passa. « Peut-être que j'irai tenter ma chance en France. Je pourrais travailler avec Truffaut.

– Il t'adorerait, dis-je, soulagé qu'elle change de sujet.

– Tu sais quel moment j'ai préféré dans *Jules et Jim* ? Quand les trois amis marchent le long de la rivière et que Jeanne Moreau se jette à l'eau.

– Quand on était sur le quai, à Staten Island, j'ai repensé à cette scène et j'ai cru que tu allais faire la même chose. »

Kit resta silencieuse un instant. « J'ai failli.

– Qu'est-ce qui t'a retenue ?

– Je ne voulais pas que Jay me prenne pour une folle. C'est clair qu'il va réussir dans la vie et tu sais... » Elle hésita. Elle n'avait pas besoin d'aller au bout de sa phrase. Je savais ce qu'elle voulait dire. Nous étions au coin de la Bowery en train d'attendre que le feu passe au vert.

« Eh bien, si tu ne veux pas m'épouser, t'as intérêt à m'emmener nager. » Je lui proposai d'aller à la plage le samedi suivant, mais elle avait une autre idée en tête.

« Allons-y maintenant.

– Je travaille demain matin.

– Avant d'être expulsée, je veux nager au clair de lune. »

J'hésitai.

« Allez viens, Pablo. On va jouer les otaries. »

11

Comme Frank Bones, Kit avait le don de saisir l'instant et de le sublimer. Nous nous engouffrâmes dans le métro presque vide de la 4e Rue Ouest et nous laissâmes emporter par le wagon illuminé dans les tunnels obscurs, à travers les décors solitaires du Queens, au-dessus des sombres marais salants menant aux pistes de l'aéroport Kennedy, jusqu'à la station de Far Rockaway. Bringuebalés sur les rails pendant près d'une heure, nous fûmes forcés de constater que l'explosion d'énergie alcoolisée qui avait égayé notre excursion commençait à se dissiper. Quand nous descendîmes sur le quai aérien, le piquant de l'air marin qui emplit nos poumons nous raviva. Il faisait encore chaud et la pleine lune suspendue au-dessus de l'horizon projetait des ombres que nous suivîmes à travers les rues désertes bordées d'immeubles trapus.

Nous gravîmes les dunes qui séparaient la route de la plage et retirâmes nos chaussures. Il n'y avait personne le long de l'immense rivage clair. Kit se déshabilla la première. Elle courut sur le sable et plongea nue dans l'océan. Je fis passer mon T-shirt au-dessus de ma tête, détachai ma ceinture, sortis une jambe de mon jean, puis l'autre. Je regardai encore à droite et à gauche pour vérifier qu'aucun individu mal intentionné n'allait nous piquer nos vêtements, baissai mon caleçon et rejoignis Kit dans l'eau froide. Des vagues argentées montaient et descendaient sous la lune, nous ballottant de tous côtés tandis que nous batifolions comme des phoques. Après avoir aspiré de grandes bouffées d'air, nous plongions sous les brisants qui approchaient pour refaire surface et recommencer. Nous surfions à plat ventre jusqu'à la grève, agitant nos bras à l'unisson, riant, criant de joie. Flottant sur le dos, Kit chanta des bribes de ses chansons préférées pendant que je nageais autour d'elle. Près de la plage, nous nous étreignîmes, laissant l'eau tournoyer autour de nos jambes, j'embrassai ses lèvres salées, ses épaules, ses seins. Dans la brise torride de la nuit, nous fîmes l'amour sur le sable et d'une langue alerte, je traçai les lettres de l'alphabet hébreu entre ses jambes avec une précision qui aurait épaté les rabbins de mon enfance. Nous changeâmes de position puis nous écroulâmes dans les bras accueillants l'un de l'autre tandis que les flots alanguis nous léchaient les pieds et que les premiers rayons gris de l'aube miroitaient révérencieusement à l'horizon. Il me semblait alors que tout était possible quand on était jeune, hardi et prêt à dire oui.

Le camé dont nous dûmes contourner la forme gisante en quittant la plage nous ramena à la réalité.

Pendant le trajet cotonneux du retour, Kit murmura : « Je t'aime, Pablo, mais je suis libre comme l'air et j'ai vraiment, vraiment besoin d'un service… »

12

Après cette soirée, toute résistance était inutile. Kit et moi nous unîmes au bureau des mariages de New York. J'avais enfilé pour l'occasion la veste d'Ornette Coleman assortie d'une chemise blanche et d'une cravate fine. Kit portait une robe bain de soleil ainsi qu'une fleur jaune derrière l'oreille. House était notre témoin. Il venait de quitter *Classy* pour devenir apprenti journaliste au *Daily News* et il dut partir juste après la cérémonie en reportage à Red Hook, sur les lieux d'un règlement de comptes entre gangs. Kit et moi allâmes déjeuner dans Little Italy. En chemin, elle déclara : « Maintenant qu'on est mariés, t'es vraiment mon petit copain, c'est la moindre des choses. » J'étais content. Elle avait l'air sincèrement reconnaissante du rôle que j'avais accepté de jouer. Nous étions donc ensemble, elle, dans son appartement, moi, dans mon loft. Être amoureux : cette simple notion m'avait jusqu'alors paru ridicule, comique. C'était une chose qui n'arrivait qu'aux gens dénués de tout self-control. Mais quand ça m'arrivait à moi, j'étais désarmé.

Kit se rendit au bâtiment administratif de Manhattan et y déposa une demande de *green card*. Tôt ou tard, nous serions convoqués à un entretien afin que l'enquêteur du gouvernement vérifie que l'escroquerie que nous avions montée n'en était pas une.

13

Un soir, en rentrant du boulot, je trouvai un message de Jay sur mon répondeur. « Super, ton article sur Frank Bones, dit-il. J'ai adoré le passage où tu le décris comme une balle de ping-pong dans une soufflerie. Appelle-moi. »

« Hé, Pablo, hurla-t-il cinq minutes plus tard en décrochant. Qu'est-ce que tu fais demain soir ? »

Le cinéma de Bleecker Street organisait une double séance de road movies de Wim Wenders. Cinq heures d'évasion envoûtante en noir et blanc. Du pur bonheur. Je ne pouvais pas rater ça.

« J'ai des billets pour les Yankees, baby. Juste à côté du banc de l'équipe. Tu viens avec moi. » Je n'aimais pas trop la façon dont il estimait que je devais renoncer instantanément à tous mes projets pour lui, mais un dernier argument fit chanceler ma réserve : « Ils jouent contre Boston ! »

En fin d'après-midi, le lendemain, je sortis du métro et plongeai dans le sauna de la 42e Rue. Des travailleurs moites avançaient lourdement sur les trottoirs jonchés de détritus. Un banc de nuages planait au-dessus de la ville-fournaise. Un passant me bouscula, mais ne dit rien quand je lui reprochai son manque de politesse.

« Schwartzman ! » C'était la voix de Jay.

Je regardai autour de moi sans le voir. De l'autre côté de la rue, deux flics avaient plaqué un type contre un mur. Un bus cracha un nuage de gaz en accélérant vers Times Square. J'entendis à nouveau mon nom et cette fois, j'aperçus Jay à la fenêtre arrière d'une limousine.

Je me frayai un chemin à travers la marée saumâtre de citadins et me campai devant lui.

« Tu rigoles ?

– J'ai pas réussi à trouver un taxi », s'excusa-t-il avec un grand sourire. J'hésitai avant d'ouvrir la portière et de grimper à l'intérieur. Je me considérais comme un homme du peuple et les limousines ne collaient pas avec cette image. Les sièges en cuir étaient doux et moelleux. Mon jean noir et mon T-shirt des Clash élimé juraient dans le décor. Le chauffeur était un grand gaillard blanc d'une cinquantaine d'années. « Dis bonjour à Alexei », dit Jay.

Alexei me répondit d'une voix qui me rappela le bruit d'une bétonnière. La voiture fila vers le Bronx.

« Alexei était champion de boxe en Russie. Sois gentil avec lui sinon il te tuera. »

Je ne savais pas si Alexei nous écoutait, mais je ne doutais pas qu'il fût capable de me tuer. Je n'étais jamais monté dans une limousine. Je demandai à Jay de m'expliquer ce qu'on faisait là-dedans.

« Bingo est en voyage d'affaires à Washington et il a bien voulu me la prêter pour la soirée.

– Comment va ton père ?

– Il a le vent en poupe depuis qu'il a sauvé la ville de la faillite.

– Comment ça ?

– T'es pas au courant ? »

Sans attendre ma réponse, Jay me raconta qu'un an plus tôt, alors que New York était au bord de la banqueroute, son père avait convaincu un groupe de magnats de l'immobilier de payer leurs impôts un an en avance afin d'aider la ville à renflouer ses caisses. Cet acte de dévouement civique sans précédent avait mis fin à la spirale infernale dans laquelle la ville était tombée. Jay ne précisa pas que ce geste avait aussi servi les intérêts de sa famille car les grands ensembles immobiliers ont tendance à perdre de la valeur dans une ville à l'agonie, mais la démarche n'en demeurait pas moins remarquable et je hochai la tête en signe d'admiration sincère.

Jay ouvrit un petit frigidaire installé contre le siège avant et révéla une panoplie de mignonnettes d'alcool. « Tu veux boire un coup ? »

J'optai pour une bière. Jay me tendit une bouteille de marque étrangère ainsi qu'un ouvre-bouteille arborant le logo du Club 21. Loin d'être un hippie, leur antimatérialisme avait imprégné mes jeunes années d'un mépris pour le culte du pouvoir et du confort propre à l'ancienne génération. Ça n'était pas le cas de Jay qui, sans faire étalage de la fortune familiale – à ma connaissance, il ne se déplaçait généralement pas en limousine –, n'avait aucun problème avec elle. Au lycée, il roulait en Camaro rouge, une voiture classe, mais pas clinquante. Je ne savais même pas que son père possédait un véhicule pareil. Ces dernières années, ils avaient dû gravir quelques échelons sur l'échelle de la richesse.

« Alexei était coincé en URSS, me raconta Jay, et mon père l'a aidé à en sortir. Il a aidé des tas de gens d'ailleurs et quand il peut, il leur file du boulot. »

Alexei marmonna quelque chose que je ne saisis pas. Je demandai à Jay de traduire.

« Il dit que mon père est un grand Américain. »

Mon père était un homme admirable, bourré de qualités, mais il n'avait aidé personne à fuir l'URSS et encore moins fourni du travail à des réfugiés. De toute évidence, Bingo Gladstone ne jouait pas dans la même catégorie.

À l'époque, le Bronx était le symbole national du déclin urbain. Des pyromanes avaient transformé des rues entières en carcasses fumantes, des explosions de graffiti sauvages envahissaient les murs, les ponts et les panneaux de signalisation, résistant à toute tentative d'endiguement, le crime régnait partout. Un quartier avait même été surnommé Fort Apache car, comme son homologue du Far West, c'était un avant-poste solitaire au milieu d'un environnement hostile et impitoyable. L'oasis du Yankee Stadium offrait un contraste surréaliste avec ce décor et arriver là-bas en limousine me parut aberrant, pour ne pas dire déplacé.

Alexei nous déposa devant le stade et tandis que Jay et lui convenaient d'un rendez-vous à l'issue du match, je remarquai quelques curieux qui nous scrutaient en se demandant si nous étions des gens importants. Comprenant rapidement qu'il n'en était rien, ils reportèrent leur attention ailleurs. Leurs visages impavides me rappelèrent que la lutte des classes n'avait peut-être lieu que dans ma tête.

« Yo, Jay Gladstone ! »

Je me retournai et aperçus deux jeunes Noirs d'environ quatorze ans. L'un d'eux, grand et mince, vêtu d'un jean repassé et d'un polo de la Merit Academy, affichait un sourire qui réfléchissait la lumière. L'autre était plus petit et plus pataud. Habillé comme son acolyte, il portait des lunettes et un gant de baseball à la main.

Jay les salua familièrement et me présenta Ronald et Lionel, deux lycéens à qui il donnait des cours du soir au sein d'une association de Harlem. Ils venaient tous les deux d'obtenir des bourses pour aller étudier dans une école privée de Riverdale et pour fêter ça, Jay les avait invités au match. Lionel, celui qui portait des lunettes, nous fit savoir avec humour qu'il aurait préféré assister à un match de basket car il n'aimait pas trop le baseball.

Est-ce que Jay pourrait les emmener à Madison Square Garden voir un match de basket universitaire un jour ?

La façon dont ils se comportaient avec lui témoignait clairement de leur affection. Je découvrais une nouvelle facette de mon ami. J'étais tellement obnubilé par ma réussite que je n'aurais jamais eu l'idée de donner des cours du soir à des jeunes, encore moins de les inviter à un match de baseball.

Laissez-moi ouvrir ici une parenthèse au sujet de la notion de sauveur blanc qui a gagné du terrain depuis ces événements. Compte tenu de la réputation controversée de Jay Gladstone aujourd'hui, je comprends que ce soit difficile à croire, mais il s'impliquait réellement dans ce genre de travail bénévole et ce dans le seul but de rendre service. Ronald et Lionel étaient avec nous et il me semble important d'en parler pour que vous puissiez avoir une image globale de l'homme. Elle ne colle peut-être pas avec le portrait que l'on dresse actuellement partout de Jay Gladstone, celui que les gens bien utilisent comme défouloir, mais les faits sont parlants.

Ce jour-là, alors que nous suivions Jay dans les entrailles du stade, je ressentis l'excitation familière qui précède une rencontre sportive à laquelle participe une équipe dont vous avez suivi les hauts et les bas pratiquement depuis la naissance, passion cultivée par mon père qui, ayant grandi à New York, avait toujours vénéré les héros des Yankees avec une foi quasi religieuse. J'absorbai tout : l'odeur particulière des stands de nourriture, l'énergie frétillante d'avant-match, quand tout le monde se dépêche de rejoindre sa place avant le premier lancer, cette masse vibrante qui vous aspire dans son étreinte et occulte toute pensée négative pendant la durée de l'expérience collective.

En émergeant des tunnels, le vert irlandais de l'herbe est si intense qu'il frôle l'expérience hallucinatoire. La télé est loin d'en saisir la vivacité. Ronald et Lionel furent impressionnés comme il se doit, aucun d'eux n'ayant encore assisté à un match au Yankee Stadium. Ébloui, je plissai les yeux pendant que Jay agitait nos billets en direction d'un ouvreur qui ne les vérifia pas et nous guidait lui-même jusqu'à nos places. Nous nous approchions de plus en plus du terrain jusqu'à ce que Jay se glisse au premier rang, à côté du banc des joueurs. Nous le suivîmes et, alors que nous nous installions, je sentis les regards envieux des spectateurs derrière nous. Ronald et Lionel n'en revenaient pas. J'avais beau cultiver un air cool et détaché, j'eus énormément de mal à maintenir cette apparence en voyant que nous étions quasiment assis sur le terrain.

Jay interpella les joueurs qui le saluèrent. Il connaissait donc personnellement certains membres des Yankees. L'instant d'après, il leur tournait le dos et hélait un vendeur de hot-dogs. Il en acheta quatre.

Quand je l'interrogeai sur sa familiarité avec des athlètes dont je lisais les noms dans les journaux, il m'expliqua que les joueurs le reconnaissaient parce qu'il était souvent assis à cette place, ça n'avait rien d'extraordinaire. Comme un vendeur descendait notre allée, je voulus acheter des sodas pour nous quatre, mais Jay attrapa mon billet de vingt dollars froissé et le fourra dans ma poche en disant : « Ton argent ne sert à rien ici. » Il répéta ce procédé avec le vendeur de cacahouètes.

Nous discutâmes avec Ronald et Lionel de leur école et des Knicks dont ils étaient tous les deux fans. De cinéma aussi. Ils adoraient Fred « The Hammer » Williamson et l'avaient trouvé particulièrement génial dans *Black Caesar* qu'ils avaient vu plusieurs fois. Quand Jay leur annonça que j'étais scénariste, ils s'étonnèrent. Les acteurs n'inventaient pas les mots eux-mêmes ? C'est fou le nombre de gens qui croient ça. Quand j'expliquai qu'il y avait des auteurs qui écrivaient les textes, les garçons voulurent savoir quels films j'avais écrits. Je leur répondis aucun, ils haussèrent les épaules et reportèrent leur attention vers le terrain.

« Tu as fini le scénario sur lequel tu travaillais ? » demanda Jay.

On était au troisième tour de batte et les Yankees menaient déjà cinq à zéro. Jay avait donné de l'argent à Ronald et Lionel et ils étaient partis s'acheter des souvenirs.

« Presque, dis-je.

– Tu crois que le public s'intéressera à une femme comique ?

– Pourquoi pas ? »

Jay réfléchit un instant et dit : « Je n'ai pas voulu mélanger travail et amitié.

– Je comprends.

– J'imagine que le script est bien. Dis-moi qu'il est bien.

– Je crois que oui.

– Tu n'as pas l'air convaincu.

– J'en sais rien. C'est mon premier scénario de long-métrage, sans compter celui sur Cicéron, mais pour l'instant, mon Cicéron est dans un tiroir parce que…

– Tu n'as pas la bonne attitude, m'interrompit Jay. Tu devrais dire : J'ai écrit un scénario génial, il va rapporter une tonne de fric au studio qui le produira et tous ceux qui ne voudront pas le financer sont des idiots. Vas-y, dis-le.

– Je ne vais pas dire ça.

– Je vais envoyer un coursier en récupérer une copie chez toi demain. Si ça me plaît, on fera un film ensemble. »

La proposition était grisante. Mais j'avais beau croire au talent de Jay, je doutais de la réussite de cette collaboration.

« Il faut que je le retravaille un peu avant de te le faire lire.

– Retravaille-le cette nuit. Je veux le lire demain. »

Lionel et Ronald revinrent de leur virée shopping coiffés chacun d'une casquette des Yankees. Jay les complimenta sur leur nouveau style. Ils rayonnèrent en recevant son approbation.

Je me remis à suivre le match, ce qui n'était pas difficile vu qu'il se déroulait à un mètre de moi, tout en me demandant si la proposition de mon vieil ami était sérieuse. Dire que je ne connaissais pas grand-chose au milieu du cinéma serait un euphémisme. Je savais que les auteurs avaient des agents, mais pas moi. Et je savais que les studios de Los Angeles fabriquaient des films. Il y avait un mouvement underground très dynamique à New York, mais personne ne gagnait sa vie grâce à des films tournés en Super 8 projetés dans des sous-sols infestés de cafards.

Je demandai à Jay comment il prévoyait de transformer mon scénario en long-métrage.

« Laisse-moi m'occuper de ça », conseilla-t-il.

Au même moment, le batteur des Yankees frappa une balle et l'envoya dans les nuages. Comme elle atteignait le sommet de sa courbe et entamait sa descente parabolique, je compris qu'elle fonçait vers nous. Jay suivait sa trajectoire avec un calme olympien. Le receveur des Red Sox et le joueur de troisième base coururent vers la tribune, mentons pointés vers le ciel. Tous les spectateurs se levèrent d'un bloc pour regarder la balle traverser le ciel nocturne comme un astéroïde, chacun espérant l'attirer dans sa direction. Près de nous, un gamin maigre et pâle agita son gant comme pour l'appeler à lui. Lionel tendit le sien vers le ciel tel un suppliant. Les deux joueurs qui s'étaient précipités vers les gradins se tenaient à présent à moins d'un mètre, les bras tendus. Mais le projectile atterrit deux rangs derrière nous, rebondit hors des mains d'un type obèse en polo, frôla les doigts de son fils adolescent et, sous mes yeux ébahis, fut stoppé dans son élan par Jay. Pendant que les joueurs se repliaient vers le milieu du terrain, Jay brandit son trophée devant les caméras de télévision puis posa la balle dans le gant de Lionel.

Un geste simple, désinvolte, sublime.

Après le match, nous déposâmes les garçons devant leur logement social de Harlem. Sur le trajet du retour, Jay me demanda si je n'avais pas envie de sortir avec sa sœur Bebe. Ma mère l'aurait adorée. C'était une riche héritière.

« Elle t'aime bien, tu sais. »

Quand j'annonçai à Jay que j'avais épousé Kit, il fut abasourdi. « Qu'est-ce qui t'a pris de te marier ? » La solidarité entre artistes, l'abolition des frontières, l'apartheid en Afrique du Sud – Jay n'était pas convaincu. « Le mariage, c'est du sérieux, dit-il. C'est une promesse. Une fausse promesse, c'est terrible, sans parler du fait que c'est une fraude. » Je lui demandai s'il n'aimait pas Kit. « Mais si, je l'aime bien, dit-il. Ça n'a rien à voir. » J'avais été idiot de m'attendre à une autre réaction. Malgré toute l'admiration et le respect que je vouais à Jay et aussi heureux que me rendît notre amitié, nous ne partagions pas la même vision de la vie. Cet échange vint jeter une ombre au tableau de cette soirée parfaite. Il me flanqua une tape sur le genou, sourit et dit : « Chacun sa merde ! »

14

Avec cigarettes et café, je restai debout jusque tard dans la nuit à peaufiner mon scénario. Le lendemain, les yeux embués, je titubai jusqu'à un magasin d'University Place où j'imprimai deux copies du texte. Vingt minutes après mon retour, la sonnette retentit. J'ouvris au coursier et attendis qu'il gravisse les escaliers, appuyé contre le montant de la porte, les yeux fermés. Épuisé, je comptais retourner me coucher. Je me redressai en entendant la voix de Jay.

« Tu ne me proposes pas d'entrer ? »

Il portait un costume et une cravate, et pas de ceux qu'on trouve dans les friperies, un costume extrêmement sérieux, avec aux pieds, des brogues étincelantes. J'étais en survêtement et T-shirt déchiré. Sa présence incongrue me prit de court. Après un bref salut, il tourna les yeux vers l'intérieur de l'appartement.

Je m'écartai et, d'un geste théâtral, l'invitai à entrer. Il avança en examinant le décor. Par miracle, le peuple de cafards était en pause syndicale et il n'y avait aucun spécimen en vue. Mais le lit était défait et la vaisselle à l'abandon depuis une semaine. Plusieurs cendriers débordaient.

« On dirait une scène de crime. Je crois que j'ai enjambé un cadavre dans le hall. » La nouveauté de l'environnement stimulait Jay ; les piques fusaient. « Si le film marche, on tâchera de te trouver un logement plus décent.

– J'ai pas envie d'habiter dans un des immeubles de ta famille. À chaque fois que je vais au nord de la 14e Rue, je suis au bord du malaise.

– Hé, je suis obligé de faire semblant de défendre l'entreprise familiale. C'est comme ce costard. Tu crois que ça m'amuse de me déguiser en représentant de commerce ?

– J'en sais rien.

– Eh ben non. Mais c'est l'uniforme de l'équipe. »

Il s'approcha de mon bureau sur lequel on aurait dit qu'une bombe avait explosé. Ma machine à écrire l'intrigua. Il tapota quelques touches.

« Tu écris sur cette machine ?

– Ça a marché pour Hemingway, répondis-je.

– C'est pas parce qu'un truc est vieux qu'il est bien. »

J'étais trop exténué pour argumenter. Il s'assit dans mon fauteuil ; je m'écroulai sur le lit défait. Nous parlâmes de notre projet, de ses idées de financement. Il me dit que ce film propulserait nos carrières, même s'il n'avait pas encore lu une ligne du script. Il demanda à voir le scénario et je lui tendis une enveloppe en papier kraft portant son nom au marqueur. Il l'ouvrit, sortit le manuscrit et le feuilleta. Allait-il le lire devant moi ? Il répondit à ma question en rangeant le texte dans l'enveloppe et en me demandant si j'avais quelque chose à boire. J'avais une bouteille de whisky irlandais. Je nous servis chacun un verre. Midi était encore loin. Peu importe, il fallait fêter ça. Jay leva son verre et lança : « À notre avenir flamboyant. »

Je m'endormis tout de suite après son départ. Au bout de quelques heures, je me réveillai, enfilai mes tennis et allai au gymnase de la fac m'incruster dans un match de basket. Là, je suai les restes de caféine et de nicotine de la nuit et oubliai tout sauf l'enjeu du match. De retour chez moi, je consultai mon répondeur. Il y avait un message de ma mère, mais pas de nouvelle de Jay. Où était passé son enthousiasme du matin ? Était-il possible qu'il n'ait pas fini de lire le scénario ?

15

Le lendemain après-midi, je n'avais toujours aucune nouvelle. Kit et moi étions assis sur un banc dans Soho, face à la rue, près d'une aire de jeux asphaltée résonnant de cris d'enfants. L'automne insufflait enfin sa fraîcheur à l'air sale. Le vélo cabossé de Kit était couché sur le trottoir. Un parfum aillé nous arrivait de la pizzeria du coin. Entre nous, le scénario. Cent quinze pages d'espoir et d'ambition. Jay ne l'avait peut-être pas lu, mais Kit, oui. Quand je me tournai vers elle, ébloui par le soleil, j'abaissai le bord de mon fedora. Je me préparais à recevoir un déluge de compliments.

« Tu as écrit un film hollywoodien, déclara-t-elle. Pourquoi tu as fait ça ? » Sa première observation n'était pas très élogieuse.

« C'est le genre de scénario que je peux réussir à vendre. L'ascension et la chute de Viv Piston. Jay est en train de le lire et si ça lui plaît, il m'aidera à le produire.

– L'héroïne n'est pas sympathique, dit-elle en tapotant le manuscrit du bout du doigt. Il faut qu'elle soit plus drôle.

– C'est un drame.

– Bon sang, Pablo, je t'ai déjà évité d'écrire l'histoire d'un vieux Romain dont tout le monde se fout et maintenant, tu voudrais que je joue une comique pas drôle ? Arrêtons de vivre dans le fantasme, d'accord ? Écris l'histoire d'une immigrée pouilleuse qui débarque à New York pour devenir artiste. Je te file mon histoire gratis. Et c'est toi qui dois réaliser le film. Tu es doué, tu es sensible. Tu seras merveilleux. »

Sa critique aurait pu me démoraliser, mais elle fut pratiquement éclipsée par sa foi en mon talent de réalisateur. C'était mon rêve depuis toujours et sa concrétisation me semblait alors extrêmement lointaine.

« Qui osera me confier la réalisation d'un long-métrage ?

– Et pourquoi pas ? Tu es déjà un réalisateur primé ! » Elle secoua son paquet de cigarettes froissé, en sortit une cigarette (toujours à faible teneur en goudron) et la glissa entre ses lèvres. Elle l'alluma à l'aide d'un briquet en plastique et aspira une longue bouffée. « Quand tu auras écrit une version plus courte et plus drôle, dis bien aux gens que tu veux le réaliser. » Elle avait récemment joué un petit rôle dans le film d'un jeune diplômé de NYU, l'université de New York où j'avais fait mes études. Le réalisateur avait réussi à produire un long-métrage en vidant ses comptes en banque et en convainquant ses amis de travailler gratuitement. « Il faut que tu te prennes au sérieux parce que personne ne le fera à ta place. Pas de regrets, tu sors l'artillerie lourde et tu fonces. »

Kit transforma ses pouces et ses index en pistolets et vida plusieurs barillets imaginaires sur un camion de livraison qui passait. Puis elle regarda sa montre. Son service au restaurant démarrait dans dix minutes. À l'instant où nous nous levions du banc, quelqu'un cria son nom depuis l'autre côté de la rue. Un petit homme noir d'environ notre âge. Il portait un T-shirt extra large, un pantalon baggy et des tennis montantes.

Elle lui fit signe d'approcher et ils tombèrent dans les bras l'un de l'autre comme deux frères d'arme. C'est ainsi que je rencontrai Ving Levine, en pleine euphorie de ses premiers succès, à l'aube de ce qui allait devenir une brillante carrière. Il parlait vite, avec grande énergie. Sans se faire prier, il commença à nous raconter que Martin Scorsese lui avait envoyé un mot après avoir vu son dernier film pour l'inviter à discuter avec lui dans son bureau et qu'il lui avait montré des scènes du long-métrage qu'il était en train de tourner. Ving était un grand admirateur de *Mean Streets* et de *Taxi Driver*, mais il nous assura que ce chef-d'œuvre allait propulser la réputation de Scorsese à un niveau inégalé. J'écoutai avec un mélange d'émerveillement et d'envie, et regrettai de ne pas avoir d'élément intéressant à apporter à la conversation. Un sourire fade scotché sur le visage, je restai muet comme un mannequin de cire. Pendant que Ving reprenait son souffle, Kit annonça de but en blanc: « Pablo écrit un scénario pour moi. Il doit encore le retravailler un peu, mais ça va être sensass. »

Ving hocha la tête. Il était attendu à une projection, il devait filer. Kit et lui se promirent de s'appeler.

« Tu devrais écrire un article sur Ving. Il est au moins aussi intéressant que Frank Bones, tu ne trouves pas ? »

Vert de jalousie, je demandai : « Tu en es sûre ?

– À mon avis, oui. » Elle souleva mon chapeau et le posa sur sa tête. « Je t'emprunte ton fedora. Ça te dérange pas ? »

Sans me laisser le temps de protester, elle enfourcha son vélo et pédala vers le lointain.

16

Candy Mitchell fut ravie d'apprendre que j'avais décroché un entretien avec Ving pour *Classy*. Il correspondait exactement aux sujets qu'elle convoitait dans sa campagne pour redorer l'image de son magazine.

Ving demanda à me recevoir chez lui, dans un appartement situé au deuxième étage d'un *brownstone* de Brooklyn Heights récemment rénové, soit quelques crans plus haut sur l'échelle économique que mon trou à rat de la Bowery. J'arrivai un jour de semaine, en milieu d'après-midi. Ving me salua chaleureusement et nous servit des thés glacés dans de grands verres. L'endroit alliait harmonieusement murs en brique et parquets cirés. Le canapé sur lequel je m'installai n'avait sûrement pas été acheté d'occasion ni le fauteuil à oreilles où Ving était assis, dans une tenue semblable à celle qu'il portait le jour où je l'avais rencontré.

Au milieu d'un tapis persan, trônait une table basse en verre d'aspect luxueux sur laquelle je posai mon magnétophone. Plusieurs masques africains décoraient les murs ainsi qu'un vieux poster encadré de *Murder in Harlem*, un film de 1935 réalisé par Oscar Micheaux, un Afro-Américain dont la contribution méconnue au cinéma américain était un des sujets favoris de mon hôte – « On parle tout le temps de Ford, de Hawks, d'Hitchcock, mais pourquoi les gens ne parlent jamais de Micheaux alors qu'il avait au moins autant de talent ? »

Du jazz de la côte Ouest – « Los Angeles en force ! », s'écria Ving – s'échappait subtilement des enceintes hors de prix. Venait-il de Californie ? Rien ne l'indiquait. Par la fenêtre, on pouvait voir des arbres.

Nous parlâmes de son film, une histoire d'amour entre deux jeunes Afro-Américains qui se rencontrent la veille de leur départ pour la fac. Il avait confié le rôle principal à sa petite sœur qui, de l'avis général, s'en était sortie à merveille. Ving jouait le rôle secondaire du frère nettement moins prompt à gravir l'échelle sociale et crevait l'écran dans toutes ses scènes. Sa performance était ce que j'avais le plus apprécié dans le film, ce que je lui confiai une fois que je commençai à me détendre et que mon intense sentiment d'envie se fut quelque peu estompé. Le sourire de profonde satisfaction qu'il afficha fut pour moi une leçon dans l'art de dire aux gens ce qu'ils ont envie d'entendre. De mon point de vue, cet homme avait tout pour lui, mais je pouvais aussi me faire bien voir sans entamer ma dignité. Il avait vraiment du talent. Et un point de vue unique. Je ne disais pas ça par complaisance. Il m'expliqua qu'il avait envie de faire des films sur la condition des Noirs en réponse à ceux de la blaxploitation, pour remplacer les clichés par la vérité pure. « Comme Woody Allen avec son propre monde, tu vois ? » Pour tout auteur mâle en devenir, c'était la référence absolue. « Woody est un héros ! s'extasia Ving. C'est le réalisateur de comédie le plus important depuis Chaplin, ses gags sont archi drôles, en même temps, il te fait réfléchir et à la fin, il te cueille dans l'émotion. Si je pouvais être le Woody Allen noir, je serais au top, parce que dans notre communauté personne ne fait des trucs pareils. Je vise la case intello, Pablo. La catégorie bourge black. »

Tout cela fut prononcé au rythme staccato qui était le sien, j'étais donc bien content d'enregistrer la conversation. Si j'avais pris des notes, j'aurais loupé la moitié de ce qu'il disait. Ving était le genre d'homme qui, si vous lui demandiez comment il allait, se mettait à discourir pendant une heure et vu son originalité, ça n'avait rien d'ennuyeux. Il me raconta qu'il avait en effet grandi à Los Angeles, que son vrai nom était Irving Levine, mais qu'il se faisait appeler Ving parce qu'Irving était un nom de comptable et : « J'ai le droit de dire ça parce que mon père est juif. » Son père était un homme d'affaires, sa mère une actrice noire ayant joué dans une sitcom populaire disparue des écrans depuis quelques années. Il avait fait ses études au lycée de Beverly Hills, puis à l'université de Columbia où il avait commencé à réaliser des films.

En cette fin de mois de septembre, en plein été indien, la température oscillait autour des trente degrés. Ving remplit nos verres de thé glacé. Il me raconta combien il appréciait Brooklyn après avoir vécu dans Morningside Heights en arrivant à New York. (« J'adore Brooklyn, baby ! ») Nous évoquâmes les résultats des Mets (ils devaient s'améliorer) et l'état des relations interraciales en ville (« Pas génial »). Il avait du mal à assumer ses origines atypiques, mais parlait librement de ses difficultés à condition que tout ça reste entre nous, ce que j'acceptai promptement. Bien qu'il ait fait sa bar-mitzvah, le sujet restait tabou.

« En ce moment, dit-il, c'est les Juifs qui contrôlent une grande partie de la culture américaine. Mais ça ne va pas durer parce que rien ne dure. Écoute-moi : l'avenir est noir, pas juif. Soyons clairs, mec. Les Juifs vont pas disparaître, mais je suis jeune et quand l'heure des Noirs arrivera, ma carrière sera déjà bien lancée. Si je veux faire des films qui montrent le point de vue des Noirs, il faut que les gens me perçoivent comme un Noir. Attention, je ne renie pas mon père juif. Mais je suis un homme noir.

– Qui a quand même fait sa bar-mitzvah, ajoutai-je.

– Dont je ne parle à personne.

– Entre nous, vous l'avez fêtée comment ?

– Mes parents m'ont emmené à Disneyland avec des amis.

– Tu es sûr que tu ne veux pas que je parle de ça ? C'est extra.

– C'est confidentiel, Pablo. J'ai vingt-sept ans. Quand je serai dans la place, quand j'aurai fait six ou sept films et que mon image sera bien établie, peut-être que j'aborderai le sujet, mais maintenant? Je suis noir et fier de l'être.

– Tu as célébré le Seder l'année dernière?

– *Dayenou* avec tes questions, mec.»

J'éclatai de rire avec lui. En hébreu, *dayenou* signifie plus ou moins «ça suffit» et l'emploi du mot dans ce contexte était un trait d'humour brillant, à la fois éloquent et plein d'autodérision. C'était un plaisir de passer du temps avec Ving et de découvrir que nous avions tant de points communs. Notre conversation dériva vers la musique, la littérature et les meilleures pizzerias de New York («Original Ray's n'arrive pas à la cheville de John's dans Bleecker Street»). Il répéta qu'il voulait faire des films à la fois populaires et intelligents, qui plairaient à un public noir, mais que les Blancs auraient aussi envie d'aller voir. Il voulait embaucher des acteurs, des caméramans et des monteurs noirs. Il comptait redistribuer les cartes de l'industrie du cinéma et il semblait capable de le faire. Je lui demandai quel était son prochain projet.

«Je bosse sur un scénario inspiré de Sally Hemings. Tu la connais?» Je n'avais jamais entendu ce nom. «En gros, c'était la femme noire de Thomas Jefferson. Tu ne savais pas que Thomas Jefferson avait une femme noire, hein?» À nouveau, je dus avouer mon ignorance. À l'époque, ce détail historique n'était pas connu. «Ils n'étaient pas officiellement mariés puisqu'elle était son esclave, tu vois? Je veux dire, cet enculé la possédait littéralement, ce qui est totalement dégueulasse. Ils ont eu genre six gosses et ces gosses étaient aussi les esclaves de ce connard. Imagine, tu vas dîner dans la baraque de Jefferson et le mec qui te sert le rôti de porc est le portrait craché du boss tout simplement parce que c'est le fils de ce bâtard ! Putain, je te jure.

– C'est... » Je ne trouvai pas les mots, contrairement à Ving, qui poursuivit :

« Donc Sally Hemings est un personnage hyper complexe, bourrée de sentiments contradictoires parce qu'elle adore ses gosses et, au moins en apparence, elle est dévouée à Jefferson qui en gros la viole, parce que je vois pas comment on peut appeler autrement le fait d'avoir des rapports sexuels avec une personne que tu possèdes, c'est-à-dire qui est légalement ta propriété. Bref, toute cette histoire, ça fait un rôle aux petits oignons pour une actrice, tu me suis ? » Je le suivais parfaitement. « Je dois déjeuner avec Tamara Dobson la semaine prochaine.

– Celle qui jouait dans *Cleopatra Jones* ?

– Sacrée actrice, celle-là ! Personne lui a donné de rôle à sa mesure, c'est tout.

– Donc ce serait une biographie de Sally Hemings ? »

Il hésita. « Pas tout à fait. Ça raconterait plutôt ce qui se passe quand Sally Hemings décide qu'elle en a assez. C'est plutôt la vengeance de Sally Hemings. Tout ce que je peux te dire, c'est que ça finit mal pour le vieux Jefferson.

– Il va être emporté par le vent ? »

Ving gloussa. « Et pas qu'un peu. » Il est toujours grisant de déclencher un rire chez un individu mieux placé sur la chaîne alimentaire que soi car il vient valider votre propre subjectivité. Vous n'êtes peut-être pas sur un pied d'égalité, mais au moins, vous êtes sur la même longueur d'onde. « *Franchement, mon cher,* reprit-il en imitant Clark Gable, tu risques de te prendre une balle dans le cul ! »

Nous rîmes tous deux de ses inflexions de caïd presque comme deux vieux amis. La réaction explosive du public de Times Square était facile à imaginer.

Le téléphone grésilla. Ving s'excusa et alla répondre dans la chambre. J'en profitai pour faire le tour des lieux. C'était le genre d'appartement où j'espérais vivre un jour, bohème avec une touche de confort bourgeois. Ou bien bourgeois avec une touche de folie bohème ? Quoi qu'il en soit, c'était beaucoup mieux que chez moi. Après avoir englouti mon thé glacé, j'avais encore soif ; j'allai donc dans la cuisine me servir un verre d'eau. Alors que je vidais les bris de glaçon dans l'évier et remplissais mon verre au robinet, je remarquai une pile de Polaroids sur la table de la cuisine. Des photos de repérage pour son prochain film ? Sans être un excellent reporter, j'étais aussi fouineur que les meilleurs et guettais le moindre détail croustillant à ajouter à mon article. La curiosité l'emporta sur les conseils de ma mère à propos des affaires des autres.

Je pris les Polaroids et m'aperçus aussitôt qu'il s'agissait de photos de Kit portant le fedora à la perle que je lui avais prêté – et rien d'autre. Dans un match de basket, parfois, vous êtes en défense sur un joueur quand soudain, son coéquipier baraqué chope le ballon. Vous foncez alors à toute allure dans un autre joueur que vous n'aviez pas vu, implosant sous le choc de la collision. C'est ce que je ressentis à ce moment-là. Mon estomac s'affaissa et tout mon corps sembla manquer brusquement d'oxygène. On oublie facilement les moments heureux car l'empreinte qu'ils laissent dans notre cerveau est minime, alors que celle creusée par les moments pénibles est indélébile. Je peux donc vous dire que la température dans la pièce frisait les vingt-sept degrés, que le soleil brillait dehors et que mes papilles portaient encore l'acidité citronnée du thé glacé.

Je jetai un coup d'œil vers la porte pour être sûr que mon hôte ne m'avait pas vu, reposai furtivement les photos sur la table et retournai au salon rassembler mes affaires.

Déboussolé, je tentai de retrouver mes esprits. J'avais très envie de quitter l'appartement sans rien dire à Ving, mais malgré mon état fébrile, je sentis à quel point cette fuite paraîtrait bizarre. Une série de petites explosions détonait dans ma tête. Je me levai, me rassis. Après une attente infinie, Ving réapparut et s'excusa d'avoir dû décrocher.

« C'est dur de négocier avec Los Angeles quand tu vis à New York, dit-il. Les Californiens oublient tout le temps le décalage horaire. J'ai envie de leur dire, achète deux horloges, mec. » Il secoua la tête et s'assit en face de moi. Je tentai de me concentrer. « T'avais d'autres questions à me poser ? »

Je ne dis rien.

Il se leva et me tendit la main. Je la serrai.

« C'était sympa de discuter avec toi, dit-il.

– Pareil. »

Que dire de plus ? Il fallait à tout prix que je me taille.

Dans la rue, il me fallut un moment pour me calmer. Nous ne pouvons agir de façon cohérente que si nous sommes capables d'appréhender la réalité de nos vies. Et si nous prenons conscience que l'ensemble des données qui nous avait jusque-là permis de naviguer sereinement est caduc, nous sommes contraints de revoir tout le tracé de notre existence. Découvrir que Kit couchait probablement avec Ving provoquait en moi un vertige qui me retournait les tripes. Et le fait que son amant ait atteint un niveau de réussite que je ne connaîtrais peut-être jamais n'arrangeait rien à l'affaire.

Aveugle à tout ce qui m'entourait, je retournai en métro à Manhattan et me réfugiai au Blue & Gold où je commandai un whisky au bar. Ça n'était pas par hasard que j'avais choisi l'endroit où Kit et moi avions discuté des premières pages de mon scénario sur l'actrice comique. Celui que j'écrivais pour elle. C'était l'endroit parfait où me vautrer dans ma souffrance. Foncer dans un rade pour y noyer une peine de cœur constituait en outre un acte hautement cinématographique. On était en plein milieu de l'après-midi, ce qui ne faisait que renforcer mon cafard. La salle était sombre, l'air chargé d'une odeur chaude et rance produite par des années de cigarettes et de bières renversées. Assis à une table, deux vieux d'Europe de l'Est sirotaient une liqueur obscure en fumant des cigarillos. Un couple punk tapi dans un coin buvait des Budweiser au goulot. Leurs prises de bec régulières venaient animer leurs mines maussades. La barmaid, une Ukrainienne imposante aux racines de cheveux noirs visibles dans la pénombre, essuyait des verres avec un torchon sans prêter la moindre attention aux clients. Je contemplai les bouteilles alignées sur le mur, fumai des Lucky Strike et luttai contre la spirale d'émotions tumultueuses qui m'emportait.

Ce qui m'arrivait était assez pénible, mais le pire, c'était que Kit venait de trouver un nouvel appartement et que j'avais promis de l'aider à déménager. Je passai plusieurs heures à me demander si je devais préalablement sonner chez elle pour l'interroger, mais je repensai à *Jules et Jim* et au ménage à trois qui permettait à chacun des personnages d'accomplir son destin. Le souvenir du chef-d'œuvre de Truffaut m'apaisa un instant. Je me sentais un tout petit peu moins mal. Le soulagement fut de courte durée. Mes passions reprirent le dessus et je fus de nouveau terrassé par un profond sentiment de trahison et d'abandon.

Je commandai un autre verre. Puis un autre. Difficile de ne pas penser à Ray Milland dans *Le Poison*. Au moins, je n'étais pas alcoolique, pensais-je en vidant mon quatrième verre avant d'allumer une énième cigarette. Quand je sortis du bar, la nuit était tombée. La 7e Rue Est avait l'air penchée sur son axe. Après avoir retrouvé mon équilibre, j'hésitai à aller rendre visite à Kit, mais vu mon état, débarquer chez elle ivre mort et m'humilier – parce que c'était évidemment ce qui allait se passer – ne me parut pas très sage. Au lieu de ça, je titubai jusqu'au Kiev, bus du café, picorai sans conviction quelques *pirojki* aux pommes de terre et, furieux contre Kit, encore plus furieux contre moi-même, tentai de comprendre pourquoi tout me semblait si désespérément douloureux. Autour de moi, des groupes d'amis dînaient ensemble, discutaient, riaient, échangeaient des confidences. Des couples bavardaient à voix basse, plongés dans une intimité qui effaçait pour eux toute la salle éclairée. Il n'existait pas de solitude plus grande, me disais-je à l'époque, que celle d'une jeune âme égarée à New York. Et quand certaines conditions atmosphériques étaient réunies (auto-apitoiement, goût du drame), elle augmentait de façon exponentielle, devenait inéluctable. Infinie.

Je jetai quelques billets froissés sur le comptoir et me dirigeai d'un pas mal assuré vers la porte. Je tanguai pendant quelques instants sur le trottoir devant le restaurant, hypnotisé par le paysage visuel et sonore de la Deuxième Avenue : les voitures, les bus, les taxis filant vers le sud, les phares éblouissants, cédant la place aux traînées sanguinolentes des feux arrière, la polyphonie rythmique des enceintes, des klaxons furieux et des injures lancées au loin. Les gaz d'échappements toxiques mêlés à l'odeur sirupeuse de l'herbe bon marché et aux relents âcres des ordures non ramassées. Une horde d'acteurs en devenir virevolta devant moi ; je distinguai la silhouette floutée d'un type maigre en veste de motard portant une housse de guitare usée, un couple d'homosexuels plus âgés. Le café et les *pirojki* n'avaient pas eu l'effet désiré.

Zigzaguant dans un dédale de rues mal éclairées, je croisai des formes floues endormies sur des grilles de métro, des camés fantomatiques dodelinant de la tête dans des entrées d'immeubles sombres, des malchanceux de tout acabit, et finis par trébucher sur le trottoir au coin de la Bowery et de Bond Street. Je m'étalai de tout mon long, m'égratignant le genou et les mains. À quelques centimètres de mes yeux voilés, les bris de verre d'une bouteille de Night Train Express[1] scintillèrent et sa puanteur avinée m'emplit aussitôt les narines. Avant que j'aie le temps de me remettre de ma chute, un couple d'épaves humaines malodorantes entreprit maladroitement de m'aider à me relever. Tout en marmonnant des paroles inintelligibles, les deux compères fourrèrent leurs mains craquelées dans mes poches. S'il vous plaît, achevez-moi, pensai-je tandis que nous jouions à trois cette scène de vaudeville macabre pour un public spectral de mendiants et de voleurs. Je chassai les clochards et courus jusque chez moi.

1. Vin sucré, bon marché, à forte teneur en alcool.

Le lendemain, dans les affres du désespoir et d'une gueule de bois monumentale, je transcrivis mon entretien avec Ving et rédigeai huit cents mots qui figurèrent sous mon vrai nom dans l'édition suivante de *Classy* à côté de mes critiques non revendiquées de *La Jungle des filles* et de *Malibu Bitch.*

Je n'arrivais pas à chasser Kit de mon esprit. Avec la vulnérabilité de ceux à qui l'expérience n'a pas encore forgé d'armure impénétrable, je luttai pour faire taire la douleur lancinante. La situation me faisait enrager et en même temps, je me reprochai amèrement ma faiblesse. Mes sentiments auraient été différents, plus indulgents envers nous deux sans doute, si j'avais su que quatre ans plus tard, filant à vélo sans casque dans Great Jones Street, en retard à une audition pour une pièce de Wallace Shawn, Kit percuterait un taxi jaune en tournant dans Broadway et serait tuée sur le coup.

17

Des salamis pendaient du plafond comme des stalactites. Des vapeurs odorantes de bouillon de poule, de poitrine de bœuf et de *babka*[1] flottaient dans l'air. À l'heure du déjeuner, le restaurant était bondé. Des serveurs robustes s'affairaient au comptoir pour servir de la viande froide et du poisson fumé aux clients impatients. Sous un panneau peint à la main sur lequel on lisait *Envoyez un salami à vos gars dans l'armée*, un maître d'hôtel bourru désignait leurs tables aux mangeurs. La foule était composée d'ouvriers, d'habitants du quartier

1. Brioche tressée.

et de banlieusards en virées shopping venus se requinquer avec un bol de bouillon aux boulettes de matzot avant de reprendre la route.

Jay et moi étions au Katz's Deli, dans East Houston Street, en train de dévorer des sandwichs au pastrami hauts comme des briques, avec des tranches de pain de riz couvertes d'une généreuse couche de moutarde piquante, accompagnés de soda au céleri et d'un bol de cornichons à l'ail pour nous deux. Le sommeil m'avait quitté depuis que j'avais découvert la vie cachée de Kit. Plusieurs jours s'étaient écoulés et nous ne nous étions toujours pas parlé. Je gardais les yeux rivés sur le téléphone. Appeler ou ne pas appeler? Étais-je amoureux d'elle? M'étais-je laissé conquérir tout en feignant la désinvolture de Belmondo dans *À bout de souffle*? Ou bien était-ce seulement mon amour-propre qui était blessé? La froide contemplation de son acte me libérerait-elle de mon inhibition, ouvrirait-elle des perspectives inattendues me permettant de transformer une blessure ouverte en œuvre d'art?

Jay m'avait appelé tôt ce samedi matin pour me dire d'annuler tous mes plans – comme si j'avais d'autres projets que de me morfondre tout seul chez moi entre deux siestes – parce que nous déjeunions ensemble. J'étais fatigué, courbatu et d'humeur morose, mais c'était mon premier vrai retour sur mon scénario et naïvement, j'attendais son avis avec impatience.

«J'adore Viv Piston», commença-t-il. Mon humeur s'améliora d'un cran. Puis vint l'inévitable: «Mais j'ai quelques idées.

– Écoute, je respecte ton opinion...» tentai-je. Il hocha la tête, mordit dans son sandwich et attendit la suite. «Mais les personnages sont convaincants, la structure fonctionne et je n'ai pas l'intention de changer tout le texte. »

Encore sous le coup de la trahison de Kit, je n'avais pas envie qu'on m'emmerde.

Jay but une gorgée de soda, puis tapota les coins de sa bouche avec une serviette en papier. « Écoute ce que j'ai à dire, au moins, d'accord ?

– D'accord.

– Tu n'as pas besoin de changer quoi que ce soit.

– Ah bon ? » Étonné, je redressai ma colonne vertébrale.

« Parce que personne ne produira ce truc. »

Les mots me heurtèrent comme une vague surprenant celui qui regarde la plage au lieu de contempler l'océan. Un sentiment étonnamment semblable à celui que j'avais éprouvé en découvrant les Polaroids. Je restai muet un instant. Comprenant qu'il m'avait mis une sacrée claque, Jay me laissa encaisser le choc.

« Comment tu le sais ?

– Bon, peut-être que quelqu'un le produira. J'ai pas de boule de cristal. Mais tu crois vraiment qu'une femme comique, ça intéresse les gens ? Tu crois que les hommes aiment les femmes drôles ?

– Moi, oui.

– Moi aussi, dit-il. J'aime tous les gens drôles. Et j'aime bien que tu aies eu l'instinct de faire un film dont l'héroïne est une femme. Mais tu crois que monsieur Tout-le-monde a envie de voir l'histoire d'une nana qui raconte des blagues ? J'en sais rien. Peut-être que oui, mais j'en doute. »

À ce moment-là, le cornichon dans ma bouche perdit toute sa saveur.

18

« Hier soir, je suis allé voir *La Mégère apprivoisée* à Central Park... » et Jay se mit à me raconter sa soirée. Il avait envisagé d'inviter sa sœur, mais avait préféré éviter d'être distrait par qui que ce soit.

On annonçait de la pluie donc quand il commença à bruiner, Jay gagna son siège et l'essuya avec la manche de sa veste. À l'abri sous son parapluie (on avait le droit de le garder jusqu'au début du spectacle), il regarda, au-delà des parapets du château du Belvédère, la ligne des toits grisâtres de la Cinquième Avenue et de Central Park South dont la pluie voilait les arêtes et embrassa l'océan de possibilités qui s'offrait à lui.

En attendant avec le reste des spectateurs que le déluge s'abatte sur lui et que le spectacle commence, il repensa au scénario que j'avais écrit et qu'il avait réussi à lire dans l'après-midi. Selon lui, le texte était bon mais comportait un défaut rédhibitoire : Jay voulait produire un film dans lequel Avery jouerait le rôle principal et il ne la voyait pas du tout dans la peau d'une comique.

La météo retarda le lever de rideau de presque une heure, mais dès que le spectacle démarra, Jay fut conquis. Alors que les acteurs traversaient le tulle de brume tels des fantômes d'un autre temps, il sentit qu'il assistait à un événement unique et évanescent, un enchaînement inexorable d'instants qui ne pourrait jamais être recréé.

Une fine pluie tomba pendant les vingt premières minutes. Dans n'importe quel autre contexte, Jay aurait été dérangé d'être trempé à ce point, mais ce soir-là, la participation des éléments renforça son ravissement. Dans l'air nocturne, la pièce prenait une dimension magique qu'elle n'aurait jamais pu avoir dans un théâtre fermé. Quand Catharina sortait d'un lac, il ne s'agissait pas d'un lac imaginaire, mais d'un véritable lac scintillant sous un projecteur savamment installé. Quand Petruchio surgissait à cheval, il était monté sur un véritable animal. Et les acteurs ! Les deux héros étaient joués par des stars de cinéma. Ils avaient commencé leur carrière au théâtre et n'avaient pas perdu une once du talent qui les avait fait connaître. Mais pour Jay, celle qui brûlait véritablement les planches était Avery, dans le rôle de Bianca, la sœur de Catharina, qui, avec une douceur teintée d'ironie, offrait un contraste lumineux avec la jeune première volubile.

Le spectacle mouillé et joyeux s'acheva, le public applaudit à tout rompre et quand les acteurs se prirent la main pour saluer, occupant toute la largeur de la scène, Jay ne put détacher ses yeux d'Avery. Dans la brume nocturne, sa beauté semblait irréelle. Il avait mal aux mains à force d'applaudir.

Pendant que le cortège de spectateurs rassasiés sortait en files indiennes, il se demanda s'il devait attendre Avery pour la féliciter. Ses habits ruisselaient et il n'avait pas envie de la prendre par surprise ; il risquait de rompre le charme. Et pourtant, il était tellement transporté par ce qu'il venait de vivre qu'il était désormais persuadé de s'être trompé de carrière. Si ce genre d'expérience sensorielle était régulièrement accessible à ceux qui se consacraient à l'art, à quoi bon s'éterniser dans le monde des chantiers et des projets immobiliers de son père ? Après plus ample réflexion, il conclut qu'il aurait tort de ne pas partager une partie de ces sentiments avec Avery et qu'il ferait aussi bien de la remercier pour la joie qu'elle et ses camarades lui avaient procurée.

Il se fraya un chemin au milieu de la foule détrempée et réussit à repérer l'entrée des artistes. Un attroupement jovial guettait les acteurs, calepins et stylos à la main. Jay n'avait jamais attendu à la porte d'un théâtre. Ça n'était pas la posture la plus digne qui soit, il en prit conscience en observant les gens qui l'entouraient : des couples de mordues de théâtre vieillissantes, des maris réticents à côté d'épouses euphoriques, des groupies. Il devait bien y avoir une cinquantaine de spectateurs béats agglutinés devant l'entrée, contenus par une paire de tréteaux et deux policiers impassibles. Jay rôdait en retrait.

Quelques acteurs sortirent et se mirent à signer des autographes. La star de cinéma qui jouait Petruchio apparut, un large sourire aux lèvres. Pris d'un même élan féroce, le groupe se rua vers lui en criant son nom. Un assistant muni d'un parapluie suivait la vedette, la protégeant des éléments. Jay regarda le héros plaisanter avec ses fans et signer leurs calepins tout en avançant vers la voiture qui l'attendait.

Quand Jay se retourna vers l'entrée des artistes, il la vit. Dans la nuit mouillée, Avery était radieuse, comme éclairée de l'intérieur. Cette qualité ineffable qui distingue certains acteurs de leurs pairs, cette particularité qui ne peut être ni enseignée ni cultivée mais se développe naturellement, Avery la possédait. Jay attendit qu'elle signe des autographes. Il n'était pas question qu'il crie son nom.

Après un bref moment d'échange avec son public, elle s'éloigna avec une autre actrice en direction de Central Park West. Alors que Jay avançait vers elle, un splendide homme noir arriva en sens inverse. Grand et mince, il tenait un parapluie avec la grâce d'un danseur. Avery et lui s'enlacèrent et elle le présenta à sa collègue. Jay se sentit soudain terriblement honteux. Il prit conscience de l'image qu'il renvoyait. La frontière entre passionné et pathétique était mince. Il s'en voulait de ne pas avoir anticipé la présence d'un petit ami. Si c'était bien son petit ami ? Les acteurs étaient des gens démonstratifs, qui sait ce que cette étreinte signifiait ? Il résolut néanmoins de partager ses sentiments avec Avery une autre fois.

« Jay ? »

Avery l'avait repéré.

« Salut ! » cria-t-il.

Elle demanda à ses amis d'attendre un instant et se dirigea vers lui, tout étonnée mais visiblement touchée.

« Qu'est-ce que tu fais là ? Tu as vu le spectacle ?

– Tu étais incroyable », dit-il.

Elle lui présenta « l'acteur Early McCray » et sa partenaire, Mary Alice King, une blonde menue et énergique.

« On va boire un verre chez Early. Tu viens avec nous ? »

Jay remarqua qu'Early le jaugeait.

« Allez viens, Jay, dit-il. On t'embarque. »

C'était un revirement tout à fait inattendu. Jay était aux anges.

Early demanda à Jay de héler un taxi et, devant son air interrogateur, lui expliqua que certains chauffeurs n'aimaient pas prendre des Noirs, surtout dans les avenues qui filaient vers le nord. L'espace d'un instant, Jay se demanda s'il ne le faisait pas marcher, mais l'expression d'Early et la façon dont Avery se détourna pour ne pas entendre la conversation lui confirmèrent la triste vérité. Jay arrêta un taxi jaune lourdaud et tint la portière pour laisser Early s'installer sur la banquette arrière entre les deux femmes. Il grimpa après eux et s'installa maladroitement sur un strapontin. Early donna une adresse dans Harlem. Le chauffeur, un homme d'une cinquantaine d'années nommé Dennis Koslowski, d'après la carte d'identité fixée sur son tableau de bord, se contenta de regarder droit devant lui.

« Le feu est vert, mec », l'avertit Early.

Après un long silence, l'homme dit : « Je vais pas là-bas. C'est trop dangereux. »

Horrifié, Jay jeta un coup d'œil par-dessus son épaule et constata qu'Early luttait pour garder son calme. Mary Alice n'en revenait pas. Avery regardait par la fenêtre.

« Monsieur, reprit Early, la loi dit que vous devez nous emmener.

– Vous avez qu'à me dénoncer », répondit le chauffeur sans se retourner.

Le petit drapeau métallique fixé sur le compteur restait levé.

« C'est quoi le prix de la course pour aller là-bas ? demanda Jay. Huit dollars, ça vous va ?

– Ça n'a aucun rapport, rétorqua le chauffeur.

– Admettons que ça en ait un », reprit Jay en sortant son portefeuille. Il en tira deux billets de vingt dollars qu'il jeta vers le siège avant. Ils virevoltèrent brièvement et atterrirent à côté du *Daily News* et d'une boîte à cigares en carton remplie de monnaie. Jay pouvait voir le profil du chauffeur en plein débat intérieur.

« Ces femmes sur la banquette de votre taxi, reprit Jay, sont des actrices de théâtre qui viennent de jouer Shakespeare dans Central Park et un jour, vous raconterez à vos petits-enfants qu'elles sont montées dans votre taxi. »

Derrière lui, il entendit Early glousser. Avery réprima un sourire.

« *Seigneur, que ces mortels sont fous*[1] », récita Mary Alice dans un effort habile pour amadouer et railler le chauffeur.

« Vous êtes vraiment des acteurs ? » Il empocha les billets.

L'appartement d'Early était situé au troisième étage, à l'est de St. Nicholas Park, dans la 138e Rue. Il y avait cinq verrous à la porte et des barreaux aux fenêtres, mais l'endroit était spacieux et soigné. Early et Avery s'assirent sur un canapé en velours bordeaux, Mary Alice et Jay dans de larges fauteuils assortis. Tous les acteurs fumaient des cigarettes et dans un coin du plafond, un ventilateur envoyait en bourdonnant leurs émanations vers les fenêtres ouvertes. Au milieu du groupe, sur une table basse en bois précieux, étaient posés des magazines, un grand cendrier arborant le logo des Braves d'Atlanta, une bouteille de cognac et la pochette de l'album *Swiss Movement* de Les McCann et Eddie Harris dont les mélodies s'échappaient discrètement des enceintes. Jay s'empressa de préciser que c'était un de ses disques préférés, ce qui fit plaisir à son hôte. Au mur, étaient accrochés des programmes encadrés de spectacles dans lesquels Early avait joué : panoplie de drames, comédies et comédies musicales illustrant son talent protéiforme. Sur un autre mur, on ne pouvait pas passer à côté d'une grande peinture à l'huile représentant une jeune femme à coiffure afro, l'air puissant, les bras croisés sur la poitrine, en débardeur, short moulant et cuissardes, le tout sur un fond rose fluo. En face du canapé, se trouvait un aquarium parfaitement entretenu dans les eaux cristallines duquel nageaient un éventail kaléidoscopique de poissons tropicaux. Quand Jay interrogea Early sur cette

1. Shakespeare, *Le Songe d'une nuit d'été*, trad. François-Victor Hugo.

passion, ce dernier lui apprit qu'à la fac, il avait entrepris des études de biologie marine jusqu'au jour où un cours de théâtre l'avait fait changer de voie. Aussi fasciné qu'il fût par l'observation de la vie aquatique des mares résiduelles de Georgie, il s'était dit qu'il serait mieux sur scène sous les projecteurs.

Le groupe se lança dans une discussion animée sur l'élection présidentielle (aucun ne croyait que Ronald Reagan serait élu président, mais tous s'amusaient du fait qu'un ancien membre du syndicat des acteurs puisse aller aussi loin en politique). Ils parlèrent de leur vénération pour Joe Papp, fondateur du Public Theater, d'une fête débridée à laquelle Early avait assisté dans le Bronx et d'un nouveau style musical récemment inventé dans cette partie de la ville nécessitant des platines et un micro.

Le débordement du cendrier montrait qu'ils étaient là depuis un moment. Quand, profitant d'un silence, Jay admira le magnifique travail d'ébénisterie de la table basse, il fut épaté d'entendre qu'Early l'avait construite lui-même. Son père lui avait appris à travailler le bois dès son plus jeune âge. Jay raconta que son père était aussi dans la construction, mais l'information s'évapora dans l'éther de la conversation.

Jay sirotait du cognac et écoutait béatement. Il n'avait jamais fréquenté d'acteurs et, comme beaucoup de personnes étrangères à ce monde, il était ébloui par leur apparente facilité à captiver et divertir un auditoire. Les gens qu'il rencontrait dans son milieu professionnel étaient très différents. L'immobilier reposait sur le bluff et l'agressivité. Le moindre semblant de camaraderie dans cette arène sanglante ne pouvait être qu'une mise en scène grossière visant à obtenir un avantage stratégique. Les acteurs sont souvent en représentation même en dehors de la scène, mais leur feinte consiste à ne pas laisser voir la feinte. Comme Jay ignorait ce principe, il trouvait tous ces gens charmants et se réjouissait d'être accueilli au sein de leur groupe décontracté.

Il se rappela ses étés d'étudiant, quand il traversait Harlem en voiture tôt le matin pour se rendre au bureau familial. Il se sentait assez à l'aise pour envisager de partager ce souvenir, mais pas assez détendu pour le faire. Il était inconcevable pour lui d'être là, en si bonne compagnie, et il n'avait pas envie de donner l'impression de n'avoir jusqu'alors visité le quartier qu'en touriste. Au lieu de ça, Early raconta son emménagement à Harlem après la fac et Jay confia qu'après avoir lu *The City Game* du grand écrivain sportif Pete Axthelm, il était allé en pèlerinage au tournoi de basket légendaire de Rucker Park. Sachant que cette anecdote avait peu de chances d'intéresser les femmes, il espérait que ses aventures de jeune Blanc intrépide forceraient le respect de son hôte.

Ravi du tour qu'avait pris la soirée, Jay ressentait cependant une pointe d'inquiétude en songeant au départ. Il se vit soudain dans une rue glauque en train de chercher un taxi au milieu de la nuit, mais les effets du cognac dissipèrent aussitôt cette inquiétude.

Mary Alice parlait d'un film avec Jack Nicholson dans lequel elle tenait un petit rôle et dont la sortie était prévue dans quelques mois. Son verre de cognac à la main, Avery dit à Jay qu'Early n'était peut-être pas Jack Nicholson, mais que c'était un des meilleurs acteurs de New York: «Pas un des meilleurs acteurs noirs, un des meilleurs acteurs tout court.»

En entendant ça, Early sourit jusqu'aux oreilles. «Tu exagères même si j'avoue que le *Chicago Tribune* m'a surnommé le nouveau Paul Robeson.» Il prononça le nom de l'acteur noir une octave plus bas, roulant le « R » de Robeson pour plus d'effet comique. Sa voix était grave et chaude, sa diction impeccable. Et il était drôle. Ce type était un vrai pro et tout en appréciant sa compagnie, Jay espérait sincèrement qu'Avery ne sortait pas avec lui parce qu'alors, la bataille s'annonçait difficile. Depuis la fac, il avait toujours eu du succès avec les femmes, mais il n'avait encore jamais rencontré de rival de la trempe d'Early McCray.

Mary Alice était une de ces actrices pétillantes qui savent d'instinct trouver la lumière et pour qui n'importe quel échange est une performance. Early était tout le contraire : détendu, sûr de lui, riant de bon cœur quand Avery raconta qu'au conservatoire, Mary Alice et elle avaient joué une pièce de Beckett dans la piscine d'un foyer des YMCA. « Avery a toujours été la star des spectacles dans lesquels elle est, confia Mary Alice aux deux hommes, mais j'étais meilleure nageuse. » Quand Early demanda laquelle portait le mieux le maillot de bain, tout le monde éclata de rire et l'hilarité redoubla quand les deux femmes se pointèrent mutuellement du doigt d'un geste si parfait qu'il semblait répété, répondant à l'unisson : « C'est elle. »

Dans le court silence qui suivit, Mary Alice resservit tout le monde, puis Early se tourna vers Jay :

« Et donc, t'es pas acteur, toi ?

– Non, répondit Jay d'un ton presque désolé.

– T'es beau mec, t'as une belle voix…

– Tu le dragues ? » demanda Avery, déclenchant un gloussement général.

C'était le genre de soirées que Jay avait imaginées quand il rêvait d'une carrière dans le show business. Il se voyait entouré de gens beaux, doués, dont l'énergie collective nourrissait les germes de sa créativité.

« Je dis ça comme ça, reprit Early. Alors tu fais quoi dans la vie ?

– Je suis dans l'immobilier.

– Ah oui ? C'est-à-dire ? »

Jay sentit tout de suite qu'il avait commis une erreur stratégique. « C'est une entreprise familiale.

– T'as pas dit que ton père était dans le bâtiment ?

– Si, j'ai dit ça.

– Alors c'est quoi comme entreprise ? Plomberie ? Électricité ? »

Avery intervint : « Depuis quand tu bosses pour le FBI ?

– Je suis curieux, c'est tout », reprit Early. Il avait l'air vexé qu'elle ose douter de la pureté de ses intentions. « J'aimerais en savoir plus sur le type avec qui je suis en train de trinquer. » Il regarda Jay d'un œil perçant et haussa les sourcils comme pour dire : la parole est à toi.

« On est des bâtisseurs », expliqua Jay, esquivant la notion de patrimoine immobilier en espérant que personne ne relèverait. Il n'avait pas l'intention de dire à Early McCray que sa famille possédait des immeubles et qu'ils étaient de grands propriétaires fonciers, un mot qui, dans certains contextes, pouvait être mal perçu. Pas question non plus de raconter son expérience de collecteur de loyers dans le Bronx, malgré le caractère piquant des histoires. S'il voulait créer un lien, aucune de ces informations ne jouait en sa faveur. « En ce moment, on construit un centre commercial dans le Queens. Si tu veux visiter le chantier, je peux t'emmener. Mais tu seras obligé de porter un casque. »

L'invitation sembla apaiser l'acteur, mais il continuait à fixer Jay de son œil pénétrant. Qu'y avait-il entre Avery et lui ? Jay n'arrivait pas à savoir si leur familiarité était amicale ou amoureuse. Quand il leur demanda comment ils se connaissaient, il apprit qu'ils avaient joué ensemble dans un spectacle à Chicago et rien d'autre. Mary Alice voulut savoir comment Avery et lui s'étaient rencontrés.

« Jay Gladstone est un héros », déclara Avery.

Jay fut sidéré de l'entendre prononcer un jugement si catégorique, n'ayant aucune idée de ce qui l'avait inspiré. Comme Early pressait Avery d'expliciter, elle inventa une histoire dans laquelle Jay poursuivait un jeune voyou qui lui avait volé son sac à main. Mary Alice joignit les mains et les plaqua contre son cœur dans un geste inspiré du cinéma muet.

« Donc t'as piqué un sprint dans la rue comme un champion, résuma Early, tu as poursuivi le type, tu l'as chopé dans Park Avenue et tu l'as forcé à rendre le sac ? T'es un vrai justicier, toi.

– Tu aurais fait la même chose », ajouta Jay. Avery lui adressa un clin d'œil.

« De quelle couleur était le type ? » s'enquit Early.

Jay hésita. Il n'était pas encore très doué pour l'improvisation.

« Ça n'a pas d'importance, dit Avery.

– D'origine indéterminée, tenta Jay, espérant résoudre ainsi la question.

– Quoi, genre chinois ? Turc ? insista Early.

– Non, il n'était pas du tout chinois, répondit Jay qui entrait doucement dans le jeu.

– À moitié noir ? » Early n'en démordait pas.

« Comment tu veux que je sache ? Je sais pas, peut-être. » Jay tentait de garder le cap. « Qu'est-ce que ça change ? »

Avery se tourna vers Early. « Si tu savais de quoi tu parles, tu la fermerais. Jay a été au top et il a récupéré mon sac donc tu devrais plutôt le remercier.

– Merci, Jay, dit Early d'un ton sarcastique qui ne plut pas à Avery.

– Il a été héroïque, putain, répéta-t-elle. Et tu veux que je te dise ? Contrairement à ce que Jay pense, je ne suis pas sûre que tu aurais fait la même chose.

– Un pauvre gars essaie de se faire un peu de fric et le bon citoyen blanc décide de…

– Ferme-la, Early », lança Avery à bout de patience.

Au même instant, la chanson qui passait prit fin. Early éclata d'un rire d'autant plus théâtral qu'il vint remplir le silence soudain. Quand la musique reprit et que son rire se dissipa, il dit : « Merde alors, qu'est-ce que vous avez tous ? C'est bon, je rigole. La violence dans la rue, c'est hyper flippant. Avery, je suis content qu'il te soit rien arrivé et Jay, je sais pas si t'es un héros, mais t'es un gars cool.

– Y a pas de lézard », dit Jay. Il sentit qu'Avery admirait sa sérénité face aux provocations de l'acteur. Si c'était un test, il l'avait réussi haut la main. À ce stade, il espérait ardemment qu'il y ait quelque chose entre Avery et Early. Quand il la lui piquerait, la victoire serait d'autant plus savoureuse.

Early se leva pour changer de disque et choisit une chanson enlevée avec une ligne de basse ondulatoire qui ne ressemblait à rien de ce que Jay connaissait. Pas tout à fait de la soul, pas exactement du rhythm & blues : un son épuré et entraînant. Toute personne un tant soit peu disposée à bouger ne pouvait rester immobile sur cette musique.

Early demanda : « Tu sais danser, Jay ? »

Après une soirée passée avec des acteurs et quelques verres de cognac l'aidant à croire qu'il pouvait faire le beau, Jay se leva d'un bond et, les lèvres crispées par la concentration, entreprit d'exprimer à travers des mouvements giratoires toutes les profondeurs de son âme en éveil. Ses hanches se balançaient en cadence, soudées à l'axe vertical de ses épaules comme si une tige d'acier perçait chacun de ses flancs. Ses bras s'écartaient sur les côtés, guidés par des mains frémissantes mues par un autre rythme que celui qui animait le reste de son corps. Ses genoux étaient verrouillés dans un angle privant tout mouvement latéral de son élasticité tandis que son torse empruntait diverses positions de guingois par rapport à ses jambes. Jay n'était certainement pas un bon danseur, mais il compensait son manque de talent par un enthousiasme débordant. Tandis qu'il se trémoussait, les convives se mirent à l'encourager par des applaudissements et des cris.

Songeant aux danseurs de l'émission de télé *Soul Train*[1], il exécuta une pâle imitation (dans tous les sens du terme) des pas dont il se souvenait. Du coin de l'œil, il crut voir un sourire sur le visage d'Early qu'il interpréta comme un signe de ravissement jusqu'à ce qu'il se transforme en rictus narquois puis en rire éhonté. Il se demanda alors si ses cabrioles étaient une source de joie ou de moquerie. Soudain envahi par la gêne, il réduisit ses mouvements jusqu'à un simple hochement de tête et contempla les poissons tropicaux qui glissaient placidement dans leurs abysses feutrés, sourds à la pulsation infatigable de la chanson qui, l'instant d'avant, avait propulsé ses membres dans toutes les directions. Il se rappela avoir lu quelque part que dans les années 20, à la fac, la mode voulait que les étudiants de première

1. Émission musicale présentant des artistes afro-américains, diffusée de 1965 à 2006.

année gobent des poissons vivants et il eut aussitôt envie de plonger la main dans l'aquarium, d'en sortir un scalaire et de l'avaler. Mais Jay Gladstone n'avait jamais été du genre à gober des poissons tropicaux et il n'était pas si bourré.

Il sentit une main attraper la sienne, se retourna et vit Avery en train d'onduler devant lui. Ses épaules roulaient en arrière en parfaite harmonie avec la musique, ses hanches frétillaient. Elle balançait la tête, se courbait à gauche et à droite. Ce spectacle d'une grâce envoûtante, surnaturelle, attira immédiatement l'attention de tous. Elle invita Jay à l'imiter en lui montrant un mouvement saccadé de hanches, de bras et jambes qui lui redonna peu à peu son aisance. Elle fit signe à Mary Alice et Early de la rejoindre. Montée sur un ressort, Mary Alice jaillit hors du canapé ; Early regarda les danseurs encore quelques instants avec circonspection avant de se lever. Bientôt, les quatre amis se déchaînaient sur la musique. Désinhibée comme peuvent l'être les acteurs, Mary Alice faisait virevolter son corps léger dans la pièce et Early oublia rapidement l'impulsion cynique qui l'avait poussé à demander à son invité s'il savait danser.

Jay avait retrouvé son exubérance initiale et seul un œil aiguisé aurait deviné que quelque chose en lui s'était refroidi. À travers le voile de convivialité superficielle de la soirée, il avait compris qu'Early s'était servi de lui pour amuser la galerie. Régnant habituellement en maître sur toutes sortes d'événements mondains, il était furieux d'avoir mordu à l'hameçon et regretta brièvement d'avoir accepté de venir dans ce quartier. Il bougeait à présent de façon mécanique, suivant le *doudoum doudoum* de la basse. Ses sombres réflexions dissipaient les effets grisants de l'alcool. Early lui souriait – avec amitié ou mépris, impossible de le dire – et Jay se demanda s'il serait capable de l'écraser en cas de combat. L'acteur exécutait un pas élégant – saccade de l'épaule, torsion des genoux – avec une savante simplicité que Jay n'égalerait jamais. Mary Alice la maîtrisait à la perfection.

« Je n'aurais jamais dû danser en solo devant un pro », remarqua Jay.

Early tendit la main et les deux hommes firent claquer leurs paumes l'une contre l'autre. « Respect pour l'enthousiasme », dit-il.

Pendant que le quatuor gesticulait théoriquement à l'unisson sur la piste improvisée, Jay remarqua les regards qu'Avery lui lançait, son sourire plein de promesses. Malgré les interactions ambiguës de la soirée, l'élan optimiste qui l'avait poussé à l'aborder devant le comedy club était intact. Le fait qu'il soit mauvais danseur n'était qu'un détail. Il avait d'autres qualités.

La chanson prit fin et avant qu'Early ait le temps de changer de disque, Jay annonça qu'il partait. Il avait passé une soirée d'enfer, il était ravi d'avoir été si bien accueilli, merci, mais il donnait des cours à des jeunes le samedi matin et il avait besoin de sommeil. Les autres le prièrent de rester avec des degrés d'insistance variés – Mary Alice avec l'entrain d'une actrice professionnelle, Early avec une tiédeur qui semblait néanmoins sincère et Avery (d'après Jay) avec une ardeur réelle. Il mourait d'envie de partir avec elle, mais ne voyant pour l'instant aucun moyen d'arriver à ses fins, il s'interdit de s'interroger davantage sur sa relation avec Early.

Flottant dans les vapeurs de cognac, il alla à la porte, défit ses multiples verrous et l'ouvrit. Se rappelant vaguement un cours de lettres de l'université de Pennsylvanie, il récita : *Bonne nuit, bonne nuit. Si douce est la tristesse de nos adieux*[1]. Les autres riaient encore du génie comique de cette sortie quand il ferma doucement la porte derrière lui comme on baisse un rideau de théâtre. Il resta un moment dans le couloir à savourer le panache de sa réplique. Il avait été séduit par Avery au premier regard ; cette impression s'était confirmée en la voyant briller sur scène ; s'il ajoutait à cela le mensonge héroïque qu'elle avait fabriqué pour clouer le bec à Early, il était forcé de reconnaître qu'il était conquis.

19

Alors qu'il entamait sa descente vers le rez-de-chaussée, Jay entendit Avery appeler son nom. Debout sur le palier, elle lui demanda s'il avait la mémoire des chiffres. Comme il répondait par l'affirmative, elle lui donna son numéro de téléphone avant de disparaître dans l'appartement. Jay se dit qu'il avait réussi à atteindre son objectif premier, monter dans l'estime d'Avery et ce, malgré sa danse ratée. Il sautilla dans les escaliers avec une vigueur nouvelle. Une fois le trop bref sentiment de victoire provoqué par son départ chevaleresque dissipé, il déchanta quand il se retrouva au coin de Lenox Avenue et de la 138e Rue en plein milieu de la nuit. Pas question de prendre le métro. Non seulement il ne savait pas où était la station la plus proche, mais plonger dans ses profondeurs infernales était pour lui comme un appel au meurtre. Quant aux bus, il n'y en avait plus guère à cette heure.

1. Shakespeare, *Roméo et Juliette*, trad. François-Victor Hugo.

La circulation était fluide, clairsemée. Une Gran Torino cabossée passa à toute allure, projetant un air de salsa tonitruant par sa fenêtre ouverte. Jay retint son souffle, espérant que les occupants ne remarqueraient pas le spécimen sorti d'un prospectus de club de golf perdu dans une ruelle sombre de Harlem. Au loin, un couple traversa la rue. L'homme était petit et coiffé d'un chapeau de paille à larges bords, la femme vacillait sur des talons hauts. Jay regarda par-dessus son épaule puis de nouveau vers le couple qui disparut dans l'entrée d'un immeuble. Il n'y avait pas âme qui vive. Un feu passa au vert et un taxi clandestin fila vers Manhattan. Jay avait bu trop de cognac. Il se sentait déshydraté ; sa bouche était sèche. L'odeur rance des poubelles abandonnées remplissait ses narines.

Il avait fréquenté des quartiers où ne vivait aucun Blanc, mais en dehors de son pèlerinage au tournoi de Rucker Park, il avait toujours été accompagné de son cousin Marat, avec qui il se sentait en sécurité car celui-ci ne connaissait pas la peur. Il était allé à Harlem avec Pablo quand ils avaient déposé Ronald et Lionel après le match des Yankees, mais dans une limousine conduite par une autre armoire à glace d'Europe de l'Est. Seul, ça n'avait rien à voir. Il n'était pas réellement terrifié, mais pas non plus certain d'avoir les moyens de se tirer d'un éventuel danger. À la fenêtre d'un bar tout proche, un néon rouge annonçait de la bière Rheingold. Un camion de livraison de journaux passa dans un bruit de ferraille. Croyant entendre des pas, Jay se retourna brusquement, mais il n'y avait personne.

De chaque côté de la rue, se dressaient des immeubles d'habitation quadrillés par des échelles de secours, avec ici et là une fenêtre éclairée d'où s'échappaient des bribes de conversation, des notes de musique, des fragments d'un film. La robustesse rectiligne des bâtiments délabrés servait de cadre à sa peur panique.

Sous le dôme de la nuit, les vestiges de la chaleur du jour suintaient du trottoir. La peau moite de Jay luisait. Des gouttes de sueur coulaient sous ses aisselles et frisottaient ses cheveux. Après quelques pas dans l'air visqueux, il eut l'impression qu'il lui faudrait des heures pour parcourir quelques centaines de mètres. Il commença à courir. Ses mocassins lui glissaient des pieds en frappant le trottoir. Pourvu qu'il n'ait pas à piquer un sprint. Que dirait-il s'il se trouvait pris au piège ? Qu'il était un partisan de la culture noire depuis le lycée, qu'il lisait James Baldwin et écoutait Muddy Waters ? Qu'il était tombé amoureux comme jamais d'une femme qu'il connaissait à peine et que, sur un coup de tête insensé, mais éminemment romantique, il l'avait suivie dans Harlem où il avait trop bu et dansé comme un robot envoûté ?

D'épaisses gouttes de pluie se mirent à tomber doucement avant d'éclater sur le sol autour de lui. Un taxi jaune surgit au loin. Il roulait vers le Nord dans Lenox Avenue. Habitué à en voir des hordes entières dans son fief de Manhattan, Jay assista à l'apparition de ce spécimen isolé, à cette heure dans Harlem, comme au vol d'un aigle à tête blanche. Sauvé ! Il courut sur la chaussée et agita la main comme un fou vers le chauffeur qui décida de l'ignorer. *Merde.* Au lieu de retourner sur le trottoir, il continua à marcher sur la route le long des voitures garées. Alors qu'il approchait du bar au néon Rheingold, deux silhouettes apparurent. Des jeunes hommes noirs. D'abord distraits par la pluie, ils interrompirent leur conversation pour observer Jay.

« Hé, blanc-bec !

– Où tu cours comme ça ? »

Le sang de Jay ne fit qu'un tour. Il détourna les yeux et détala. Quand il regarda derrière lui, il fut soulagé de voir que personne ne le suivait. Au niveau de la 134e Rue, la pluie se mit à tomber plus fort. Le hurlement hostile d'une sirène fendit l'obscurité fétide. Harlem vu de la Cadillac de son père un matin de semaine était à des années-lumière du monde qu'il parcourait maintenant à pied au cœur de la nuit. Les rideaux métalliques et les grilles qui recouvraient toutes les devantures semblaient lui adresser de sombres reproches. Il détala vers le Sud, 131e Rue, 130e, 129e…

Sur les murs des immeubles, sur les panneaux d'affichage, partout des graffiti hiéroglyphiques aux couleurs vives, explosions de rouges, jaunes, orange, verts et violets atténuées par le halo des réverbères qui commençait à se refléter sur le trottoir mouillé. Jay croisa un homme assez âgé en costume d'été muni d'un étui à instrument de musique. L'inconnu ne lui prêta aucune attention. Au niveau de la 125e Rue, Jay bifurqua vers l'Est.

« Vous voulez que je vous dépose ? »

Il tourna la tête et vit un taxi clandestin arrêté à sa hauteur. Rayée et cabossée, rafistolée avec du scotch et de la glue, la carlingue déglinguée prit pour Jay des allures de char impérial. Le chauffeur était un vieil homme noir coiffé d'une casquette de baseball. Il tombait des cordes à présent ; des flaques se formaient autour des chevilles de Jay. Ses habits dégoulinaient. Il était encore loin de chez lui et il ne pouvait pas savoir quand le déluge allait s'arrêter. Le taxi s'apprêtait à redémarrer.

« Attendez ! »

La voiture pila. Jay bondit vers elle et se jeta sur la banquette arrière. Il donna son adresse au chauffeur qui lui annonça vingt dollars. C'était au moins le triple des tarifs en vigueur, mais Jay n'était pas en position de négocier. Un petit ventilateur à piles posé sur le tableau de bord diffusait un souffle malingre. L'éclat mouillé des réverbères adoucissait les paysages austères qu'ils traversaient, la tension nerveuse de Jay s'apaisa progressivement. Pendant quelques minutes, ils roulèrent en silence. Le chauffeur lorgnait son passager dans le rétroviseur.

« Qu'est-ce que vous faites dans le coin ?

– J'ai suivi une femme, répondit Jay.

– Le vacarme de la vie sociale, c'est pas de tout repos.

– Ça, c'est vrai.

– C'est Satchel Paige qui a dit ça. Vous savez qui c'est ?

– Un super lanceur des Negro leagues[1], répondit Jay. Le racisme l'a empêché d'intégrer la Ligue majeure jusqu'à ce qu'il ait quarante-deux ans.

– Bien dit », dit le chauffeur, épaté. La voiture traversa un carrefour en cliquetant. « Je l'ai vu jouer et je peux vous dire que… »

Jay s'appuya contre le dossier et écouta l'homme parler, bercé par la pluie qui martelait le pare-brise, la pulsation régulière des essuie-glaces et le glissement des pneus usés sur la chaussée inondée. C'est alors que du ciel de Harlem tomba sur lui une idée indélébile.

Et si tous les Blancs disparaissaient ? Enfin pas exactement tous. Tous sauf un.

---

1. « Ligues des Noirs », ligues de baseball réservées aux joueurs afro-américains, en vigueur de la fin du XIXe siècle à 1948.

20

« Bon, dis-je, ayant eu suffisamment le temps de me remettre de l'avis lapidaire de Jay sur mon scénario pour reprendre part à la conversation. Qu'est-ce que ta soirée à Harlem a à voir avec ce dont on parle ?

– Tu ne comprends pas ? C'est le point de départ d'un grand film. Si on faisait un film d'aventures qui renverserait la dynamique du genre ? » Je ne voyais toujours pas où il voulait en venir. Quel rapport entre notre projet et ses mésaventures nocturnes ? « Au lieu que ce soit le type qui sauve la fille, c'est la fille qui sauve le type. On est loin du vieux Tarzan pourri. Ça, c'est le premier point. Deuxièmement qui sont-ils ? Lui, c'est un gangster, elle, une chanteuse.

– Assortiment de clichés.

– On a besoin d'éléments familiers. Et je veux que le gangster soit juif. »

Si nous avions été dans un film, le son aurait été coupé, me laissant réceptionner dans un silence total la bombe que Jay venait de lancer. Juif ? La clientèle du Katz's Deli était œcuménique. S'il y avait dans la salle bondée beaucoup de Juifs en plus du couple que nous formions, la clientèle de midi reflétait la diversité tourbillonnante de la ville. Je n'avais pas grandi dans une famille pratiquante et même si mes parents allumaient la *menorah* en décembre avec une régularité infaillible, voire atavique, je voulais être un réalisateur, pas un réalisateur juif. Quelqu'un d'autre devrait écrire ce film. À mes yeux, l'idée de Jay était…

« Ridicule.

– Écoute-moi jusqu'au bout. Il y a eu des tas de gangsters juifs, des mecs comme Longy Zwillman, Bugsy

Siegel, Dutch Schultz – et pourtant, personne n'a jamais mis un personnage de bandit juif dans un film. Pourquoi les gangsters les plus mémorables devraient tous être italiens ? Il y a de la noirceur dans l'âme de toutes les nations. J'ai envie de montrer un Juif impitoyable à l'écran. »

Même si je ne voyais toujours pas le rapport avec Harlem, je devais reconnaître que son argument de fond n'était pas bête. Si j'avais été moins réfractaire et buté, plus ouvert au processus créatif, dont je ne connaissais pas grand-chose, j'aurais tout de suite flairé le caractère provocateur de son idée. Au lieu de ça, je restai collé sur ma chaise, à essayer d'assimiler ses arguments tandis qu'il continuait à m'exposer sa vision.

« Troisièmement – la chanteuse est noire. » Jay me fixa des yeux, le visage gagné par un large sourire, les sourcils joyeusement levés, content de lui au plus haut degré. Il réécrivait mon avenir. Par réflexe, j'étais tenté de reculer, mais il fallait bien reconnaître que son histoire ne ressemblait à rien de ce que j'avais déjà vu au cinéma.

« Des Noirs et des Juifs, Pablo. C'est de l'or en barres. »

Il se lança aussitôt dans le résumé le plus fou que j'aie entendu jusqu'à ce jour : Un mystérieux virus d'origine inconnue décime toute la population blanche des États-Unis. Le seul survivant est un gangster juif qui possède un gène unique qui l'immunise contre le fléau – c'était un film, pas une thèse, on peaufinerait les détails plus tard. Les autorités veulent capturer ce dernier vestige de la race blanche et l'exposer dans un zoo. Un zoo ! Où il exhibera sa chair pâle, tout nu, devant des familles venues montrer à leurs enfants cet échantillon d'humanité aberrant.

Pour échapper à ce destin cruel, le gangster doit aller de New York à Los Angeles où il espère retrouver sa fille métisse afin de fuir les États-Unis avec elle. La chanteuse accepte de l'emmener là-bas. Ce serait un road movie, une histoire d'amour et il y aurait un enfant craquant à la fin. Une bande-son disco. Une tonne de rôles pour des acteurs noirs de talent.

Depuis quatre cents ans, les Noirs américains souffrent de leur invisibilité, ils ont été exclus de la culture dominante, me rappela Jay. N'y avait-il pas un filon artistique à exploiter en renversant la tendance, en invitant les Blancs à ressentir ce que ça faisait d'être comme un intrus dans son pays d'origine ?

« Dis-toi que ce film, c'est le *Huckleberry Finn* moderne. Mais au lieu d'avoir Huck et Jim sur un radeau qui descend le Mississippi, on a ce duo qui essaie d'aller à L.A. Et dans notre version, un des deux personnages a une fille. Je vais te dire un autre truc. *Huckleberry Finn* aurait été plus réussi si Jim avait eu une fille. Quand ils sont sur ce radeau, ils voguent vers où ?

– Vers la liberté ?

– Trop abstrait. Et puis, techniquement, s'ils descendent le Mississippi, ils vont vers La Nouvelle-Orléans, c'est-à-dire le plus grand marché aux esclaves du pays, donc Mark Twain n'avait pas vraiment réfléchi. Je ne nie pas que ce soit un des chefs-d'œuvre de la littérature américaine. Mais si Jim avait eu une fille, et si cette fille avait été à La Nouvelle-Orléans… »

Tout ça était vertigineux.

« Tu veux qu'on fasse un film de la blaxploitation.

– Ne sois pas réducteur. Certains des éléments plairont à ce public-là, c'est sûr, mais le piège, ce serait de tomber dans la critique sociale. Je veux élever le discours, proposer quelque chose de nouveau. Et je veux qu'Avery joue la chanteuse. »

Mais oui, bien sûr. Si son idée n'était pas si audacieuse, j'aurais pu croire que le projet n'était qu'un stratagème sophistiqué pour séduire Avery. Mais elle était vraiment osée.

« Je veux le réaliser », exigeai-je en me rappelant que Kit m'avait encouragé à me battre pour ce que je voulais. Pourquoi ne pas prendre le taureau de Jay par les cornes ? Nous aurions largement le temps de préciser le scénario.

Au départ, il eut l'air de se demander s'il m'avait bien entendu. Son silence me fit comprendre qu'il ne s'attendait pas à une telle exigence. Mais il respectait le culot, bien qu'il n'aimât pas forcément y être confronté.

« J'avais pensé demander à Ving Levine. »

Un couteau se planta dans mon cœur. Parmi tous les réalisateurs qu'il aurait pu citer, évidemment il choisissait celui-là. Je ne m'étais pas encore remis de ma récente découverte et entendre ce nom de la bouche de Jay ne fit que raviver ma blessure. Au lieu de lui faire part de mes sentiments, je répétai mon intention de réaliser le film que j'aurais écrit.

« Tu as déjà réalisé des choses ?

– Plusieurs courts-métrages à la fac, dont un qui a reçu la médaille d'or au festival Ann Arbor…

– Tu as vraiment gagné la médaille d'or ?

– Dans la catégorie "Étudiant", précisai-je. Aujourd'hui, tu me demandes d'écrire un nouveau scénario et je n'ai aucune motivation pour ça. Mais si je sais que je vais le réaliser, alors je pourrais envisager de l'écrire. »

J'avais l'impression de disputer une partie d'échecs en trois dimensions. Les réalisateurs jouissaient alors d'une aura comparable à ceux des plus grands peintres de la Renaissance italienne vis-à-vis de leurs contemporains et à cet instant précis, mon rêve de côtoyer des artistes doués, intelligents et glamour me parut extraordinairement accessible. « C'est une question de motivation. Il faut que je sois motivé. »

Jay plongea la main dans sa veste et en sortit un Montblanc et un carnet de chèques. Il précisa que ce stylo était un cadeau de fin d'études de ses parents, comme pour me faire comprendre qu'il ne faisait pas partie des gens qui se baladent avec un stylo-plume de luxe dans leur poche, puis il remplit un chèque et le fit glisser vers moi.

Cinq mille dollars.

« La voilà ta motivation. »

Je n'avais jamais reçu un chèque aussi gros. Mon amour-propre en berne remonta en flèche. Cette somme avait de quoi creuser une entaille conséquente dans ma montagne de dettes. La solution de facilité était d'accepter. Mais ça n'était pas si simple. Parce que ce qui m'avait conduit à ce moment charnière au Katz's Deli, c'était toute une enfance couché par terre dans le salon familial à regarder des films sur le poste de télé pendant que la vie de la maisonnée tournoyait autour de moi. Des comédies, des drames, des westerns, des films d'horreur, des comédies musicales qui avaient illuminé ma conscience en éveil, y gravant à vie des scènes et des sons. C'étaient des après-midi, des soirées entières dans les salles sombres de ma banlieue adolescente, pop-corn beurré en main, les semelles de mes baskets collées au sol poisseux, hypnotisé par la lueur clignotante des écrans géants. C'était la panoplie des salles d'art et d'essai avec leurs doubles séances merveilleusement bien pensées qui, à mon arrivée en ville pour mes études, m'avaient fait baver comme devant le coffre-fort d'une banque cinématographique. Des milliers d'heures à absorber, analyser ces trésors en bobines se déroulant à l'infini. Tout n'était pas réussi, il y avait de gros ratés, mais ça faisait partie du plaisir, de la beauté immense et sans cesse renouvelée de cet art. On pouvait débattre, disséquer, défendre les films qu'on aimait avec tous ceux qui appréciaient le cinéma, le septième art, peu importe l'appellation, parce que c'était un sujet important et j'étais enivré à l'idée de couler des jours heureux dans ce royaume des ombres. Je tenais l'occasion de sauter dix ans de lutte. Voulais-je rester éternellement le critique de *Classy* ? Comme disait Kit, *il faut que tu te prennes au sérieux, sinon personne ne le fera à ta place. Pas de regrets, tu sors l'artillerie lourde et tu fonces.*

« Je veux réaliser le film.

– Je vais demander à un avocat de rédiger un contrat pour que ce soit officiel.

– Et je réalise le film.

– Si le film se fait, tu recevras un bonus.

– Hé, m'énervai-je, tu m'écoutes ? J'écris le scénario seulement si je réalise le film. »

Je n'aurais peut-être pas autant insisté si je n'étais pas tombé sur ces Polaroids. Bien sûr, je n'en avais pas conscience à l'époque. Cette révélation déchirante m'avait non seulement donné l'impression de sombrer dans le chaos – ma relation avec Kit avait beau ne pas être exclusive, les sentiments ne sont pas toujours rationnels – mais je m'étais surtout senti émasculé. Réaliser un film me permettrait de reprendre le contrôle, d'occuper une place illustre dans ce monde. La manœuvre était osée, mais j'avais beaucoup plus d'expérience dans la réalisation que Jay dans la production. Je savais filmer et monter des images, je savais parler aux acteurs. Je me sentais prêt à relever le défi. Pourquoi pas moi ? Comme j'avais écouté patiemment le nocturne de Jay sur Harlem et le pitch qui avait suivi, mon ton cassant le prit par surprise.

« D'accord, c'est bon, tu peux le réaliser.

– Tu es sérieux ?

– Tant que ça ne met pas le projet en péril. » Je commençai à argumenter quand Jay m'arrêta. « Écoute, si on convainc Richard Dreyfuss de jouer dedans et qu'il exige un autre réalisateur, tu devras laisser ta place. »

La probabilité semblait extrêmement faible. « Je comprends.

– Bon. Alors maintenant écoute le titre.

– Je suis prêt.

– *Le Dernier Homme blanc.*

– Tu rigoles.

– Ça fera du bruit.

– On dirait le titre d'un pamphlet raciste qui traîne dans une gare routière de l'Alabama. »

Jay resta interloqué. « Je ne suis pas du tout d'accord.

– Je suis sûr qu'il y a toute une communauté de bouffeurs de tiques analphabètes qui vont adorer.

– Bouffeurs de tiques analphabètes ? répéta Jay, ravi. C'est ça qui fait de toi un grand écrivain !

– Tu crois vraiment que ça envoie le message qu'on a envie d'envoyer ?

– Au début, je pensais appeler ça *Hé, blanc bec !* avec un point d'exclamation. Mais ensuite, je me suis rendu compte que ça sentait la blaxploitation à des kilomètres alors que je veux que le film soit plus classe que ça. »

Parfois, avec le recul, on peut isoler les moments précis qui dessinent la constellation d'événements traçant la carte de notre vie. Jay était optimiste et enthousiaste, mais en embrassant sa vision, je renonçai à la mienne. Allais-je abandonner si facilement l'histoire de l'actrice comique ?

En même temps, si Jay voyait juste à propos du succès commercial de son scénario, n'avais-je pas intérêt à creuser son idée ? Il suffisait de réfléchir à ce que le public allait voir : *Mack Daddy, Love Bone, Velvet Smooth*. La blaxploitation rapportait gros. Pourquoi ne pas revisiter le genre ? Peut-être que Jay était mieux informé que je ne le pensais.

« Je ne t'en voudrais pas si tu ne veux pas prendre l'argent, Pablo. On sera toujours amis. »

Était-il sincère ? Il me proposait de faire affaire avec lui, mais nous étions réellement amis. C'était tout l'intérêt du projet, non ? Jay me renvoyait même une meilleure image de moi-même.

Il régla l'addition. Pendant que le serveur comptait la monnaie, il attrapa deux chocolats à la menthe et m'en lança un. Je le saisis au vol.

« Je pense qu'on peut faire le film que j'imagine pour un million.

– Et comment tu vas trouver une telle somme ? »

Le sourire de connivence fugace qui éclaira son visage portait la promesse d'une aventure fabuleuse, de celles qui ne se présentent qu'une fois. J'avais intérêt à me dépêcher de faire mes bagages parce que le train était déjà en marche, en route vers des destinations inconnues, mais grandioses.

« Alors, tu en es ? »

Jay devait retrouver son père et Bingo hurlait si son fils avait du retard. En sortant du restaurant, il me demanda d'attendre une minute. Il se dirigea vers la boulangerie Edelman d'où il ressortit muni d'une boîte blanche fermée par une ficelle.

« Je t'ai acheté un cheesecake, dit-il en me tendant la boîte. Je me sens tellement chanceux d'avoir un ami comme toi. »

Nous nous serrâmes la main devant Katz's Deli. Il me laissait quelques jours pour me décider, mais dans une semaine, son offre ne serait plus valable. Le cinéma, c'était sérieux et si j'avais des doutes, il se tournerait vers un autre scénariste. Mais il avait vraiment envie qu'on travaille ensemble. Et *Le Dernier Homme blanc* nous ferait connaître la gloire.

21

Bien que le cheval occupe une place de choix dans la mythologie américaine, l'idée de monter sur une selle, et surtout d'y rester pendant une durée indéfinie pendant que l'animal auquel l'objet est attaché trottine dans la nature peut être une perspective effrayante pour toute personne n'ayant jamais vécu cette expérience. Les possibilités de catastrophes sont nombreuses. Le cheval peut se cabrer et envoyer un cavalier aguerri au tapis, partir au galop, mordre, même. Dans son Kentucky natal où, pour une certaine catégorie de la population, la passion des équidés est une religion, Avery n'avait connu personne qui les fréquentât. Les chevaux n'étaient pas une affaire de Noirs, ni là-bas ni ailleurs, du moins à sa connaissance. Quand elle les imaginait, c'était toujours dans un contexte de cow-boys et d'Indiens ou bien en tant que moyen de transport pour des figures d'autorité comme la police montée dont la présence à Times Square l'avait toujours dérangée. Jay me raconta tout ça au cours d'une conversation téléphonique euphorique à l'issue de leur premier rendez-vous officiel.

Pourquoi l'avait-il emmenée faire du cheval ? Parce qu'il était persuadé que toute personne intrépide pouvait y arriver et qu'il voulait créer un contexte dans lequel il pourrait briller sans effort. Ce n'est pas par hasard que les héros sont souvent représentés à cheval.

Un dimanche matin, à l'heure convenue, il se gara en double file devant l'immeuble d'Avery, dans Washington Heights. La température montait déjà quand elle apparut en jean, baskets et chemise de style Western empruntée pour l'occasion à une amie actrice. Jay sourit en l'apercevant et ouvrit la portière cabossée de sa BMW marron avec la révérence exagérée du jeune premier de comédie musicale.

Elle s'amusa du mot qu'il avait scotché à la vitre arrière – *Radio déjà volée* – et observa le trou béant laissé par l'engin désormais rempli de cartes routières et d'un carnet où il notait ses idées. Elle fut décontenancée par la musique qui s'échappait du lecteur de cassettes à piles qu'il avait apporté pour l'occasion. « Tu écoutes Al Green ? » remarqua-t-elle tandis que la mélodie remplissait l'habitacle. Elle n'aurait jamais cru ça de lui. Il répondit : « Je suis un oignon. » Et quand elle le dévisagea d'un air perplexe, il ajouta : « À cause des couches. »

Le bref silence qui suivit fut meublé par la musique, le groove subtil, la voix suave du chanteur.

« Tu sais qu'il a appris à chanter à l'église, dit Avery. Moi aussi.

– Je chante comme une casserole, dit Jay. Mais je suis un grand mélomane. »

Pour leur premier tête-à-tête, la conversation était facile. Ils sautaient d'un sujet à l'autre, laissant leurs doutes, leurs traumatismes et leurs chagrins d'amour affleurer à la surface lumineuse de l'échange. Elle appréciait sa décontraction, son sens de l'humour et son assurance qu'elle mit sur le compte de son genre et de sa fortune. Comme il ne se la racontait pas, le soir de leur rencontre, elle l'avait rangé dans la catégorie des types blancs ordinaires. Sa voiture, quoiqu'un peu amochée, suggérait cependant un compte en banque nettement plus conséquent que ceux des artistes qu'elle côtoyait habituellement. Elle n'était pas matérialiste, mais l'argent ouvrait des portes.

De but en blanc, il dit : « Pourquoi tu as inventé cette histoire de voleur de sac à main ?

– Parce que je n'aimais pas l'attitude d'Early et que j'avais envie de le faire marcher. »

La réponse plut à Jay. Concise et ferme. Elle ne s'en laissait pas conter.

Le centre équestre se trouvait dans le Westchester, en bas d'une petite colline. L'endroit rappela à Avery les paysages de son Kentucky natal aperçus depuis la voiture au cours des voyages en famille. Un bâtiment en pierre à deux étages surmonté d'un toit en ardoise pointu abritait les étables et un bureau. Devant, dans un vaste corral, un moniteur à cheval apprenait à une jeune fille blonde à sauter avec tout le tralala de la monarchie anglaise. De l'autre côté de la route, s'étendait une forêt dense d'arbres centenaires. Il n'y avait aucune autre activité à la ronde, ce qui conférait au décor une dimension hors du temps.

La première chose qui frappe un novice prêt à monter en selle est la taille gigantesque de l'animal. Même les petits chevaux peuvent intimider un jeune cavalier. Jay en avait conscience et il se mit donc à encourager Avery debout à côté d'une jument alezan dont il tenait la bride. Son cheval, plus imposant et plus sombre, était attaché à un poteau à quelques mètres de là. Avery regarda sa monture en se demandant si cette expédition était une bonne idée. Avec douceur, Jay lui montra comment tenir le pommeau de la selle et appuyer la plante du pied dans l'étrier.

« Je t'ai pris une selle western, annonça-t-il, parce qu'il y a plus de prise dessus. » La sienne était une anglaise sans pommeau. « Et puis, comme ça, tu as de quoi accrocher ton lasso. »

En temps normal, Avery aurait apprécié la blague, mais elle était trop concentrée sur sa mission. Elle prit une longue inspiration. Avec une souplesse acquise grâce à des années d'entraînement physique, elle attrapa le pommeau, glissa son pied dans l'étrier, se hissa sur le cheval et lança sa jambe droite par-dessus le large dos. Jay fut impressionné par le naturel de ses mouvements. Le cheval stoïque ne broncha pas, c'était bon signe. Avery essaya de se détendre tandis qu'elle observait le paysage et absorbait la puissance démesurée de la créature sur laquelle elle était perchée. Jay lui expliqua rapidement comment tenir la bride, ordonner au cheval d'avancer et de s'arrêter et quelques instants plus tard, ils se mirent en route.

Jay entretenait la conversation avec légèreté, racontant qu'à douze ans son père l'avait inscrit à des cours dans ce centre équestre.

« Comme il avait grandi dans un milieu modeste, il voulait tirer un trait sur son passé le plus vite possible, ce qui, pour lui, revenait à adopter tous les marqueurs de l'aristocratie comme le cheval et le tennis. Et il a essayé de me transmettre ces goûts alors que moi, au fond, je n'étais qu'un gamin de banlieue qui préférait jouer au basket.

– Tes parents t'ont obligé à faire du cheval ?

– Non, ils ne m'ont pas vraiment obligé. Mon père m'a dit : tu devrais apprendre à monter et j'ai dit : d'accord.

Je voulais une selle Western comme celle que tu as, mais mon père, le gentleman farmer du Bronx, a insisté pour que j'aie une selle anglaise, comme celle avec laquelle il avait commencé dans Van Cortlandt Park. J'ai pris des cours et crois-le ou non, avant aujourd'hui, je n'étais jamais remonté sur un cheval. »

Cet aveu produisit son petit effet.

Avery n'aurait pas pu dire qu'elle était détendue, mais son angoisse retombait peu à peu et quand ils entrèrent dans les bois et entamèrent la lente ascension de la colline, elle commença à prendre du plaisir. Elle avait hérité d'une jument docile et se concentrait sur les différents niveaux de pression que ses genoux devaient exercer sur les flancs musclés de l'animal. En ce milieu de matinée, les rayons obliques du soleil perçaient à travers les feuilles et mouchetaient le sentier. Quelques taches rouges et jaunes dans les arbres à feuilles caduques annonçaient la venue de l'automne. Jay marchait en tête et à chaque fois qu'il se retournait – toutes les cinq secondes – pour vérifier que sa cavalière allait bien, elle lui souriait.

« Parle-moi d'Early », dit-il. Il crut d'abord qu'elle ne l'avait pas entendu. Quand il lui demanda si c'était son petit ami, elle répondit : « Plus maintenant.

– Mais tu m'as dit que tu avais un petit ami.

– J'ai menti. »

Jay prit le temps de digérer cette information.

« Je ne sais pas comment je dois le prendre », avoua-t-il. C'était évidemment une bonne nouvelle. Mais avait-il affaire à une dissimulatrice ? Elle lui avait menti sur son statut amoureux et inventé une histoire à dormir debout à propos de lui chez Early.

« Je n'allais pas sortir avec le premier Blanc rencontré sur le trottoir devant un comedy club.

– C'est tout à ton honneur. »

Il voulut vérifier qu'elle était à l'aise sur le cheval ; elle lui assura que oui. Au moins, elle avait l'air sincère. Jay décida de ranger ses mensonges dans la catégorie des mécanismes de protection et cessa d'y penser. Alors qu'ils s'enfonçaient dans la forêt, il se lança dans un exposé sur le Far West. À l'époque, un cow-boy sur quatre était noir et quel dommage que cette réalité ne figure pas dans la culture populaire qui représente toujours ce pan de l'histoire comme uniquement blanc et amérindien. Avery n'était pas au courant de cette statistique et quand elle lui demanda comment il savait ça, il lui expliqua qu'à la fac, il avait écrit une dissertation sur le sujet. Après la guerre de Sécession, le métier de cow-boy était une des rares options possibles pour les Noirs. Tandis qu'ils ondulaient avec souplesse sur leurs selles au rythme des pas de leurs montures, Jay parla des dangers du grand Ouest – débandades des troupeaux, vols de bétail, attaques d'Indiens – c'est-à-dire que les hommes vivaient comme à la guerre et ceux qui étaient chargés de déplacer des milliers de bêtes d'un endroit à un autre n'avaient pas le temps de se préoccuper de la couleur de peau.

« Il n'y a aucun Noir dans *La Chevauchée fantastique* ou dans *La Rivière rouge*, remarqua-t-il. *L'Homme des vallées perdues*, *Le Train sifflera trois fois* et *L'Homme qui tua Liberty Valance*? Pareil. J'aimerais bien faire un western noir.

– Il n'y a pas déjà eu des films sur les cow-boys noirs ?

– Si, mais personne ne les connaît. Pourquoi il n'y aurait pas une version noire de *Butch Cassidy et le Kid*?

– Tu ne travailles pas dans l'immobilier ?

– Je suis en train d'explorer d'autres horizons. Je vais produire mon premier film. »

Étonnée, elle lui demanda de quoi ça parlait et il lui résuma l'intrigue. Il ne mentionna ni l'auteur ni la distribution, mais l'idée eut l'air de plaire à Avery.

Elle avait accepté son invitation pour rigoler. Jay avait quelque chose de rassurant et il était physiquement attirant, mais elle ne s'attendait pas à le trouver si charmant. Elle se mit à fredonner une chanson de son enfance sur les paysages de l'Ouest, le ciel et les étoiles. Elle avait une voix magnifique.

« Tu chantes bien », dit Jay, pesant ses mots.

Ils passèrent les deux heures suivantes à parler de leurs parcours, de leurs familles et de leurs études, ce qui conduisit Avery à avouer avoir tellement souffert à l'école de théâtre qu'elle avait dû entamer une thérapie. Jay lui confia que, si un jour il allait voir un psy, il ne pourrait jamais le dire à son père pour qui la thérapie consistait à hurler sur la personne la plus proche.

Elle s'abstint de reconnaître qu'elle s'était sentie tellement exclue pendant sa première année de conservatoire qu'elle avait essayé sans grande conviction de se suicider en avalant une forte dose de barbituriques. Un camarade l'avait trouvée à moitié inconsciente et une ambulance l'avait emmenée à l'hôpital Roosevelt où on lui avait fait un lavage d'estomac. Ensuite, il y avait eu sa démission de l'école, sa convalescence chez ses parents puis son retour à New York sous la supervision d'un psychiatre. Elle ne dit pas non plus que son frère, House, vivait avec elle notamment pour la surveiller. Tout ça pouvait attendre. Jay l'apprendrait en temps voulu.

Ils parcoururent les bois, montant et descendant des pentes douces, longèrent un ruisseau et s'arrêtèrent devant une petite chute d'eau. Quand ils ne disaient rien, ils écoutaient le clop-clop des sabots et les trilles des oiseaux dans les arbres. Le cheval d'Avery trébucha sur une racine, elle s'agrippa instinctivement à sa crinière, mais l'animal retrouva son équilibre et poursuivit son chemin comme si de rien n'était. La piste qu'ils suivaient traversait un ruisseau peu profond et tandis que leurs montures envoyaient des gerbes d'eau dans les airs, leurs vies de citadins s'effacèrent, supplantées par les sensations que leur offrait cette promenade en forêt sous les caresses du soleil.

Comme ils gravissaient une colline, Avery se pencha en avant pour ne pas tomber. Jay la regarda en souriant. Elle n'en revenait pas d'être là, à cheval, dans les bois, avec un homme qu'elle connaissait à peine mais à qui, sans trop savoir pourquoi, elle avait décidé de faire confiance.

Après plusieurs minutes d'ascension, la vue se dégagea soudain. Une canopée d'arbres ancestraux se déployait sur des kilomètres. Il n'était pas encore midi et le soleil brûlant tapait dans leur dos. Des traînées dorées, brun roux, orange et violettes peignaient le vaste paysage.

En se rapprochant, les chevaux poussèrent les genoux des cavaliers l'un contre l'autre ; Jay se tourna vers Avery et la regarda contempler le panorama. Il lui demanda si la journée était bonne, elle se mit à rire et comme il s'interrogeait sur sa réaction, elle lui expliqua qu'elle riait quand elle était détendue. Elle n'avait pas su à quoi s'attendre, avait failli annuler, mais elle était contente d'être venue.

« Je me souviendrai de cette journée pendant longtemps », dit-elle et Jay fut tellement charmé par le sentimentalisme de ces paroles qu'il faillit perdre ses moyens.

« On n'est pas obligés de redescendre tout de suite de notre nuage », hasarda-t-il.

Elle dit en riant encore qu'elle était d'accord.

Assise bien droite sur son cheval, elle avait l'air d'une guerrière. Jay regretta que dans cette clairière haut perchée, il n'y ait personne muni d'un appareil photo pour immortaliser cet instant. Il croisa son regard.

« Je veux que tu joues le rôle principal dans mon film, annonça-t-il. Et tu es obligée de dire oui parce qu'on écrit le rôle pour toi. »

Cette déclaration la prit de court. En dehors des films de la blaxploitation, il n'y avait pas beaucoup de producteurs prêts à imaginer de grands personnages de Noirs et les seuls castings qu'elle avait passés étaient pour de tout petits rôles. Se voir offrir le rôle principal dans n'importe quel film était plus que flatteur, c'était phénoménal. De nature prudente et avisée, elle n'allait cependant pas s'engager sur un simple résumé de Jay Gladstone, aussi séduisant fût-il.

« Il faut que je lise le scénario. »

Sans se laisser démonter, il précisa que l'auteur y travaillait actuellement.

« Qui c'est ? » demanda-t-elle. Jay cita mon nom. « Le copain de House est scénariste ?

– Pablo est bourré de talent, dit Jay. C'est un réalisateur primé. »

Avery était convaincue que chacun avait droit à sa chance, tant que la générosité dont elle faisait preuve ne mettait pas un frein à sa carrière. Elle était donc prête à croire Jay sur parole. Elle imagina tout haut ce que ça lui ferait de jouer dans un film. S'il était réussi, il l'aiderait à décrocher de meilleurs rôles au théâtre, dans des pièces ou des comédies musicales, peut-être même les rôles principaux habituellement confiés à des Blanches. Une telle visibilité pourrait lui ouvrir de nombreuses portes. Cependant, Jay n'avait encore rien produit.

« Qu'est-ce que je dois faire pour que tu dises oui ? »

Avery fut étonnée de s'entendre demander s'il ne pourrait pas lui dégoter un appartement dans un des immeubles de sa famille.

22

Dans un tout autre contexte socio-économique, j'allai aider Kit à déménager d'une sous-location du Lower East Side à une autre. Nous ne nous étions pas vus depuis ma confrontation traumatisante avec les Polaroids de Ving. Le plus gênant était que je comptais rester muet sur le sujet. Dans le cadre de notre mariage blanc, nous n'avions pas parlé de monogamie et une fois remis de mes émotions, l'idée d'obliger ma femme à se conformer à un principe arriéré de fidélité m'avait paru contraire à mon choix de vie. Je ne parviendrais jamais à arracher mes racines petites-bourgeoises si je restais attaché à la morale biblique de mes parents.

Kit avait emprunté une camionnette défoncée à un batteur punk qu'elle connaissait. Après avoir emballé le fourbi de son appartement dans deux couvertures en laine et une forêt de sacs en papier kraft, nous chargeâmes le tout dans le coffre et parcourûmes quelques centaines de mètres jusqu'à son nouveau chez elle. Pendant que nous hissions ses possessions en haut d'un escalier sombre à l'habituel parfum mystérieux de décrépitude, Kit se comporta avec moi comme à l'accoutumée. C'était difficile à supporter parce que j'avais du mal à démêler mes sentiments. J'ignorais ce qu'elle vivait de son côté, mais il était clair qu'elle n'était pas vraiment ma femme. Non, c'est faux. Elle était vraiment ma femme.

Mais ce mot était dénué de sens. Si on considérait les photos comme une preuve assez fiable, elle couchait avec Ving. Et pourtant, j'avais été réquisitionné pour son déménagement. Pourquoi avais-je accepté ? Parce qu'elle était à l'image de la vie que j'essayais de m'inventer, loin des attentes avec lesquelles j'avais grandi, une vie plus riche, plus satisfaisante, plus en accord avec ma nature profonde, même si j'attendais encore de la découvrir. Kit ne ressemblait à aucune des personnes que j'avais connues depuis mon enfance. C'était une aventurière, elle avait traversé la moitié du globe à la poursuite de ses ambitions. Elle n'était certes pas la femme la plus facile à vivre, mais elle apportait une saveur inimitable à mon existence. Elle couchait avec Ving, et alors ? Elle couchait certainement aussi avec le batteur qui lui avait prêté sa camionnette.

Son nouvel immeuble était situé dans une rue mal famée. Mon grand-père maternel avait habité dans Rivington Street au cours de son enfance et quand bon nombre d'immigrés avaient fui vers des cieux plus cléments et que la ville était tombée en déliquescence, le Lower East Side avait été très durement touché. Des prostituées battaient le pavé des rues crasseuses tandis que des amateurs de drogues venus des quatre coins de l'État achetaient de l'héroïne dans un marché à ciel ouvert. Sauf en cas de meurtre, la police avait toujours mieux à faire.

Le studio était un taudis avec la douche dans la cuisine et les toilettes sur le palier. Le verrou branlant de la porte ressemblait à une invitation. Mais le loyer était dérisoire. Une fois notre tâche accomplie, nous nous assîmes sur un banc dans un parc du quartier. La fin de journée était fraîche. Le soleil fatigué transperçait péniblement le ciel indifférent. Kit fumait, je buvais une bière et nous regardions des camés tituber devant des gamins qui jouaient à chat. Une volée de moineaux sales décolla d'un toit, se posa sur le sol, puis se percha sur un arbre ceint d'une crinoline de feuilles aux couleurs pâles d'automne. Les oiseaux s'attardaient sur les branches, dans l'attente d'une opportunité à saisir.

Kit me demanda comment se passait la réécriture de mon scénario. Je lui annonçai que Jay avait eu une idée et qu'il avait proposé de me payer pour écrire le script.

« Pablo, c'est formidable !

– Je ne sais pas encore si je vais le faire. Je lui ai dit que j'allais y réfléchir.

– Il te paie, tu dis ! Il y a un rôle pour moi ?

– Si je l'écris, il y en aura un.

– Il faut que tu le fasses. Si je ne décroche pas bientôt de vrais boulots d'actrice… » Le débit habituel de Kit s'interrompit et elle continua à fumer en silence. Elle était peut-être fatiguée par le déménagement, ou lasse de s'inquiéter sans cesse pour son avenir. Elle fuma plusieurs cigarettes à la chaîne. La nicotine sembla la ranimer un peu.

« Je t'emmène chez Sammy », décida-t-elle.

Trois marches en dessous du trottoir, le restaurant roumain était un temple du kitsch prisé des habitants du quartier. L'atmosphère bruyante ressemblait à celle d'un mariage auquel vous arrivez alors que tous les invités sont déjà soûls. Des bols de *schmaltz*[1] sur les tables, des serveurs maladroits jouant à fond les New-Yorkais à l'ancienne et, serrés dans un coin, une chanteuse vamp accompagnée par un pianiste miteux et un violoniste à

---

1. Graisse de poulet ou d'oie fondue.

l'air quasi centenaire entonnant un medley de chansons datant de l'ère du Spoutnik. Nous bûmes des shots de vodka en dévorant des steaks. Une fois bien éméchée, Kit m'apprit que les Juifs faisaient les meilleurs maris parce qu'ils gagnaient correctement leur vie et ne frappaient pas leurs femmes. Je lui répondis que, comme dans toutes les tribus, les Juifs existaient sous des formes variées et que mon grand-père paternel avait abandonné sa famille. « Ta grand-mère devait être atroce », conclut-elle avant de lever son verre en disant : « Aux Juifs. » Nous trinquâmes et je vidai mon verre.

Je lançai soudain : « Mais ceux que tu préfères, toi, c'est les Juifs noirs. »

La musique s'était arrêtée. Le groupe prenait une pause. Le vacarme du restaurant était tel que nous aurions pu nous hurler dessus sans rien changer au niveau sonore.

« Qu'est-ce que tu veux dire ? demanda-t-elle.

– Eh bien, commençai-je sans trop savoir comment poursuivre, je sais que tu aimes les Juifs parce que tu me l'as dit, mais je ne savais pas que tu étais aussi attirée par les Juifs noirs, ce qui est un penchant assez rare, évidemment, vu la quantité limitée des stocks. Je veux dire, on n'en trouve pas à tous les coins de rue et si Sammy Davis Jr. est déjà pris…

– Pablo, arrête de délirer. J'aime tous les hommes. » Elle but une gorgée de vodka. Nous étions tous les deux ivres. « Et c'est qui, Sammy Davis Jr. ?

– Un Juif noir.

– Rappelle-moi pourquoi on est en train de parler des Juifs noirs ? » Elle était réellement curieuse.

« Ça fait combien de temps que tu es avec Ving ? »

Son visage resta de marbre.

À ce moment-là, le violoniste qui avait quitté ses collègues surgit à notre table, l'instrument sur l'épaule, l'archet planant au-dessus des cordes. Il avait un gros nez et des touffes de cheveux gris hérissées de chaque côté de son crâne chauve. Kit lui sourit. Qu'elle fût capable de fabriquer un sourire si naturel et sincère à un moment pareil confirmait ses talents d'actrice. Encouragé par son accueil, le vieil homme dit avec un fort accent d'Europe centrale : « Je ne confie pas ça à tout le monde, mais j'ai été l'élève de Jascha Heifetz. » Nous étions dans un film de Lubitsch. « Vous avez déjà entendu *Strangers in the Night* en yiddish ? » Bizarrement, non. Il nous offrit alors une interprétation du tube de Sinatra dans le langage de nos ancêtres communs. Transporté, les yeux fermés, il chatouillait les cordes de son instrument usé. J'observai Kit qui gardait les yeux fixés sur le musicien. Son interprétation était totalement burlesque, avec des changements de rythme imprévisibles et des fioritures comiques. À un moment, je crus qu'il avait terminé, mais il repartit de plus belle. Alors qu'il entonnait *es iz geven azoy rekht far fremde in der nakht*[1] avant de conclure, je me rendis compte que l'interlude musical avait été un soulagement. Jouer la victime n'avait rien d'agréable, surtout que je n'étais même pas sûr de pouvoir prétendre à ce rôle. Mais si je n'en étais pas une, alors d'où venait cette angoisse ?

« Pablo ! » C'était Kit qui me faisait signe de donner une pièce au violoniste. Je fouillai dans mon portefeuille, sortis un billet de cinq dollars et le tendis au vieil homme.

« Quoi, ça ne vous a pas plu ? » dit-il. Une fois l'incontournable blague prononcée, il s'inclina en signe de

1. *It turned out so right for strangers in the night.* Fin de la chanson de Sinatra.

gratitude et bondit vers une table voisine où il accosta un groupe de six fêtards qui eut bientôt droit à sa version de *Moon River*.

« Alors tu peux me dire ce qui se passe entre Ving et toi ?

– Il t'a dit qu'il était un de mes… » Elle n'essayait même pas de nier.

L'un d'eux ? Je pensais qu'elle allait me demander comment j'avais obtenu cette information. Elle n'en fit rien. « Depuis combien de temps tu…

– J'en sais rien… quelques semaines ? » Cet aveu oscilla au-dessus de nos têtes comme un lampion fragile. « Ça ne l'embête pas que je sois avec toi. Et puis, qu'est-ce que ça veut dire, être ensemble ? Je croyais que tu avais adoré *Jules et Jim*. Avoue que tu as adoré.

– Bien sûr que j'ai adoré. Tout le monde adore *Jules et Jim*. Mais c'est un film, pas un manuel. Enfin, on s'est quand même mariés, non ? » En sortant de ma bouche, ces mots me firent un drôle d'effet, mais je ne savais pas quoi dire d'autre. Je pensai à Frank Bones qui, dans une situation pareille, aurait certainement été plus habile que moi. Il savait qui il était, lui. Moi, j'étais encore avachi à une table de restau roumain dans l'attente de naître.

« Je t'ai dit que j'étais libre comme l'air. » C'était vrai. « Promets-moi au moins que tu viendras à l'entretien et que tu feras semblant d'être mon mari. »

L'entretien aux services de l'immigration. J'avais complètement oublié.

« Je crois que je t'aime. » Ma voix tremblait d'une émotion involontaire.

« Oh, Pablo, dit-elle. L'amour, c'est quand deux personnes décident de vivre dans la même illusion. »

Je ne savais pas si cet aphorisme était profond ou idiot, n'ayant pas encore compris que la frontière entre les deux est souvent très mince. Au prix d'un effort herculéen, je réussis à maîtriser mon bouillonnement intérieur. Je commandai deux cafés et Kit se mit à parler d'une pièce qu'elle avait vue dans la semaine. Je réglai l'addition et la raccompagnai jusque chez elle, craignant de me sentir coupable si elle se faisait agresser ce qui, dans ce quartier, était toujours une possibilité. Encore un peu confus quant au statut de notre relation, je déclinai son invitation à monter.

« Grandis un peu, chéri. » Ce sourire. « Il y a une capote avec ton nom dessus là-haut. »

Jules et Jim n'est pas vraiment l'histoire d'un ménage à trois. Le personnage de Jeanne Moreau est d'abord avec Jules, puis avec Jim, même si les trois personnages restent amis pendant toute la durée du film. À la fin, elle précipite sa voiture du haut d'un pont alors que Jim est assis à l'avant, laissant Jules pleurer seul leur disparition. Avec le recul, cette vision pleine d'un romantisme de jeunesse paraît totalement rocambolesque. Mais ce soir-là, devant l'immeuble délabré de Kit, songeant à toutes les possibilités qu'elle m'offrait, à mon besoin de tourner le dos à mon éducation pour mener une vie d'artiste, je revins sur ma résolution. Je ne me serais évidemment jamais assis à l'avant d'une voiture dont elle tenait le volant, mais bien que cette nuit-là le sexe fût volcanique, je ne m'étais jamais senti aussi désemparé.

23

Jay demanda à voir mon court-métrage, celui qui avait été primé. Il y avait de grandes chances pour qu'Avery accepte de jouer dans notre film et s'il devait se battre pour que je le réalise, il voulait savoir exactement pour quoi il se battait. J'empruntai un projecteur seize millimètres à un ami et en guise d'écran, tendis un drap sur un des murs de mon appartement. Jay arriva après le travail, j'ouvris deux bouteilles de bière et nous regardâmes *Viva America.*

Cette dystopie futuriste en noir et blanc racontait l'histoire d'un groupe révolutionnaire menant une guerre sourde contre le régime fasciste ayant pris le pouvoir aux États-Unis. Toutes les images avaient été tournées dans des zones délabrées d'Alphabet City, à quelques centaines de mètres de là où nous nous trouvions. Sur l'écran de fortune, les personnages se mouvaient avec grâce dans des intérieurs minutieusement éclairés. Le dialogue était minimaliste et les apprentis acteurs ayant reçu l'ordre de jouer le moins possible, leurs performances étaient aussi naturalistes qu'on pouvait l'espérer de la part de débutants. Le montage était précis et l'étudiant en musique que j'avais engagé pour composer la bande-son m'avait livré une version bon marché de Philip Glass. Le film fonctionnait et à la fin des trente-trois minutes de projection, quand le drap redevint blanc, je sentis que Jay était impressionné. Il voulut m'emprunter la bobine pour montrer mon court-métrage à des investisseurs potentiels.

« On va faire ce film, dit-il. Et si tu as l'intention de l'écrire et de le réaliser, tu as intérêt à quitter ton boulot alimentaire. »

Ainsi, sur une poignée de main, notre partenariat fut scellé.

Imaginer le scénario du *Dernier Homme blanc* n'était pas évident. Qu'entendait-on par « gangster juif moderne » ? Et comment le différencier du type italien auquel les cinéphiles étaient habitués ? Plus précisément, qui était *mon* gangster juif ? De quoi avait-il l'air, comment s'exprimait-il, comment s'habillait-il, quel genre de voiture conduisait-il, où vivait-il et ses voisins étaient-ils au courant de ses activités ? Quel genre de nourriture aimait-il, était-il marié ou célibataire, et s'il était marié (conflit !), qui était sa femme, comment étaient sa famille, ses parents, ses enfants, ses frères et sœurs ? Œuvrait-il en solitaire ou certains de ses proches travaillaient-ils aussi dans le milieu ? Quel genre de musique écoutait-il (très important pour ce projet) ? Où partait-il en vacances, lisait-il autre chose que des cartes de restaurant et des contraventions ? Quelle éducation religieuse avait-il reçue ? En tant qu'adulte, quel rapport entretenait-il avec la religion ? Dans quelle mesure ses origines ethniques influençaient-elles son comportement ? Les revendiquait-il ou au contraire refoulait-il son identité en s'enfermant dans la violence ? Parsemait-il son discours de mots yiddish (langue particulièrement expressive dans la bouche de l'acteur adéquat, surtout pour les jurons : *farkakter, schmegege, shlimazl*[1]) ? Sa judaïté jouait-elle sur sa mentalité de criminel ? Obéissait-il à un code moral et si oui, où était-il allé le chercher ? Comment percevait-il les criminels d'autres origines ethniques, comment percevait-il les Noirs (très important dans ce cas précis aussi) ? Aimait-il les films de gangsters, quelles étaient ses opinions politiques, était-il réservé ou exubérant, cultivé ou primaire, avait-il subi certaines formes d'antisémitisme et y était-il confronté dans le monde où se déroulait le film ?

Quel était son nom ?

---

1. Merdeux, con, pauvre type.

Un nom juif, forcément, comme Goldstein, à moins que lui ou ses ancêtres n'en aient changé pour en adopter un leur permettant de se fondre plus facilement dans la société où ils avaient choisi de s'implanter.

Malgré la longue tradition hollywoodienne d'acteurs juifs ayant joué des Italiens et d'acteurs italiens ayant joué des Juifs, on ne pouvait pas d'un claquement de doigts transformer Dean Martin en Jerry Lewis. Toutes ces réflexions m'épuisaient. Il aurait été plus facile d'écrire un film de genre pur et simple, mais le caractère unique des personnages était ce qui les rendrait vivants à l'écran.

La journée touchait à sa fin. J'ouvris une bouteille de bière et continuai à me creuser les méninges. Au bout de quelques minutes, mon attention se porta sur un autre point épineux : la suggestion de Jay selon laquelle la chanteuse devait être noire. Ça n'était d'ailleurs pas du tout une suggestion, plutôt la condition *sine qua non* de sa participation. Je n'avais rien contre, sauf que je ne connaissais aucune femme noire en dehors de la sœur de House. Je n'avais lu aucun livre, vu aucun film dans lesquels les femmes noires étaient au premier plan, récits dans lesquels j'aurais pu glaner une idée ou deux, et plus j'y pensais, plus je me disais que ce problème était le plus grave de tous. Je me rappelai les paroles d'Avery à propos des actrices dans les films de la blaxploitation (« Je n'ai pas passé quatre ans à bosser Shakespeare à Juilliard pour jouer une mama sexy dans une combi en velours ») et me rendis compte que cette image n'était pas seulement la principale représentation des femmes noires dans le cinéma américain, mais aussi la seule que les Blancs de ma génération avaient en tête. Inventer un personnage de chanteuse noire et rendre son expérience crédible allait être un défi de taille. Que savais-je de la condition des femmes noires dans ce pays ?

Si Kit avait été là, nous aurions pu en discuter et elle m'aurait aidé à mettre de l'ordre dans mon esprit. Mais le jeu n'en valait pas la chandelle ; la douleur qu'elle m'avait causée était encore vive et je n'étais pas prêt à être un de ses nombreux amants, malgré notre nuit torride après notre dîner chez Sammy's. Les émotions de cette soirée m'avaient vanné.

J'attrapai le téléphone et appelai Jay. Quand je lui fis part de mes soucis, il me dit que n'importe qui pouvait écrire sur n'importe qui, c'était le propre des écrivains. « Tu as pondu un super article sur un comique, ajouta-t-il. Est-ce que tu es un comique ? Non. Mais ça n'a pas d'importance. Quant au personnage du gangster juif, il y en a eu plein dans l'Histoire. Renseigne-toi. Et tu as peur de créer un personnage de femme noire ? C'est une femme ! C'est ça qui la définit avant tout. Dans ce contexte, c'est juste plus fort qu'elle soit noire. »

Il poursuivit dans la même veine. À la fin de son discours, je ne trouvai rien à ajouter. Nous restâmes un instant silencieux.

« Tu es là ?

– Je réfléchis à ce que tu viens de dire.

– Bon, Pablo, on le fait, ce film ou pas ?

– Oui, oui, on le fait. »

Il était difficile de résister à Jay Gladstone, mais allais-je vraiment renoncer à un boulot de critique qui m'apportait salaire et couverture maladie ? Oui, parce que c'était l'acte d'un véritable artiste. J'encaissai son chèque. J'étais lancé.

Le lendemain, un livreur sonna à ma porte. Jay m'envoyait une machine à écrire IBM Selectric flambant neuve. Sur mon bureau, elle avait l'air d'un vaisseau spatial.

24

Debout derrière son bureau, une cigarette pendue à ses lèvres écarlates, Candy Mitchell examinait une panoplie de godemichets pour un dossier spécial « On a testé pour vous ». Je la regardai attraper un engin de la taille d'une grosse courgette et le brandir vers moi. « Tous ceux-là sont vibrants », dit-elle en l'allumant. Le bourdonnement emplit la pièce. On aurait dit qu'un essaim d'abeilles fusait au-dessus de son bureau. Elle eut l'air surprise par la puissance de l'appareil. Elle le régla sur un mode moins frénétique. J'avais passé la matinée à rassembler le courage de démissionner, revenant sur ma décision des dizaines de fois.

« Tu sais qu'à l'origine, les vibromasseurs ont été inventés pour soigner l'impuissance masculine ?

– Je ne savais pas, non.

– Je voudrais que tu les emportes chez toi, que tu les essaies et que tu m'écrives huit cents mots sur leur histoire, leur usage actuel et ton avis sur les plus performants. Je pense que tu devrais faire un classement. »

Elle éteignit l'accessoire et le posa sur le bureau à côté des autres modèles. Elle tira sur sa cigarette, laissa la fumée emplir ses poumons et souffla un nuage qui plana entre nous. Tout allait pour le mieux dans le meilleur des mondes. Elle attendait que je lui dise dans combien de temps je pourrais lui rendre mon papier.

« Je démissionne », déclarai-je.

Elle n'en revenait pas. « À cause de ce que je viens de te demander ?

– Non, non, non. À cause d'une nouvelle opportunité.

– Mieux que celle-ci ? »

Les sex toys me faisaient de l'œil. Ils symbolisaient la sécurité, la tranquillité, la routine. Je me vis en train d'exécuter les ordres de Candy et d'essayer la sélection. Je continuerais à rédiger des légendes, du courrier des lecteurs et les critiques de ces films devenus peu à peu comme des ombres projetées sur les murs de ma caverne infernale.

« Je vais réaliser un film. »

Le visage de la rédactrice s'assombrit. « Toi, tu vas réaliser un film ? » Son incrédulité sonnait comme une insulte, ce qui renforça ma détermination. Elle voulut savoir si c'était un porno.

« Non, un vrai film.

– Réfléchis un peu. Tu es notre meilleur auteur. » C'était comme dire que j'étais le plus grand des nains, mais j'acceptai le compliment. « C'est un bon boulot pour un jeune.

– Et je vous remercie de m'avoir donné cette chance. »

Elle m'offrit alors une augmentation importante, que je refusai. Elle saisit un vibromasseur de la taille d'un cigare et le tapota négligemment sur le bureau.

« Tu sais que la plupart des rêves ne se réalisent jamais. » Sa voix de fumeuse était rauque, pleine d'une autorité crapuleuse. « Moi je voulais être actrice eh ben, tu sais quoi ? Je l'ai été ! Pas celle que j'avais imaginée, mais j'étais assez mature pour comprendre ce que le monde attendait de moi. Tu n'as jamais rien fait qui ressemble au projet dans lequel tu veux te lancer. »

Ça n'était pas tout à fait vrai, mais je m'abstins de la contredire.

« François Truffaut avait vingt-sept ans quand il a réalisé *Les 400 coups*.

– Petit con, tu n'es pas François Truffaut, dit-elle avec un peu trop de conviction. Truffaut est un génie et, excuse-moi de le dire, pas toi. Comment tu crois que ça va se terminer ?

– Il n'y a qu'un seul moyen de le savoir. »

Elle soupira, écrasa sa cigarette dans un cendrier et en alluma une autre. « Je t'aime bien, Pablo. Tu es un bosseur et la dernière critique que tu as écrite pour le magazine, c'était pour quoi encore, *Bombasses chez les Zobs* ? Elle avait du style. Mais tu es trop naïf. »

C'était peut-être vrai, mais j'étais aussi jeune et enthousiaste.

« On verra bien.

– Avant de partir, tu veux bien au moins m'aider à boucler le projet godemichets ? »

Je déclinai poliment la proposition. Je vidai mon bureau et fourrai l'exemplaire écorné du *Cinéma est un art* dans ma sacoche. Je dis au revoir à Claudia et à Loomis. Mes aventures dans le monde de l'érotisme prenaient fin. Et comme Frank Bones, j'étais un homme libre.

25

La présence des femmes noires dans le cinéma américain grand public n'était pas très marquée. Il y avait Cicely Tyson et Ruby Dee. Diana Ross avait remporté un certain succès en Billie Holiday dans *Lady Sings the Blues*, mais à part ça, la sélection était mince. Comme je le disais, je n'avais dans mon entourage pas beaucoup de femmes noires à qui demander conseil. Or j'étais certain qu'elles détenaient des secrets qui auraient pu nourrir mon projet. Pendant des jours, j'observai toutes celles que je croisais. Dans le métro, dans la rue, j'étudiais leur attitude, j'écoutais leurs conversations – quand c'était possible – mais ça ne servait à rien. Mon comportement me semblait paternaliste, voire malsain. Non, soyons honnêtes. C'était malsain. Qu'est-ce que je fabriquais ? Ces femmes étaient des êtres humains, j'aurais dû pouvoir leur parler, mais ma timidité naturelle m'empêchait de provoquer autre chose qu'un échange superficiel et je n'avais pas besoin de passer à l'acte pour savoir qu'elles me prendraient pour un imbécile. Je n'avais pas ce don permettant d'instaurer avec l'autre un rapport de confiance l'invitant à se décharger des fardeaux de son existence. La probabilité pour qu'une femme noire sensée me parle de son quotidien était proche de zéro.

Un soir, après avoir fumé un joint en écoutant *Live at the Village Vanguard* de John Coltrane dans l'espoir de donner un peu de relief à la ligne plane de mes pensées, j'appelai House et lui exposai mon problème. Il ne me demanda pas de quel droit j'envisageais d'écrire un personnage de femme noire. Au lieu de ça, il me conseilla de parler à sa sœur. Vous vous demandez peut-être pourquoi, sachant que j'écrivais le rôle pour Avery Rogers, je n'avais pas eu cette idée moi-même. Pour la simple et bonne raison que je n'avais pas envie qu'elle sache que j'étais paumé.

Les représentations de *La Mégère apprivoisée* étant terminées, Avery accepta de me retrouver quelques jours plus tard. Elle chantait au Reno Sweeney, un cabaret de West Village ; est-ce que je voulais une invitation ? Comme j'avais raté la pièce de Shakespeare et espérais simplement échanger quelques mots avec elle dans un café, je reçus sa proposition comme un don du ciel. Elle laisserait mon nom à l'entrée – c'était la première fois que ça m'arrivait –, et me dit que je pouvais venir accompagné. J'invitai Loomis.

« Je précise que c'est pas un rencard, dit-elle. T'es pas mon type. »

Nous arrivâmes juste avant l'heure du spectacle et fûmes placés au bar. Loomis n'avait pas l'air en forme ; il se remettait d'un méchant rhume, dit-il. Il toussa dans un mouchoir de soie brodé à ses initiales et me proposa de l'appeler Camille en référence à l'héroïne tuberculeuse du film éponyme avec Greta Garbo.

La salle était pleine d'homosexuels élégants, d'âges compris entre la première année de fac et la retraite et, disséminés çà et là, de quelques couples hétéros dont la présence était certainement due à l'engouement de l'épouse pour le cabaret. Loomis se sentait comme un poisson dans l'eau. Je commandai une bière au barman, un jeune homme musclé vêtu d'une chemise à carreaux, au visage coupé en deux par une épaisse moustache. Loomis m'apprit discrètement qu'il était ce qu'on appelait un « bear » et entre deux quintes de toux et deux gorgées de gimlet, il me donna à voix basse un cours sur les différents types d'homosexuels.

« Il faut que tu apprennes tout ça tant que tu es jeune, dit-il. Comme ça, quand tu vivras avec ta femme en banlieue, tu te souviendras que tu as fricoté avec les hors-la-loi.

– Je ne fricote pas avec les hors-la-loi, Loomis.

– Oh, Pablo, chéri, accepte la métaphore. »

Il poursuivit son exposé sur la signification de certains porte-clés, les préférences sexuelles affichées grâce au savant placement d'un bandana, le genre de musique à écouter sous poppers et son excitation à l'idée de passer ses week-ends d'été à Fire Island. Ça n'était pas une tentative de conversion, seulement le topo d'un homme passionné par son univers. Son récit réjouissant sur la vie des gays fut interrompu par la voix énergique du présentateur, de genre indéterminé, qui annonça : « Mesdames et messieurs, veuillez accueillir maintenant Miss Avery Rogers. » Le projecteur repéra la chanteuse d'un côté de la scène où son sourire rivalisait d'éclat avec lui. Elle s'avança vers le micro et l'attrapa à deux mains. Les lumières faisaient scintiller ses bagues en argent, ses yeux marron éblouissants. Sa robe de soirée vert émeraude au décolleté plongeant, fendue sur le côté, me cloua sur place.

Sans un mot, elle commença à chanter *Summertime*. Douces, presque chuchotées, les premières notes semblaient venir d'un autre monde, loin de la salle sombre et bondée. Elles restèrent suspendues dans les airs, tremblantes, avant d'être suivies par d'autres notes plus fortes et volontaires. Le public était envoûté. Je n'avais croisé dans ma vie que des chanteurs de rock amateurs. Jamais je n'avais entendu une voix d'une telle qualité. Chaude et plaintive, elle vacillait puis explosait de douleur, de joie et de désir. Les années de gospel et les cours prestigieux qu'avait suivis Avery n'effaçaient en rien la passion pure qui l'animait et mystérieusement, tous ces ingrédients combinés produisaient un son fascinant. Elle ferma les yeux et s'abandonna totalement à l'émotion de la chanson, la laissant vivre à travers elle jusque dans le public, gagnant en puissance à chaque nouvelle phrase musicale. Quand elle arriva à la fin du morceau, j'avais été transporté dans un territoire inconnu. À l'époque, j'avais seulement vaguement entendu parler des Gershwin, auteurs-compositeurs de ce classique, mais la profondeur de l'interprétation d'Avery et l'humanité sans fard de sa voix m'avaient rendu muet. Loomis me regarda, ébahi.

C'est alors que je vis Jay, assis à une table près de la scène, à l'autre bout de la salle. Il applaudissait d'un air ravi qui me rappela la douce béatitude propre à certaines traditions spirituelles asiatiques. Tout le monde n'est pas apte à tomber en extase à l'écoute d'une voix humaine et, d'instinct, je n'aurais pas mis Jay Gladstone sur la liste des heureux élus. Je continuai à l'observer et alors qu'Avery démarrait la chanson suivante, il la regarda d'un œil brûlant, comme si elle détenait la réponse à toutes les questions enfouies au plus profond de son être, comme s'il avait rêvé d'elle et qu'elle se matérialisait soudain devant lui. Sa vulnérabilité était touchante, loin de l'air stoïque qu'il affichait généralement. Cette dichotomie me projeta aussitôt dans le cinéma des années 30. À l'époque, le directeur de production de la Metro-Goldwyn-Mayer était Irving Thalberg. Époux d'une célèbre actrice, il avait la réputation d'être un homme d'affaires impitoyable doté, pour son malheur, d'une âme d'artiste. Peut-être était-ce cette contradiction qui l'avait affaibli au point de provoquer son décès brutal avant ses quarante ans. Était-il possible que Jay Gladstone devienne le prochain Irving Thalberg, sans la mauvaise fortune de mourir prématurément ?

Avery poursuivit son concert, interprétant des classiques avec une aisance et un talent musical exceptionnels. Elle alliait générosité et exigence, allant jusqu'à s'excuser pour la fragilité de sa voix, affaiblie soi-disant par un rhume. Pour le rappel, elle choisit *Somewhere* de *West Side Story* et pendant qu'elle chantait a cappella, j'entendis des sanglots étouffés venus de différents coins de la salle. Je jetai un coup d'œil à Loomis qui m'adressa un regard qui disait : ne t'imagine pas que je vais chialer pour ce vieux tube, tout en se montrant incapable de réprimer complètement les émotions qui le parcouraient. À la fin, quand je lui proposai d'aller dans les loges saluer la chanteuse, il se déroba. Il devait rentrer chez lui, nourrir son chat et se mettre au lit. Nous convînmes de nous revoir bientôt.

26

Le café abritait un panel d'artistes et d'intellectuels de tous âges qui ne levèrent pas le nez quand je m'installai face à l'entrée, à une petite table au plateau de marbre. On entendait les notes étouffées du Velvet Underground. Je commandai une bière et passai le temps en relisant les questions que j'avais notées dans mon carnet au cas où la conversation patinerait. Après presque une heure d'attente, une silhouette non identifiée ouvrit la porte et Avery se glissa à l'intérieur. Alors qu'elle s'arrêtait pour parcourir la salle des yeux, les miens bifurquèrent vers la personne qui l'accompagnait : Jay. Je ne m'attendais pas à ce qu'il se joigne à nous, je ne lui avais même pas parlé de ce rendez-vous. Je me levai pour saluer Avery et adressai un signe de tête à Jay. Avery portait un grand sac en cuir qu'elle posa par terre avant de s'asseoir en face de moi. Jay tira une chaise. Il avait un sourire de propriétaire.

« J'espère que ça ne te dérange pas, dit-il, mais quand Avery m'a dit que vous aviez organisé une séance de travail, j'ai pensé que je pourrais être utile. »

Son attitude présomptueuse était fidèle à l'image que je me faisais des producteurs, prêts à tout pour imposer leurs volontés. Sa présence changeait radicalement l'ambiance de la soirée. Il héla le serveur et commanda un thé oolong.

Avery était avenante et sa décontraction me mit à l'aise. Elle avait troqué sa robe pour un jean et un pull large. J'avais réfléchi à ce que j'allais lui dire en la voyant et m'étais juré de ne pas me comporter comme un fan empressé.

« Tu es la meilleure chanteuse que j'aie jamais entendue, dis-je, renonçant aussitôt à ma résolution.

– La meilleure », confirma Jay.

Avery sourit à Jay et pencha la tête. Il lui pressa la main. Ses sentiments à lui étaient clairs, mais que ressentait-elle ? Amicale, mais réservée, elle ne laissait rien transparaître de sa vie intérieure.

« Ça me fait plaisir que tu sois venu ce soir », dit-elle. Sa voix était faible, un peu rauque après l'effort qu'elle venait de fournir. « Jay m'a montré ton film. » Pourquoi ne m'avait-il pas prévenu ? J'attendais le verdict. « Il est bien. »

Excellent, magnifique, bouleversant auraient été préférables, mais *bien*, c'était déjà bien et elle était là, à ma table. Quand je lui demandai quels étaient ses prochains projets, elle sortit un tapuscrit de son sac et le posa devant moi. Était-ce un test ?

« *Les Trois Sœurs* ? »

Le Long Wharf allait monter la pièce et elle espérait décrocher un rôle.

« Mon rival, c'est Tchekhov ? »

Elle éclata de rire. Elle devait travailler un monologue et ne pouvait pas rester longtemps. Je lui racontai qu'au lycée, j'avais vu une mise en scène d'*Un violon sur le toit* dans laquelle Tevye était joué par un Noir.

«J'ai toujours trouvé ça étrange qu'on fasse pousser la chansonnette à des pauvres Juifs du *shtetl* pour remplir les caisses des théâtres de Broadway, observai-je. C'est comme si on écrivait une comédie musicale avec des esclaves qui chantent et qui dansent dans une plantation du Sud.»

La beauté et la prestance d'Avery me déstabilisaient. Je parlais trop.

«Les Juifs de Russie n'étaient pas des esclaves», rectifia-t-elle.

La hiérarchie de la souffrance n'était pas le sujet que j'avais prévu d'aborder.

Le serveur vint poser la théière sur la table. Jay remplit galamment la tasse d'Avery avant la sienne. Avery me demanda de quoi je voulais parler. Sans préliminaire. J'hésitai. Si quelqu'un m'avait interrogé sur ce que ça faisait d'être Pablo Schwartzman, je n'aurais probablement pas su quoi répondre ni même si j'avais envie d'essayer. Mais ses grands yeux humides où perlait la bienveillance me donnèrent du courage. Elle pouvait toujours m'envoyer promener et, conscient du côté un peu absurde de mon entreprise, j'étais prêt à accepter cette éventualité. La présence de Jay ne me facilitait pas la tâche.

«Je sais que ça va te paraître stupide, mais je ne connais pas beaucoup de femmes noires et j'aimerais écrire un personnage qui soit juste, donc euh…

– Combien de femmes noires tu connais?

– Dionne Warwick, Harriet Tubman, Sojourner Truth, Angela Davis, Moms Mabley…» J'étais assez content de ma litanie. Avery beaucoup moins.

«Et personnellement?

– Toi. »

Elle éclata de rire. Je repris espoir.

« Tu vas bientôt rejoindre cette liste, intervint Jay.

– Oh, je t'en prie, l'arrêta Avery avant de se retourner vers moi. Et je suis censée représenter la communauté ?

– En quelque sorte ? » Ma voix monta dans les aigus sur la fin, trahissant ma gêne évidente.

« C'est ridicule, Pablo, conclut-elle.

– Je sais. On peut arrêter tout de suite, si tu veux.

– Non, supplia Jay. C'est intéressant.

– D'accord, je veux bien jouer le jeu, dit-elle à mon grand soulagement. Mais toi d'abord. Dis-moi ce que ça fait d'être blanc. »

C'était comme si elle avait lu dans mes pensées et d'un geste vif comme l'éclair, m'avait mis au tapis.

« Eh bien, pour commencer, je suis juif et je ne suis pas sûr que les Juifs soient blancs.

– On est blancs, Pablo, dit Jay avec conviction. Pas la peine de prétendre le contraire.

– Alors pourquoi les Blancs nous rappellent toujours qu'on est juifs ? »

Avery tendit le bras et saisit doucement mon poignet. Elle fit pivoter ma main droite vers le ciel, puis la sienne également. Le contraste entre nos deux couleurs de peaux était saisissant. « Dis-moi lequel de nous a les mains blanches.

– Je vois ce que tu veux dire, me défendis-je en me libérant de son emprise. Mais essaie d'expliquer ça aux nazis. »

Amener les nazis dans la conversation est généralement un aveu de faiblesse et de manque d'arguments, ce qui était le cas. C'était malheureusement la première idée qui m'était venue à l'esprit, la plus facile aussi.

« On est à New York, Pablo, dit Avery. Les nazis n'ont pas leur mot à dire.

– Mais s'ils se pointaient ici... » Je m'enfonçais.

« Les nazis ne sont pas près de défiler sur la Cinquième Avenue, ajouta Jay.

– Tu m'as l'air complètement blanc, poursuivit Avery. Alors, c'est comment ? »

Je refusais de m'avouer vaincu. « Les Juifs sont les éternels exclus, insistai-je.

– Les Juifs passent inaperçus », riposta-t-elle.

Je me tournai pour exhiber mon profil. « Ce n'est pas ce que dirait mon nez. » Une blague lourdingue.

Ils rirent tous les deux, Jay un tout petit peu trop fort à mon goût. Son nez était moins proéminent que le mien.

« Arrête ! lança Avery.

– Quand je fais la planche, les gens courent vers la plage parce qu'ils croient qu'il y a un requin dans la mer. » J'avais déjà sorti cette réplique. Probablement piquée à quelqu'un. Mon nez était loin des caricatures nazies publiées dans les journaux comme *Der Stürmer*, mais il n'était pas invisible non plus.

« Tu pourrais être grec ou italien, dit Avery. La plupart des gens n'analysent pas précisément les traits d'une personne. Si on te larguait au milieu de l'Oklahoma ou du Nebraska, ils se diraient que tu es un Blanc et c'est tout. Pour moi, c'est différent.

– Personne ne se dirait que tu es un Blanc, c'est sûr », dis-je.

Cette plaisanterie me valut un regard sardonique. « Les seuls moments où une personne noire peut oublier qu'elle est noire, c'est quand elle est avec d'autres Noirs. Parce qu'il n'y a pas que les racistes qui nous le rappellent. À Juilliard, pendant quatre ans, on n'a cessé de me le rappeler. Les gens qui vont au théâtre ne sont généralement pas prêts à voir une Nora noire dans *Une maison de poupée.* » Elle soupira et secoua la tête. Sa frustration était palpable. Une colère justifiée bouillonnait au fond d'elle. « Enfin bref, réponds à ma question, s'il te plaît. Ça fait quoi d'être blanc ? »

Pendant qu'elle buvait une gorgée de thé, je réfléchis à ma réponse.

« Franchement, je n'y pense pas tellement, commençai-je.

– Parce que personne ne t'oblige à le faire.

– Écoute, j'ai grandi avec des parents angoissés qui saisissaient la moindre occasion de me rappeler les horreurs de la Shoah. Pour mes treize ans, je voulais une paire de baskets en cuir, mais au lieu de ça, ma mère m'a offert *La Nuit* d'Elie Wiesel. C'était un message, pour me dire que si de tels événements se produisaient ici, nos voisins nous dénonceraient. J'avais beau leur faire remarquer que tous nos voisins étaient juifs, ils n'en démordaient pas. À l'échelle du pays, on restait une minorité et si on imaginait le pire, l'Histoire nous avait montré que les Juifs sortaient rarement gagnants. Donc, même si pour toi, c'est très simple, voilà le contexte psychologique dans lequel j'ai baigné. Alors quand tu me demandes ce que ça fait d'être blanc, je me dis que ma soi-disant blancheur reste soumise à conditions. Et je peux t'assurer que l'autodénigrement qui frise la flagellation, c'est pas une "spécificité blanche". »

Je bus une gorgée d'eau. Je n'avais pas anticipé ce genre de débat d'idées. Faisait-il soudain plus chaud ? Pourquoi étais-je en sueur ? Avery réfléchissait, nullement contaminée par mon état fébrile.

« Mon expérience est totalement différente, intervint Jay. Chez moi, personne ne parlait de la Shoah. On jouait au baseball, on faisait des barbecues, on allait voir le feu d'artifice du 4 Juillet. On était américains. On est américains. Inconditionnellement.

– Tu as de la chance », dit Avery avec une pointe d'émotion dans la voix. Ses yeux limpides scintillèrent. « Nous, on est là parce qu'on a été enlevés et vendus aux enchères. On ne se fond pas dans la masse, on détonne au milieu d'une foule de visages blancs. Vous, vous êtes deux mecs blancs comme les autres. Peu importe que vous allumiez les bougies de Shabbat ou pas.

– Comment tu sais qu'on allume des bougies pour Shabbat ?

– Je ne suis pas une extraterrestre !

– Tu connais la culture juive.

– Je vis à New York.

– Touché », dis-je. Nous étions au moins d'accord sur un point. « Écoute, je voudrais te poser une question, ça va peut-être te paraître grossier ou indiscret…

– Arrête de t'excuser.

– D'accord. Toi et moi, on n'a pas la même histoire, le même vécu…

– Pose-moi ta question !

– Qu'est-ce que ça fait d'être toi ? »

Décontenancée, elle resta un moment silencieuse avant de répondre.

« Je suis allée faire du cheval avec ton copain Jay la semaine dernière, m'informa-t-elle.

– Tu étais phénoménale », ajouta Jay.

Elle ignora le compliment. « Tu l'aurais vu sur son cheval. Plus américain que ça, tu meurs. C'est pas possible pour nous. Je parie que tous ceux qui m'ont vue ce jour-là se sont dit : Tiens, une femme noire sur un cheval ! Tu vois où je veux en venir ? »

Je contemplai mes mains posées sur mes genoux. Était-ce vraiment ce que les gens auraient dit ? Je n'en savais rien. C'était ce qu'Avery pensait et je n'allais pas la contredire. Je me demandai ce qu'elle faisait avec Jay. Leur rapprochement avait-il seulement un motif professionnel ? Ou bien éprouvait-elle les mêmes sentiments que ceux qu'il exhibait sans pudeur ? Et comment m'étais-je retrouvé à tenir la chandelle ?

« Arrête de regarder tes mains, Pablo. Regarde-moi ! »

Je levai mes yeux dénués d'éclat limpide.

« Donc quand tu me demandes ce que ça fait d'être une femme noire aux États-Unis, puisque c'est ça ta question, on est vraiment dans un monde à part parce qu'au moins le mec noir, c'est un mec. Dis-moi ce que tu vois en face de toi, là, tout de suite.

– La sœur de House. »

Ma réponse la coupa brièvement dans son élan. « Tu sais quoi ? C'est la meilleure réponse que tu pouvais donner. C'est ça, je suis la sœur de House. La fille de mes parents, une actrice new-yorkaise qui a joué dans une pièce de Shakespeare dans Central Park et qui vient de faire un concert dans un cabaret. Je paie mon loyer. Je prends le métro. J'aime bien chanter.

– Le personnage que j'écris est une chanteuse punk. Tu pourrais jouer la chanteuse d'un groupe punk ?

– Elle peut tout jouer », dit Jay, totalement épris. Sa passion venait compliquer ma mission déjà délicate.

Je demandai : « T'y connais quoi à la musique punk ?

– Et toi, t'y connais quelque chose aux femmes noires ? rétorqua-t-elle.

– J'adore Aretha Franklin. » Elle leva les yeux au ciel, mais sans lui laisser le temps de répondre, je lui dis que j'étais là pour apprendre.

« C'est tout à ton honneur », ajouta Jay. Pour la première fois de la soirée, j'étais content qu'il soit là. Je ne m'attendais pas à ce qu'Avery se montre si irritable. Naïvement, j'avais pensé que… voilà, c'était bien ça, le problème.

« Si tu peux te renseigner sur les femmes noires, je peux me renseigner sur la musique punk, dit-elle. Je veux dire, a priori, pour moi, c'est du boucan qui casse les oreilles, mais j'aime bien les défis. » Pendant que Jay remplissait sa tasse, elle demanda si on avait déjà le réalisateur.

« C'est un peu compliqué », avoua Jay.

Un peu compliqué ?

Ça n'était pas compliqué du tout. C'était moi le réalisateur. Il ne lui avait pas dit ?

« J'ai suggéré d'engager Ving Levine. Mais Pablo voudrait réaliser le film et s'il écrit un bon scénario, je pense qu'il mérite de le défendre, enfin, si on trouve les fonds nécessaires.

– Je connais un peu Ving, dit Avery. Je l'ai rencontré un soir à la sortie de *La Mégère apprivoisée.*

– Vous êtes amis ? » demanda Jay.

Elle haussa les épaules. « Si on veut. » Elle se tourna vers moi : « Alors comme ça, tu es réalisateur ?

– Oui. » J'avais prononcé ce mot avec une bonne dose d'assurance forcée.

« Vraiment ?

– Oui, vraiment, confirmai-je.

– Ce n'est pas parce qu'on dit qu'on est réalisateur qu'on l'est vraiment, tu sais ? Mon cousin de cinq ans pense qu'il est Pin-pon le Pompier. Tu penses qu'il est Pin-pon le Pompier ?

– Non, je ne crois pas.

– Ben non.

– Pablo va assurer, dit Jay. Tu peux me faire confiance.

– Pourquoi je vous ferais confiance à tous les deux ? » demanda-t-elle.

Un silence gêné s'installa entre nous. Jay sirotait son café. Un camion-poubelles passa avec fracas devant la fenêtre.

« Tous les projets collectifs sont des paris, dis-je.

– Bon courage pour trouver l'argent, dit-elle d'un ton impossible à décrypter.

– Enfin, le scénario n'est pas terminé, précisai-je. C'est pour ça qu'on est là, vous vous rappelez ? J'essaie de cerner un des personnages principaux.

– Et ça se passe comment à ton avis ?

– J'ai eu la chance de rencontrer une merveilleuse femme noire, donc je dirais que pour l'instant, ça se passe plutôt bien.

– Tu n'aurais pas pu dire simplement, une merveilleuse femme ?

– Avery, ce que je veux dire, c'est que… » Je m'immobilisai. Qu'est-ce que j'allais dire ? Une phrase banale du genre : donne-moi une chance ? Mais je ne dis rien parce qu'à ce moment-là mes sentiments étaient secondaires. Je compris qu'elle me laissait entendre qu'être noire, c'était devoir se justifier, se défendre sans arrêt, c'était enrager de sa condition, mais si on voulait s'en sortir, ne surtout pas exprimer cette colère, c'était être exactement telle qu'elle était devant moi. Ma confusion se changea en gratitude. Elle avait répondu à ma question. Peut-être vit-elle passer cet éclair de lucidité sur mon visage.

« Tu ne crois quand même pas que je vais te raconter comment c'est d'être une femme noire ?

– J'espérais obtenir un ou deux renseignements. J'aimerais bien écrire un rôle que tu auras envie de jouer.

– Alors j'ai un conseil à te donner », proposa Avery.

Mon stylo était dressé. « Je suis prêt.

– Ne parle pas des cheveux d'une black tant qu'on n'aura pas eu une vraie conversation sur le sujet.

– C'est ça, le conseil ?

– Comment tu décrirais les miens ? »

Ils n'étaient pas naturels. Je n'aurais pas pu dire ce qu'elle leur avait fait, mais le résultat était joli. Désemparé, je flairai un piège visant à me rendre encore plus ridicule que je ne l'étais. En tentant de décrire ses cheveux, je dirais forcément ce qu'il ne fallait pas, des mots qui me causeraient des ennuis. C'était un terrain miné.

« Ils sont cool et j'utilise le mot *cool* à la manière de James Brown. » Elle rit de bon cœur.

« Je comprends pourquoi House t'aime bien. » J'étais soulagé d'entendre ça. Elle vacilla, comme si elle hésitait à se jeter à l'eau. Puis elle plongea tête baissée : « Je pourrais t'énumérer toutes les tortures que j'ai infligées à mon crâne. Rien que les brûlures au fer à lisser pourraient remplir un livre entier. » Elle détachait chaque mot pour s'assurer que je les enregistrais tous.

« Je pourrais te parler de l'énorme part que représentent mes cheveux dans mon identité, pas pour moi, mais aux yeux des gens. Tous les Blancs veulent sans arrêt les toucher, même mes copains du conservatoire qui auraient pourtant dû avoir un minimum de jugeote. » C'était un cadeau, un signe de confiance. Il fallait mettre tout ça dans le scénario. « Je pourrais te dire que vivre ici, aux États-Unis, ça nous oblige à y penser et à faire en sorte que les Blancs ne… » Sa voix devenait plus basse, plus propice à la transmission d'un lourd secret. « Tu es sûr que tu veux écrire un personnage de femme noire ? Parce que crois-moi, Pablo, les femmes noires sont des êtres complexes…

– Permets-moi de citer Alfred Hitchcock. »

Un de ses sourcils se leva. « Qu'est-ce qu'il a dit à propos des Noires ?

– Ça n'était pas à propos des Noires, mais ça rejoint ce que tu dis. Un jour, un acteur à bout est venu le voir sur le plateau – j'ai entendu deux versions de cette histoire, une avec Ingrid Bergman et l'autre avec Anthony Perkins – mais bref, l'un des deux acteurs, peu importe lequel, avait du mal à trouver son personnage et Hitchcok a dit…

– C'est seulement un film.

– Tu la connais ?

– Un peu facile, tu ne trouves pas ?

– Je sais, je sais. » Je répondais vite, sur la défensive. « Mais on a très envie que tu fasses partie de ce projet et tu pourras y ajouter ta patte. Je te ferai même lire le scénario avant de le montrer à Jay.

– Vraiment ?

– Hé, attendez une seconde », intervint Jay avec une pointe d'agacement, feint ou réel.

« Je te le promets, dis-je.

– Il faudra qu'on en parle, tempéra Jay.

– Avery devrait avoir son mot à dire, insistai-je. Elle peut nous apporter beaucoup. »

Venais-je de commettre une erreur stratégique ? Jay voulait tout contrôler. Mais si je réussissais à impliquer Avery dans l'écriture, avant que Jay retire toute la moelle de mon texte, nous avions plus de chances d'aboutir à un scénario digne de ce nom.

Avery reprit : « Petite question : Pourquoi un homme blanc écrit l'histoire d'une femme noire ?

– Pourquoi tu auditionnes pour une pièce de Tchekhov ?

– C'est ta deuxième réponse parfaite. » Je soupirai de soulagement. J'avais eu peur qu'elle me vide le contenu de la théière sur la tête.

« Toi et moi, on est des artistes. » C'était le compliment le plus électrisant qu'on m'eût jamais fait. « Contente-toi de la rendre humaine. »

27

Les pages s'envolaient de ma nouvelle machine à écrire. Je tapais, retapais, piétinais le plancher inégal en récitant des bribes de dialogue. Chaque semaine, je retrouvais Jay au Kiev pour lui montrer les nouvelles scènes. Jay aimait ce qu'il lisait et ses remarques étaient toujours pertinentes. Je sentais pourtant qu'il manquait quelque chose. Le monde des deux héros, leur histoire d'amour, restait un peu hermétique. Et quel discours tenait-on sur les minorités ? Inverser le paradigme noir/blanc en conférant les pleins pouvoirs aux Noirs, n'était-ce pas un peu simpliste ? Tous les personnages en dehors de celui d'Avery voulaient attraper le gangster et l'enfermer dans un zoo. Je décidai de créer le personnage de Prophète, l'homme responsable de la chasse. Doté d'un immense charisme, il tomberait amoureux d'Avery, mais sa profonde humanité l'amènerait à faire équipe avec elle pour épargner au gangster une vie de captivité.

Je travaillais douze heures par jour. Un mois plus tard, le scénario était prêt.

Pour vous raconter la suite, je me dois d'assigner une certaine intériorité aux héros de mon histoire. C'est ce que font tous les auteurs. Nous écoutons et nous interprétons. Nous cultivons l'empathie. Il nous est impossible de réellement connaître quelqu'un, mais nous pouvons l'imaginer et, que nous le voulions ou non, nous sommes programmés pour ça. Chaque être a une psychologie unique et, pour transcrire les expériences des autres, nous devons nous contenter de deviner. Alors permettez-moi d'imaginer ce qu'a dû ressentir une jeune actrice ambitieuse en lisant le premier scénario écrit pour elle :

Avery n'avait pas eu le rôle de Macha dans *Les Trois sœurs*. Après cette déception, elle s'installa dans son nouvel appartement, en face du Lincoln Center. Jay lui avait trouvé un deux-pièces orienté ouest au loyer nettement en dessous des prix du marché. De son salon, elle pouvait voir les imposantes fenêtres du Metropolitan Opera et, au travers, les gigantesques fresques de Chagall. Ce nouveau confort ne suffit pas à la consoler d'une autre audition qu'elle venait de passer pour une pièce programmée au Williamston Theatre Festival. Une actrice avait quitté le projet ; ils cherchaient une remplaçante. L'audition s'était bien passée, mais Avery sentait qu'elle n'aurait pas le rôle, pour la même raison qu'elle n'avait pas eu le rôle du Tchekhov, et l'expérience lui avait laissé un profond sentiment de frustration et d'irritation. Voilà l'humeur dans laquelle elle était en rentrant chez elle, avant que le concierge lui tende le pli que j'avais déposé pour elle.

Elle envisagea d'appeler sa mère, mais elles s'étaient eues quelques jours avant et elle n'aimait pas parler à ses parents plus d'une fois par semaine. Tout compte rendu légèrement négatif leur causerait de l'inquiétude et renforcerait sa culpabilité. Parfois, elle regrettait de ne pas être retournée dans le Kentucky enseigner le théâtre au lycée. Elle aurait monté *Le Journal d'Anne Frank* et donné le rôle-titre à une fille noire. Ça aurait cloué le bec à certains.

Mais quelqu'un d'autre allait devoir mettre en scène Anne Frank au lycée, parce qu'Avery n'était pas près de retourner dans le Kentucky enseigner le théâtre. Elle prit le scénario et se rendit dans un *diner* de Broadway. Elle s'installa dans un box, commanda une soupe d'orge aux champignons et se mit à lire.

Une heure plus tard, quand le mot « Fin » apparut sur la page, elle posa la brochure. Elle n'avait pas touché à sa soupe. Elle se voyait en Viv Piston. L'histoire aurait pu avoir été piquée dans un *pulp*[1], mais le copain de son frère réussissait à aborder des thèmes plus vastes avec subtilité, en évitant l'écueil du discours moralisateur. Et elle allait être l'héroïne ! Courir, bondir, se montrer forte mais sensible, prononcer des répliques percutantes en frôlant la mort, assurer ! Une Noire ! Puisque la classe blanche dominante, avec son besoin congénital et apparemment incurable d'admirer son propre reflet sur scène, n'était pas prête à la voir briller dans Tchekhov, tant pis ! Elle donnerait corps à la vision inclusive et avant-gardiste de Pablo Schwartzman.

Le côté juif, par contre. C'était... c'était... elle ne savait pas trop ce que c'était. Le héros s'appelait Ben Silk et il était juif. Elle savait que Pablo et Jay l'étaient, mais pourquoi avoir décidé que le gangster aussi ? Il fallait que Shylock soit juif parce qu'il était victime des préjugés de son temps, mais Ben Silk était un bandit en cavale. Il aurait pu être français ou irlandais tant que sa blancheur restait clairement identifiable.

---

1. Magazine de fiction bon marché, très populaire à partir des années 50.

Avery ignorait qu'il existait des gangsters juifs. Elle n'avait jamais particulièrement pensé aux Juifs avant d'arriver à New York. Elle savait qu'ils avaient participé activement au mouvement des droits civiques, que deux militants avaient été assassinés dans le Mississippi en même temps qu'un Noir. Mais dans le Kentucky, elle n'en avait rencontré aucun. Ça n'était pas un sujet évoqué le soir à table. Les Juifs étaient blancs, point final. Elle n'avait jamais réfléchi à leur histoire parce que, quel rapport avec la sienne ? Visiblement, ils s'en sortaient plutôt bien aux États-Unis. Tout comme les Italiens, les Suédois, les Allemands et presque tous les gens aux ancêtres venus d'Europe.

Elle n'était jamais sortie avec un Juif avant Jay Gladstone qui, à ses yeux, était un énième mec blanc. Un mec qui sortait de l'ordinaire, bien sûr, intelligent, sensible, galant, doté d'un assez bon sens de l'humour, mais un mec blanc quand même. Elle avait déjà eu quelques histoires sans lendemain avec des Blancs, des acteurs pour la plupart, or les acteurs appartenaient à une catégorie à part. Pour elle, l'éradication de la notion de couleur de peau était un objectif noble, mais inatteignable. Elle s'efforçait donc de voir les gens comme des êtres à la beauté unique et imparfaite.

Elle avait l'habitude que les hommes lui tournent autour et fassent les coqs en sa présence. L'apparition de Jay devant le théâtre de Central Park ne l'avait pas étonnée plus que ça. Ils ne se connaissaient que depuis quelques mois, mais elle aimait le voir si amoureux. Elle n'était pas encore sûre de ses sentiments. Elle l'appréciait beaucoup, mais avec la vie qu'elle menait, comment aurait-elle pu envisager une relation durable ? Elle pouvait partir jouer une pièce dans une autre ville pendant trois mois. Être envoyée à Londres, dans le West End, où il n'y avait presque pas d'actrices noires. Et si on lui offrait un super rôle dans une série télé, elle devrait s'installer à Los Angeles. Elle s'emballait.

Quelqu'un avait écrit un scénario pour elle et elle se fichait à présent de ses auditions ratées. Elle le ferait lire à House et lui demanderait ce qu'il en pensait. Elle le ferait lire à Early. Il y avait plusieurs rôles pour lui et il était doué pour analyser un scénario. Abstraction faite de leur passé, elle le respectait en tant qu'artiste.

House lut le texte le soir même.

« J'en sais rien, déclara-t-il. Tu es sûre que tu veux faire ce truc ?

– Pourquoi pas ?

– Parce que c'est tout un monde de Noirs qui poursuit un mec blanc.

– Je sais, dit Avery. Mais c'est drôle, il y a de l'action et l'Amérique sans Blancs, c'est une hypothèse assez dingue.

– Tu veux savoir comment c'est ? répondit House. T'as qu'à prendre le métro jusqu'à la 125e. »

Avery pouffa de rire. Plus tard, en s'endormant, elle repensa aux paroles de son frère. Était-ce une raison suffisante pour ne pas faire le film ? On ne sait jamais comment le public va réagir, mais n'est-ce pas la mission des artistes de chambouler leurs perceptions ? De les pousser à voir les choses sous un angle nouveau ? C'était en tout cas ce qu'elle espérait faire.

Elle parla à son agent du projet, du réalisateur novice, du producteur débutant.

Il dit : « Tu plaisantes, j'espère ? »

28

Sur le kiosque à journaux, la une du *Daily News* annonçait: *52 Américains pris en otage par des Iraniens.* J'achetai le journal et m'engouffrai dans le métro pour aller retrouver Jay. Des étudiants islamistes avaient pris d'assaut l'ambassade de Téhéran. C'était le début de la fameuse crise des otages américains. Le gouvernement avait été pris de court et la catastrophe – le géant déconfit, ébranlé par une bande d'agitateurs du Tiers Monde – venait démontrer l'inexorable déclin national post-Vietnam. Non seulement New York s'écroulait, mais en plus, aux yeux de tous, le reste du pays aussi. Toutes ces mauvaises nouvelles arrangeaient bien les affaires de Ronald Reagan qui se profilait à l'horizon des élections présidentielles en promettant de restaurer la grandeur d'un passé imaginaire tout droit sorti des films qui avaient fait de lui une star de second plan. La face du pays était en train de changer, celle du monde aussi. Moi, j'étais complètement absorbé par mon film.

Le hall des bureaux de la société Gladstone était l'équivalent visuel d'un bol de porridge : moquette grise, murs blancs, meubles en cuir et acier chromé, quelques revues immobilières sur une table basse. Comme je portais une tenue décontractée et une grosse enveloppe kraft, la réceptionniste, une jeune femme mince au visage soucieux, me prit pour un coursier et s'étonna quand je demandai à voir Jay Gladstone. Surexcité d'avoir terminé un texte qui me tenait à cœur, je lui expliquai que je n'avais pas dormi de la nuit et que je venais discuter avec mon ami d'un projet sur lequel nous travaillions. Elle n'avait aucune idée de ce à quoi je faisais allusion et avant que j'aie le temps de développer, Jay arriva à l'accueil et me guida jusqu'à son bureau. Meublée de façon impersonnelle, la pièce ne contenait aucun signe de sa passion pour le cinéma. Les seules décorations murales étaient des photographies encadrées des immeubles Gladstone.

Il s'assit à son bureau, moi sur une chaise en face de lui. Je lui fis part de mes réflexions. J'avais plusieurs acteurs en tête pour les seconds rôles, des chefs opérateurs à rencontrer, des repérages à faire. Ça allait être fantastique. Jay écouta patiemment. S'il appréciait mon enthousiasme, c'était à lui de trouver l'argent nécessaire à la réalisation de ce film. Son attitude n'avait donc rien à voir avec la mienne. Il me dit qu'il commencerait à lire le scénario dès que je serais parti.

« Oh, j'ai failli oublier, ajoutai-je. Avery a adoré.

– Tu lui as fait lire ? » Sa voix semblait chargée de limaille de fer.

« J'ai écrit le rôle pour elle.

– Je sais. C'est moi qui t'ai demandé de le faire.

– Et je l'ai consultée avant de retravailler le texte. » Pourquoi était-il contrarié ? « On s'était mis d'accord là-dessus, non ? Elle m'a fait des retours qui m'ont permis d'améliorer le scénario. J'avais dit que je lui ferais lire avant de te le donner. »

Quand Jay me demanda si nous étions amis ou non, je commençai à me méfier.

« Bien sûr. » Que pouvais-je dire d'autre ?

« C'est ça. On est de très bons amis qui s'étaient perdus de vue pendant quelque temps. Tu es d'accord ?

– Oui.

– Et maintenant, on est vraiment proches.

– C'est vrai.

– Mais c'est moi le producteur. C'est moi qui donne le scénario aux acteurs. »

Pourquoi se montrait-il si procédurier, comme s'il organisait une transaction immobilière avec ses juristes, ses comptables et toute la pression qui allait avec? Certes, un film exigeait l'intervention de juristes et de comptables à un moment donné, mais la relation entre Jay et moi était tout autre. J'étais déconcerté et un peu agacé. Une des caractéristiques distinguant le monde du cinéma des autres milieux, pensai-je, était qu'on était censé s'y amuser. Cet échange n'avait rien d'amusant.

« Pablo, on a chacun nos rôles à jouer. Évitons d'empiéter sur le territoire de l'autre, d'accord ? »

Le temps et le soin que j'avais consacrés à l'idée de Jay, le travail que j'avais fourni m'avaient donné une assurance que je ne possédais pas quand nous avions commencé à parler du projet. Enhardi par ma longue expérience d'homme de vingt et quelques années, j'étais à présent convaincu que ce scénario était ma vision et que son boulot à lui consistait à trouver les fonds.

« Avery est d'accord pour que je réalise le film. » J'exagérais un peu, mais l'affirmation était assez proche de la vérité pour la rendre acceptable. Et nécessaire.

« Tu lui as parlé quand ?

– Ce matin. » Pourquoi me sentais-je accusé ? Et pourquoi Jay me faisait-il subir cet interrogatoire ? Tandis que j'essayais de décrypter le comportement de mon ami, mon excitation céda la place à la lassitude. Nous restâmes un instant silencieux.

« Harold ! claironna quelqu'un. Je peux te parler ? »

Je me tournai et me retrouvai face au bloc que formait Bingo Gladstone. En costume à fines rayures, chemise blanche avec boutons de manchettes en or et cravate de soie rouge, il respirait la prospérité. Il avait le teint olivâtre, une légère calvitie et des traits épais pleins de vitalité. Son énergie emplit aussitôt toute la pièce. Il me jaugea de haut en bas comme s'il envisageait de m'acheter. Je ne l'avais pas vu depuis le lycée et il ne me reconnaissait pas. Je me levai.

« Papa, tu te souviens de Pablo Schwartzman. »

Son visage s'éclaira. Il m'attrapa la main et la secoua vigoureusement.

« Bien sûr, bien sûr, le petit au nom espagnol, dit-il avec l'accent du Bronx. De Long Island. Excellent aux tirs en suspension, pas vrai ? » J'étais flatté qu'il se rappelle mes exploits lors de nos matchs de basket devant leur maison. « Comment ça va, fiston ?

– Ça va bien, monsieur Gladstone. Et vous ?

– Comment je vais ? Comment tu veux que j'aille ? J'essaie de diriger une entreprise à New York, une ville de syndicalistes, au cas où tu ne le saurais pas. Je ne vais pas t'ennuyer avec tous mes soucis. Et ne me parle pas de ces foutus Iraniens. » Il balaya l'air devant son large torse comme pour chasser ses problèmes et ceux de son pays. Tout chez lui était imposant, intimidant, redoutable. « Alors, qu'est-ce que tu deviens ? »

Du coin de l'œil, je vis Jay faire glisser son pouce et son index le long de ses lèvres.

« J'ai écrit un scénario.

– Tu es scénariste ?

– Auteur-réalisateur.

– Tu as réalisé des choses ?

– Un de mes films a remporté un prix.

– Tu es quelqu'un. » Il réfléchit. « Des films, hein ? »

Dans le monde du père Gladstone, les notions de plaisir et de divertissement n'existaient pas. Il n'y avait pas de films en dehors de *Patton* avec son célèbre général de la Seconde Guerre mondiale joué par George C. Scott. Il nous confia d'ailleurs être allé le voir deux fois.

« Tu veux comprendre ce que c'est qu'être un meneur d'hommes ? demanda-t-il. Regarde *Patton.* » Je l'avais vu, j'avais admiré la performance intense de George C. Scott, mais selon moi, aucune personne équilibrée n'aurait dû avoir pour modèle le général Patton. Je n'avais évidemment pas intérêt à partager cette opinion avec le père de Jay.

Le cinéma pouvait rapporter gros, remarqua Jay. Bingo le savait, mais viscéralement, il ne pouvait pas intégrer cette donnée. Les bananes pouvaient rapporter gros, nous dit-il. « Les bananes, je comprends. Les gens mangent des fruits depuis des millions d'années.

– Les films sont trop abstraits pour toi ? demanda Jay.

– Abstraits ? Qu'est-ce que j'ai à faire de l'abstraction ? » Il se tourna vers moi et me demanda si j'essayais d'embringuer son fils dans l'industrie du cinéma.

Pour détendre l'atmosphère, je lançai : « Jay est un vrai magnat de l'immobilier.

– Tu parles d'un magnat, soupira Bingo avec une pointe de dénigrement qui me laissa entrevoir la nature de leur relation. Harold, quand vous aurez fini avec vos conneries, viens dans mon bureau. »

Il me jeta un dernier regard. Je portais le costume noir, la chemise blanche et la fine cravate achetés à la friperie avec Kit. « Tu ressembles à un croque-mort amish. » Puis il m'asséna une tape dans le dos, me souhaita bonne chance et sortit. Tandis que je retombai sur ma chaise, Jay laissa échapper un ricanement.

« Ton père t'appelle toujours Harold ?

– J'en ai marre de le corriger. » Il laissa les traces de la présence considérable de Bingo se dissiper pendant quelques instants. « T'étais obligé de parler de cinéma ?

– Je veux bien mentir à mon père, mais pas au tien. » Bingo avait coupé la chique de son fils. Jay avait perdu l'envie de se battre. « Tu comptes produire un film dans le dos de ton père ?

– Pablo, laisse-moi lire le scénario et on en reparlera, d'accord ?

– Je veux juste te rappeler qu'Avery adore le personnage que j'ai écrit pour elle et qu'elle me croit capable de diriger une équipe.

– Elle a dit ça ?

– Texto.

– Tant mieux pour toi, mais quand on a déjeuné au Katz's, je t'ai dit que je voulais quelqu'un comme Ving Levine à la réalisation. »

J'étais devant le Rubicon. Soit je me défilais et reculais dans les terres pour me demander éternellement pourquoi mon courage m'avait quitté au moment décisif, soit je traversais le fleuve avec mes troupes et marchais sur la capitale.

« Ce n'est pas ce dont je me souviens, repris-je.

– Tu as encaissé le chèque. On s'est serré la main. » Jay soupira. « Tu vas empêcher le film que tu as écrit de se faire si j'engage un réalisateur célèbre ? Tu ne vas quand même pas te saboter à ce point. On trouvera une solution, ne t'en fais pas. En attendant, je ne pourrai pas lire ton scénario si tu ne me laisses pas tranquille.

– Tu ne peux pas lire le scénario maintenant parce que tu dois aller voir ton père. » Jay n'était pas le seul à savoir mettre la pression. « Je vais réaliser ce film.

– On va en rester là pour l'instant », dit-il.

Je parcourus des yeux le décor modeste. Si Jay ne devenait pas producteur, il ne resterait pas longtemps dans un local si étriqué. Un jour, il recevrait un bureau immense à l'image de la vie luxueuse qui l'attendait, indépendamment du succès de notre projet. De mon côté, je n'avais pas de plan B.

29

De retour dans mon loft, je fumais des cigarettes pour passer le temps quand le téléphone sonna. Ne voulant pas avoir l'air trop impatient, je ne décrochai qu'à la quatrième sonnerie. Par-dessus un grondement de voitures, Jay me félicita d'avoir brillamment intégré les suggestions qui m'avaient été faites, d'avoir écrit deux rôles que n'importe quels acteurs auraient envie de jouer et d'avoir inventé une histoire à la fois populaire, dans le bon sens du terme, et totalement inédite.

« J'adore le scénario, dit-il. On va pouvoir commencer à réunir des fonds. »

J'avais du mal à croire que ce rêve allait se concrétiser. « Génial, articulai-je péniblement.

– J'ai une seule remarque. » Oh non. J'attendis. « Il faut que Viv Piston tombe enceinte de Ben Silk. Comme ça, quand il vogue au loin tout seul à la fin et qu'elle va retrouver Prophète, qui est super d'ailleurs, on sait que le couple va devoir élever un enfant métisse.

– Comment tu veux montrer ça ?

– Dans le deuxième volet ! »

Il était vraiment emballé par le scénario.

Ce soir-là, j'allai dîner avec House au Jimmy Day's, un restaurant décontracté de Sheridan Square, dans West Village : immense bar, nappes à carreaux verts et blancs, plats abordables. Ça faisait longtemps qu'on ne s'était pas vus et il avait été étonné d'apprendre par sa sœur que j'allais réaliser un film.

« Dès qu'on aura trouvé un financement, précisai-je.

– La première chose que tu feras quand tu auras du fric, c'est t'acheter une paire de pompes dignes de ce nom. »

Je ris. Mes Converse montantes défoncées avaient piètre allure à côté de ses mocassins cirés, de son costume anthracite, de sa chemise bleue et de la cravate rayée qui pendait négligemment à son cou.

« Ne sois pas jaloux de mon style, plaisantai-je.

– Tu es sûr que tu es prêt à réaliser un film ?

– Pourquoi je ne serais pas prêt ? »

Il but une gorgée de bière. Il couvrait toujours les faits divers pour le *Daily News*. Cette année-là, il y avait eu presque deux mille homicides à New York et il avait foulé de nombreuses scènes de crime. Il affichait une gravité qu'il n'avait pas chez *Classy*. « Tu sais ce que j'ai remarqué chez la plupart des victimes de meurtre que j'ai vues ?

– Je t'annonce que je vais réaliser un film et tu me parles de victimes de meurtre ?

– Écoute-moi.

– D'accord. Qu'est-ce que tu as remarqué ?

– Elles sont toutes jeunes.

– C'est tout ?

– Aujourd'hui, dans le Bronx, un trafic de drogue a mal tourné et on s'est retrouvé avec une fille de dix-neuf ans étendue morte sur le trottoir juste à côté du Grand Concourse. Et c'est tout le temps comme ça. Aucune victime ne se réveille le matin en se disant qu'aujourd'hui est le jour où elle va se faire tuer.

– D'accord…

– La vie peut s'arrêter tellement vite, tu comprends ? Ça fait réfléchir.

– C'est quoi, la morale : évitez les balles ?

– Il faut prendre les bonnes décisions. »

Pourquoi se montrait-il si énigmatique ? Était-ce une allusion à Avery ? Sous-entendait-il que je n'étais pas capable de réaliser un film parce que sa sœur devait jouer dedans ? Je n'avais pas envie de me disputer avec lui, mais j'avais du mal à avaler la pilule. Je lui demandai donc si c'était parce qu'il s'inquiétait pour sa sœur qu'il pensait que je n'étais pas prêt.

« Non, pas vraiment, dit-il.

– Pourquoi alors ? »

Il hésita. « Avery m'a dit de quoi ça parlait. » J'attendis la suite. « Si c'était un Noir qui racontait cette histoire, ça ne me poserait pas de problème. Je ne suis même pas sûr que ce soit vraiment un problème que ce soit toi qui la racontes. On dîne entre amis, on discute, c'est tout, mais…

– Mais quoi ?

– Écoute, à ta place, je n'aurais pas envie qu'on me dise quoi écrire donc je ne vais pas le faire. Les gens qui se font tuer dans cette ville, ils sont blancs, noirs, portoricains, chinois et j'écris sur eux indifféremment donc je ne suis pas le mieux placé. J'espère que tu sais ce que tu fais.

– Je sais ce que je fais. »

House appela le serveur et nous commandâmes des desserts. Je pris une part de gâteau au chocolat et lui, une tarte aux myrtilles. Nous bûmes un café en parlant politique, sujet qui avait peu de chance d'engendrer un conflit. Après l'addition et une poignée de mains devant le restaurant, je rentrai chez moi et repensai au dîner avec mes parents pendant la tempête de neige, juste après mon emménagement. Ce qui n'était alors qu'un rêve flou, scintillant dans le lointain blanchi, était en train de devenir réalité. Je repensai ensuite aux paroles de House et me dis que nos intentions étaient trop souvent mal interprétées.

30

Dans les relations personnelles et professionnelles, la principale monnaie d'échange est la confiance, or Jay avait beau être théoriquement mon ami, je commençais à douter de sa fiabilité. J'avais quand même réussi à encaisser son chèque et utilisé la moitié de la somme pour rembourser une fraction de mon prêt étudiant. Quand j'évoquais mon rôle de réalisateur, il répondait ouais ouais ouais et me donnait l'impression de s'être fait à cette idée. Quand je lui demandais comment avançait le financement, il m'invitait à la patience.

Par un matin de janvier glacé, j'étais à mon bureau en train de dessiner le storyboard quand Jay m'appela pour me dire qu'un agent voulait nous rencontrer dans l'après-midi, est-ce que j'étais libre? Pour tout jeune réalisateur, scénariste ou acteur espérant monnayer son talent, la différence entre avoir un agent et ne pas en avoir est aussi grande qu'entre l'enfer et le paradis.

« Est-ce qu'il faut absolument que le héros soit juif? » demanda Rob Schenk.

Le bureau était étroit, signe que notre agent débutait sa carrière, mais meublé avec goût. Sur un coussin jeté sur le canapé figurait la reproduction d'un tableau de Matisse. Par la fenêtre, entre les deux immeubles d'en face, on apercevait les pelouses de Central Park qui s'étiraient vers Harlem dans la lumière grise de l'hiver. Jay et moi étions assis côte à côte et notre hôte s'efforçait de nous dominer depuis la surface nette de son bureau sur lequel étaient posés un bloc de feuilles jaunes, un crayon bien taillé et un Golden Gate Bridge miniature servant de presse-papiers.

« C'est tout l'intérêt de l'histoire, argumenta Jay.

– Ce n'est pas *tout* l'intérêt », précisai-je.

Jay me regarda en plissant les yeux. « On en a déjà parlé.

– Lequel des deux a raison ? demanda Schenk. Je veux dire, on peut engager un acteur juif si vous voulez, mais pourquoi faut-il que le personnage soit juif ? C'est un mélange entre un film d'aventures et un road movie.

– Justement, dit Jay. On fuit les clichés.

– Vous voulez que le film se fasse ? » demanda Schenk.

Oui, oui, pensai-je, on veut que le film se fasse.

« On veut que *notre* film se fasse », insista Jay. Schenk me demanda si j'étais prêt à retravailler le scénario pour que le personnage soit italien. Jay lui répondit qu'il en était hors de question et se lança dans une diatribe sur la vision stéréotypée des Italo-Américains dans les films de gangsters. Il refusait d'alimenter cette tradition rétrograde.

« Comment tu réagirais si un Italien faisait un film sur les Juifs, dit-il, et que tous les personnages étaient des banquiers cupides ou des bolchéviques ?

– Vous vous croyez à la ligue anti-diffamation ? » Schenk avait l'air dubitatif. « On est là pour faire un film. Les gens adorent les gangsters italiens. Et si vous êtes tellement sensibles à la représentation des minorités, pourquoi avoir créé un personnage de gangster juif ?

– Parce que c'est original ! Et Pablo a écrit un super scénario. »

Schenk soupira. « Très bien. Je vais le faire circuler. Peut-être qu'on aura de la chance. »

Pendant que nous attendions des nouvelles, Schenk m'appela pour me proposer de déjeuner avec lui. Nous nous retrouvâmes au Russian Tea Room. Il m'expliqua qu'indépendamment de mon projet avec Jay, il voulait que je fasse partie de son pool d'auteurs.

« Je suis auteur-réalisateur, précisai-je.

– Pas encore, répondit-il. Mais si tu écris un truc qui rapporte, ils te laisseront peut-être réaliser le prochain. En attendant, tu as déjà pensé à travailler pour la télé ? » C'était la dernière chose que j'avais envie de faire. « Si tu changes d'avis, écris-moi un pilote d'émission et j'essaierai de te trouver du boulot. Il y a des répliques marrantes dans *L'Homme blanc*, ajouta-t-il, raccourcissant le titre. Tu devrais vraiment songer à écrire une sitcom. Tout le monde ne peut pas être Lina Wertmüller. »

Après le déjeuner, je retournai chez moi travailler sur mon storyboard. Je n'avais pas gagné un dollar depuis que j'avais quitté *Classy*, mais l'optimisme était gratuit.

Un mois plus tard, Schenk nous apprit qu'aucun studio ne voulait produire notre film. Il avait reçu des retours positifs sur le scénario – « Tu as des fans », me dit-il – mais personne n'était prêt à s'engager. Il m'encouragea de nouveau à écrire un pilote de sitcom. Je lui avouai que j'avais autant envie de bosser pour la télé que de me jeter dans une broyeuse à bois.

« C'est ça que je veux dire ! s'exclama-t-il. T'es un comique ! »

31

L'hiver fut glacial. La neige tombait sans arrêt, couvrant la ville d'un manteau boueux. Le vent polaire faisait trembler mes fenêtres branlantes et aspirait la chaleur fluctuante du loft. N'étant pas fait pour l'amour libre, j'avais arrêté de voir Kit et j'avais du mal à dormir. Je vendis un article sur un humoriste d'une vingtaine d'années nommé Fran Lebowitz au *Soho Weekly News.* Je reçus trente-cinq dollars. L'argent commençait à manquer.

Jay avait transmis le scénario à une armée de producteurs à l'œil aiguisé chargés de déterminer précisément le coût de production. Leur estimation tournait autour d'un million de dollars, à ajuster en fonction de certains facteurs : syndicalisation ou non de l'équipe et égalité salariale entre les acteurs ou non. Le budget me semblait énorme. À l'école de cinéma, j'avais appris à faire des films pour presque rien. Mais Jay voyait grand et m'entraînait dans son élan. Le plan était de vendre des parts à dix mille dollars, une somme colossale pour un pauvre hère comme moi, dérisoire pour les investisseurs que nous visions. Ils en parleraient à leurs amis qui en parleraient à leurs amis et tous voudraient avoir un pied dans le cinéma. Depuis le succès phénoménal de *La Guerre des étoiles*, les hommes d'affaires habituellement circonspects s'étaient mis à considérer les films comme de nouveaux puits de pétrole. Et ils n'avaient pas tort. Même si les résultats du box-office n'étaient pas un critère pour moi, je savais que pour réaliser un chef-d'œuvre comme *Casablanca*, Michael Curtiz avait dû compter sur l'aide du caïd Jack Warner. Jay n'avait rien d'un voyou, mais il saurait comment obtenir ce dont nous avions besoin.

Il eut l'idée d'organiser une lecture publique, c'est-à-dire de réunir rapidement une troupe d'acteurs prêts à lire gratuitement le scénario devant une assemblée de riches partenaires potentiels afin qu'ils se fassent une idée du résultat final. Avery avait passé l'hiver à Seattle où elle jouait dans une pièce de Strindberg à la distribution entièrement noire. Elle nous assura qu'elle serait revenue à temps pour endosser le rôle de Viv Piston. Je lui demandai de nous recommander des acteurs new-yorkais prêts à participer à l'aventure et elle me transmit une liste de noms. Une petite annonce dans *Back Stage* nous permit de recruter quelques candidats enthousiastes. Nous leur avions fait miroiter une audition pour des rôles majeurs dans un long-métrage, expérience qu'ils pourraient mettre tout en haut de leur CV où ne figuraient pour l'instant que des performances non rémunérées dans d'obscurs théâtres en sous-sol. Jay insista pour engager aussi son cousin Franklin – que nous avions vu sur scène le soir de nos retrouvailles – car nous augmentions ainsi nos chances de lui soutirer de l'argent. Pour le rôle principal, je n'avais qu'un seul acteur en tête : Frank Bones. Je mourais d'envie de travailler avec lui et sautai de joie quand, après avoir lu le scénario, il accepta notre invitation.

32

Pour l'occasion, Jay avait réservé une salle au Wags Club.

Deux mots à propos du club : établissement respectable aux membres exclusivement masculins situé dans une maison de ville cossue de Gramercy Park, son noyau dur était composé d'un bataillon de comiques vieillissants et de producteurs, agents, réalisateurs de télé, cadres de l'industrie musicale, chanteurs, paroliers, publicistes et hommes politiques d'avant-guerre qui appréciaient leur insolente compagnie. Sa salle à manger grandiose aux murs ornés de caricatures de vedettes du divertissement était parcourue par des serveurs en vestes dorées chargés de martinis, sandwichs Reuben[1] et poissons grillés. Bref, le lieu n'était pas très tendance, mais le décor faisait quand même son petit effet. Jay et son père avaient récemment dîné là-bas, invités par l'ancien maire de New York, Abe Beame, et le jeune Gladstone, pressé de faire son trou dans le cinéma, avait aussitôt déposé une demande d'admission. Comme il avait écrit qu'il était en train de produire son premier long-métrage, le club lui avait ouvert en grand ses portes.

Ni Jay ni moi n'avions jamais participé à un évènement de ce genre et il ne nous vint pas à l'idée de faire répéter les acteurs avant de les confronter au public. En cette froide soirée d'hiver, quand j'arrivai au club dans la veste d'Ornette Coleman peu après dix-huit heures, le regard implacable que me lança la concierge à l'air dangereusement germanique depuis son guichet encastré dans une porte en chêne digne d'un décor du Reichstag, me fit savoir en un instant que je n'étais pas à ma place. Quand elle apprit que j'allais voir Jay Gladstone, son expression totalitaire s'adoucit et elle me laissa entrer.

D'abord, je remarquai le buste en bronze du comique Joe E. Lewis, planté sur une barre en fer courbée. L'hideuse installation trônait sur un socle de marbre. Qui avait eu la mauvaise idée d'installer cette horreur dans le hall ? Le responsable des adhésions ? L'artiste ? On aurait dit que le pauvre sujet avait été empalé sur une pique en plein milieu

1. Sandwichs au corned-beef, choucroute et emmental.

d'une blague par une bande d'antisémites. Lewis était une grande gueule, célèbre pour avoir eu la gorge tranchée par des gangsters de Chicago qui contrôlaient le milieu de la nuit. Sa triste et sordide histoire avait été immortalisée en 1957 dans *Le Pantin brisé*, un film de la Paramount qui m'avait traumatisé quand je l'avais vu à la télé à l'âge de douze ans. La violente agression du comique – quel genre de fou sadique s'attaquait à un comédien ? – m'avait profondément perturbé et l'image de Lewis couvert de bandages m'avait hanté pendant des années. La sculpture me fit penser à Cicéron, dont la tête tranchée s'était aussi retrouvée sur une pique. Tout en songeant à l'orateur, je me mis soudain à douter du succès de la soirée.

Refoulant mes inquiétudes, je gravis le long escalier courbe qui menait à l'étage. À droite, dans une pièce aux murs couverts de boiseries, Jay m'attendait à côté d'une table sur laquelle se trouvaient treize copies du scénario, une pour chacun des acteurs et une pour moi. Je devais lire les didascalies. À un bout de la pièce, sur un bar en chêne ciré étaient posées des bouteilles de vin rouge et blanc. Des piles de chaises pliantes attendaient contre un mur. Après quelques mots d'encouragement mutuel, nous installâmes les chaises pour les lecteurs et trois rangées de spectateurs. Je me servis un verre de vin rouge. Les premiers acteurs arrivèrent. Plus moyen de revenir en arrière.

J'avais du mal à contenir mon excitation en pensant à ce que nous allions accomplir. Nullement endurci par l'expérience, vu que je n'en avais aucune, j'étais persuadé que nous allions récolter une tonne d'argent, démarrer la préproduction qui nous mènerait en douceur à la production, le tournage, le montage, la mise en musique, le mixage, l'étalonnage et de là, à des festivals nationaux et internationaux, des discours et des remises de prix.

J'avais griffonné quelques notes pour les acteurs afin de leur décrire leurs rôles, la façon de les jouer et le rythme général. J'étais réalisateur !

Quelques minutes plus tard, Avery entra en compagnie du sublime et fringant Early McCray qui tenait une copie du scénario. Jay chancela en voyant arriver son rival, mais celui-ci tourna immédiatement son attention vers moi.

« Monsieur l'auteur-réalisateur », dit-il en tendant une main douce et parfaitement hydratée. « Merci pour vos mots.

– Je vous en prie », répondis-je, flatté qu'un acteur aussi demandé ressente le besoin de me saluer si agréablement.

« Je suis honoré que tu m'aies choisi pour jouer Prophète, dit-il. C'est un rôle puissant. »

Jay afficha un sourire pincé et invita Early et Avery à se servir un verre de vin. Une fois qu'ils se furent éloignés, il me demanda ce qu'Early faisait là. Pourquoi était-il venu ? Parce que c'était un acteur de talent, qu'Avery l'avait recommandé et que nous avions de la chance qu'il ait accepté.

« On ne bossera pas avec ce type, déclara Jay.

– Si c'est le meilleur acteur pour le rôle, si », décrétai-je.

Avant que Jay ait le temps d'argumenter, quelqu'un hurla « Babe ! » et j'aperçus Frank Bones en train d'agiter le scénario dans les airs. « Qui a écrit cette merde ? »

Je jubilais – encore une future star à notre soirée – et d'après les rires de l'assistance, Bones n'aurait pas pu choisir meilleure entrée en matière. Une fois l'effet de sa blague dissipé, je le remerciai d'être venu et lui présentai Jay.

Mister Bones me tira vers lui et sur un ton faussement solennel déclara : « Je voudrais juste souligner l'ironie du fait que tu as choisi un Blanc qui a passé sa vie à rêver d'être noir pour jouer dans un film où il est le seul Blanc.

– J'y avais pensé, avouai-je.

– Le reste de ta vie dépend de cette soirée, dit-il. Donc surtout, pas de pression. »

Avant que j'aie le temps de répondre, plusieurs acteurs arrivèrent, dont Franklin, le cousin de Jay, une fleur à la boutonnière de son veston. Il trépignait de joie à l'idée de faire partie de la distribution.

« Motus et bouche cousue, promit-il à Jay. Pas un mot aux gens du bureau. »

Tandis qu'il allait présenter ses respects à Bones, Jay et moi rejoignîmes Avery et Early qui voulaient nous faire part de certaines idées qu'ils avaient eues depuis notre première discussion. Quand Early parla de son rôle en disant « la vision que j'ai de mon personnage », je vis que Jay rongeait son frein

Je rassemblai les acteurs et prononçai mon discours d'encouragement. Notre troupe intrépide était composée de sept hommes et cinq femmes, parmi lesquels Frank, Avery et Early, âgés de vingt à trente ans, habillés à la cool et prêts à en découdre. Quand je tournai les yeux vers Avery, elle croisa mon regard et m'adressa un sourire optimiste qui envoya une décharge électrique tout le long de ma colonne vertébrale.

« C'est une aventure, expliquai-je au groupe, et une histoire d'amour, mais surtout, ne passez pas à côté des passages comiques. Donnez vie aux répliques, gardez le rythme et faites en sorte que les spectateurs vivent un moment dont ils auront envie de parler à leurs amis. Merci d'être là ce soir, merci de faire ça pour nous, amusez-vous et maintenant, à nous d'entrer dans l'Histoire. » Je n'étais pas assez détendu pour que ma dernière blague obtienne l'effet attendu. Avais-je été pompeux, allaient-ils croire que je me prenais pour Orson Welles ? Je m'intimai l'ordre de me calmer.

Les anciens camarades de fac de Jay, hommes et femmes, arrivèrent dans la salle par groupe de deux ou trois. Bons petits soldats des armées de la finance et de la banque, déjà prospères, ils s'habillaient tous chez le même tailleur. Je compris que l'échantillon de spectateurs plus âgés n'étaient autres que les parents encore plus aisés de ces futurs requins. Jay me présenta les invités que je saluai avec déférence. Les plaisanteries des investisseurs potentiels étaient teintées de condescendance à mon égard. Forcément, ce soir-là, je tenais le rôle du mendiant.

Je fus étonné de voir débarquer Ving Levine et à son bras, Kit, les bras chargés de roses. L'œil brillant, elle fonça vers moi, le bouquet tendu comme une offrande.

« Merde pour ce soir, dit-elle en me donnant les fleurs.

– Quelle surprise, dis-je.

– Moi ou les roses ?

– Les deux.

– Pourquoi cette salope joue mon rôle ? demanda Kit en regardant d'un œil mauvais Avery qui discutait joyeusement avec Ving.

– Parce que c'est pas ton rôle, répondis-je tout en tâchant d'empêcher mon cœur de bondir hors de ma poitrine. Le personnage est une femme noire.

– Je sais bien. Tu as perdu ton sens de l'humour, Pablo ? Je rigole !

– Très drôle. » J'avais toujours du mal à savoir si elle était sérieuse ou non.

« Il n'y a pas un seul rôle de Blanche ?

– Il y en a un, elle apparaît dans la dernière scène.

– Pourquoi tu ne me l'as pas donné ?

– Parce qu'elle a six ans.

– Je peux jouer que j'ai six ans. » Encore une blague ? Je dus avoir l'air inquiet parce qu'elle ajouta : « T'en fais pas, je ne vais pas te foutre la honte. Sens-moi ces fleurs ! »

Je levai le bouquet vers mon nez et respirai son parfum.

« Pourquoi tu ne m'as pas appelée ?

– J'étais occupé.

– Je tiens à toi, Pablo, je veux que tu réussisses et je suis vraiment désolée que tu aies souffert du scénario à la *Jules et Jim* dans lequel on s'est retrouvés. »

Autour de nous, les petits groupes d'investisseurs potentiels discutaient poliment en attendant le début de la lecture sans prêter la moindre attention au drame qui se jouait entre Kit et moi. Son arrivée inopinée, combinée au fait que Jay avait invité Ving, décuplaient mon angoisse. D'ailleurs pourquoi Jay avait-il convié cet homme qu'il ne connaissait même pas ? Kit le lui avait-elle présenté ? Était-ce Jay qui avait prévenu Kit ? Ça n'avait pas d'importance. Il aurait dû savoir que la présence d'un réalisateur beaucoup plus connu que moi dévaloriserait mon image.

« Appelle-moi », dit Kit avant de se diriger vers Frank Bones. Elle se présenta et bientôt, elle balançait la tête en arrière, riant à un de ses bons mots. Ils ne perdaient pas de temps.

Je retrouvai Jay en train de bavarder avec Ving et Avery et lui demandai s'il pouvait m'accorder une minute. En haut des escaliers, loin de la foule : « Qu'est-ce que Ving Levine fout ici ?

– Il est là parce que c'est un auteur-réalisateur talentueux, que c'est aussi un ami d'Avery et que je pense que son avis pourrait nous être utile. » Il tenta de me désarmer avec un sourire loyal, sans succès. J'étais furieux. Il me conseilla de rester zen.

« Je suis super calme, putain, d'accord ?

– C'est toi le réalisateur, Pablo, pas Ving. J'espère juste qu'on va réussir à rassembler les fonds. »

Cette remarque m'apaisa brièvement. Jay proposa que nous commencions la lecture et nous retournâmes dans la salle où je fus aussitôt accosté par le pétulant Ving Levine.

«Yo, Pablo, lança-t-il en levant les yeux vers moi. J'adore le scénario.» Était-ce Jay qui le lui avait envoyé? Très certainement. «Super épopée américaine. Il y a plein de possibilités au niveau du casting et de la prise de vue. Et les Juifs et les Noirs ensemble? J'avoue que sur ce coup-là, mec, tu m'as bluffé.»

Aussi sincère qu'il fût, son engouement m'oppressait et j'aurais voulu qu'il s'en aille. Si j'avais su que par la suite, il allait écrire et réaliser plus de vingt films à succès, être nominé aux Oscars et faire l'objet de plusieurs livres, j'aurais été comblé par sa présence. Mais ce soir-là, elle m'irritait au plus haut point.

Jay se campa devant l'assemblée et fit tinter trois fois son verre de vin avec un couteau. Il ordonna à tout le monde de s'asseoir. Pendant que les acteurs s'installaient derrière lui, il attendit que le silence se fasse puis remercia toutes les personnes présentes d'être venues et d'avoir apporté leurs carnets de chèque qu'il espérait les voir sortir tout à l'heure.

«Faire un film, c'est un peu comme tenter de découvrir une île tropicale qu'on vous a décrite mais qui ne se dévoilera vraiment à vous qu'une fois arrivé, dit-il avec un don incontestable pour la métaphore. C'est une aventure dans laquelle on a envie de vous embarquer avec nous.»

À ce moment-là, Frank se leva et déclama: «Venez – en invitant le public d'un geste de la main –, venez dans le monde enchanté où je suis le seul Blanc et où personne ne veut de moi dans le quartier.»

Une fois ses rires récoltés, il se rassit et laissa Jay reprendre la parole: «Pablo a réuni une magnifique troupe d'acteurs menés par notre ami Frank Bones » – ils étaient amis maintenant? – « et la somptueuse, la lumineuse Avery Rogers que certains d'entre vous ont peut-être vue dans *La Mégère apprivoisée* à Central Park l'été dernier…

– Il y a beaucoup d'autres acteurs très doués ce soir, rectifia Avery.

– Ça, c'est clair, confirma Jay. Avant de vous présenter notre auteur-réalisateur, laissez-moi vous dire deux ou trois choses à propos de lui. Il a été récompensé pour son travail… »

Et je me retrouvai sur le devant de la scène.

Parler en public n'avait jamais été mon fort, mais le métier de réalisateur l'exigeait. Je pris soin de ne pas ouvrir la bouche avant d'être fermement planté sur mes deux jambes et d'avoir pris une longue inspiration. Des rangées de visages attendaient, les yeux rivés sur moi. Loin de ceux que je croisais lors de mes promenades quotidiennes dans East Village, ils ressemblaient à une légion étrangère. Bien qu'inoffensifs, leur énergie collective était telle que je dus réprimer un mouvement de recul. Conscient de la moiteur de mes paumes, je pensai brièvement à mon loft avec ses cafards, sa douche dans la cuisine, son chauffage capricieux, sa peinture écaillée, son plancher défoncé et son escalier sombre. Je me vis dans cette salle guindée aux plafonds infinis qui avait connu l'époque du vaudeville et accueillait encore des personnalités riches et adulées, avec les acteurs derrière moi et les investisseurs devant. J'étais pétrifié par le regard pénétrant de Kit. À côté d'elle, Ving se demandait sans doute comment le petit journaliste qui l'avait interviewé chez lui se retrouvait en train de diriger Avery Rogers et Frank Bones. Légèrement en retrait, Jay m'observait, nerveux et impatient. Pendant quelques secondes, je fus incapable de prononcer un mot.

« Bienvenue à la première lecture publique du *Dernier Homme blanc* », dis-je les bras écartés, les paumes tournées vers le ciel, pareil à un évangéliste de la télé. Je fus étonné de recevoir un tonnerre d'applaudissements qui me débrida considérablement. Personne n'eut l'air de tiquer sur le titre. « Avant de commencer, je vous demande de saluer la formidable équipe que nous avons réunie. » Le public applaudit encore à tout rompre. Quelqu'un poussa un cri. Nos invités se mettaient dans l'ambiance. Après leur avoir exprimé ma reconnaissance, je présentai les lecteurs un par un car dans un projet collectif, un bon leader doit savoir reconnaître la contribution de chacun. Derrière moi, les acteurs trépignaient comme des chevaux de course, prêts à foncer dès l'ouverture des grilles.

« Et maintenant, déclamai-je solennellement, *Le Dernier Homme blanc.* Extérieur nuit. East Village. Un homme sort en titubant d'une boîte de nuit. La trentaine, beau et sauvage. C'est Ben Silk. »

Le reste de la lecture se déroula avec une précision chorégraphique. Frank, Avery, Early et le reste des acteurs se montrèrent vivants, drôles, menaçants dans les moments-clés, et presque deux heures plus tard, quand je lus : « Le soleil se couche sur l'océan Pacifique, nimbant Viv Piston de lumière dorée tandis qu'elle regarde le bateau qui transporte Ben Silk et sa fille voguer vers l'horizon. Fin », les applaudissements ne furent peut-être pas déchaînés, mais résolument chaleureux.

Jay reprit sa place devant le public, complimenta les acteurs, souhaita une bonne soirée à tous et dit aux invités qu'il les contacterait.

Je m'empressai de remercier les lecteurs et reçus des tas de compliments sur le scénario. Early était particulièrement emballé. Je lui dis que quand le film se ferait, j'espérais bien qu'il jouerait Prophète. Comme je savourais le succès incontestable de la soirée, je fus étonné quand Kit vint me taper sur l'épaule en sifflant : « T'es un voleur. »

Jay et Avery parlaient à plusieurs investisseurs intéressés. Ving était en pleine conversation avec Early. Frank bavardait avec une des actrices. Ne sachant pas ce qui m'attendait, je ne voulais surtout pas que les gens nous entendent.

« De quoi tu parles ?

– Ne fais pas l'innocent, Pablo. » Elle tenait une copie du scénario qu'elle commença à feuilleter. Elle pointa du doigt une réplique entourée plusieurs fois à l'encre bleue. *Je chante pour exprimer ce que je ne peux pas dire. Ma voix est le reflet de mon cœur dans un miroir brisé.* Elle me dévisagea.

« C'est une super réplique, remarquai-je.

– Je sais, dit-elle. C'est moi qui l'ai inventée.

– Tu es une vraie source d'inspiration. »

Son doigt larda une page sur laquelle une autre phrase avait été rageusement entourée. Elle lut : *Si je devais avoir une devise, dit-elle, ce serait : saute dans la rivière et nage.*

– C'est un bon conseil. »

Mes tentatives d'apaisement ne prenaient pas. Elle fulminait. Une autre page, une autre réplique entourée : *L'amour, c'est quand deux personnes acceptent de vivre dans la même illusion.*

« Les auteurs sont des chapardeurs.

– Viv Piston c'est moi.

– Elle est noire.

– Tu vois une autre différence entre elle et moi ?

– Écoute Kit, je t'ai épousée alors vois ça comme un échange de bons procédés. C'est donnant donnant. »

Cette remarque interrompit ses attaques. Si elle avait oublié que nous étions officiellement mariés, je venais de lui rafraîchir la mémoire. J'étais content de voir que mon argument lui avait cloué le bec.

« Comme si je ne détestais pas assez le mariage comme ça.

– On s'est rendu service mutuellement.

– Je pourrais demander à figurer au générique en tant que coauteure, mais je ne le ferai pas, déclara-t-elle à mon grand soulagement. Je veux un rôle dans le film. C'est la moindre des choses. »

Avery s'était approchée. Elle attendait sur le côté de pouvoir prendre la parole. Sans lui laisser le temps d'ouvrir la bouche, Kit lui lança : « Tu joues mon rôle. » Avery me regarda, évidemment perplexe. Elle ne savait pas du tout qui était Kit. S'il s'agissait encore d'une performance improvisée, je n'étais pas d'humeur. « Viv Piston, c'est moi, insista Kit.

– S'il te plaît, pas maintenant, suppliai-je.

– Pablo a pris certains de mes traits de caractère et des choses que j'ai dites et il les a mis dans le scénario.

– C'est ce que font tous les écrivains, répétai-je.

– C'est vrai que c'est ce que font les écrivains, confirma Avery pour mon plus grand bonheur. Tu es actrice ?

– Oui, confirma Kit.

– Et tu es sud-africaine.

– Oui, je m'en excuse. Tu as une bonne oreille. »

Avery sourit poliment et dit à Kit qu'elle souhaitait me parler en privé. Kit était désarçonnée. Elle continuerait à nourrir sa rancune, mais le danger était passé pour la soirée. Avery pensait que certains dialogues pouvaient être améliorés, mais avant d'entrer dans les détails, elle m'ordonna de ne plus jamais laisser Kit l'approcher.

Une semaine plus tard, Jay avait vendu trois parts de co-production à dix mille dollars. Il m'assura qu'il trouverait facilement le reste de la somme. Encore une semaine et nous avions quelques milliers de dollars supplémentaires. À ce rythme, il nous faudrait dix ans pour boucler notre budget.

Tard un soir, alors qu'ils dînaient en tête à tête au Russian Tea Room après avoir vu un des premiers films de Milos Forman au Carnegie Hall, Avery demanda à Jay si l'argent nécessaire à notre projet allait se matérialiser ou non. Tout en picorant son blini, elle lui annonça qu'elle avait l'opportunité de jouer dans un prestigieux festival d'été et qu'elle ne voulait pas passer à côté d'un boulot payé parce que nous étions incapables de financer un film. Il lui promit que les fonds allaient arriver et que le tiramisu du restaurant était un délice, est-ce qu'elle voulait en partager un avec lui ?

33

À la fin d'un sombre après-midi de mars, Jay m'appela pour m'annoncer la mort de son grand-père, terrassé par une crise cardiaque alors qu'il batifolait dans les vagues de Miami Beach. Il me demanda si je voulais bien accompagner Avery aux obsèques au cas où il devrait lui envoyer une voiture. La requête n'avait rien d'étonnant – Jay serait pris par ses obligations familiales et l'organisation de l'événement –, je m'empressai donc d'accepter.

« J'ai dû insister pour qu'elle vienne, me confia-t-il.

– Pourquoi est-ce si important ?

– Pour qu'elle me voie dans mon environnement naturel. »

Le jour dit, je pris le métro jusque chez Avery où une voiture devait passer nous prendre. Aucune personne ordinaire ne considérerait un enterrement comme l'occasion idéale pour présenter sa nouvelle fiancée à ses parents, mais Jay n'était pas une personne ordinaire et l'acceptation d'Avery en disait long sur l'opinion qu'elle avait de lui. Comme ni elle ni moi ne connaissions le défunt, nous passâmes le trajet à parler du *Dernier Homme blanc*. Elle débordait d'idées pour son personnage, s'était plongée dans la musique punk, avait des propositions de costumes, était emballée par les thèmes abordés et avait hâte de s'amuser avec le texte sur le plateau.

Je m'abstins de lui faire part de nos difficultés financières. Je savais que Jay était le genre d'homme qui arrive toujours à ses fins et ma foi en lui demeurait intacte.

Le funérarium était une immense construction informe en briques rouges cernée de bosquets d'arbres anciens, légèrement en retrait d'une rue animée de banlieue. À notre arrivée, le parking était déjà presque plein. La foule qui se pressait devant l'entrée témoignait de l'importance de l'événement. Un quatuor à cordes issu de l'orchestre philharmonique de New York jouait des extraits des *Variations Enigma* d'Elgar tandis que le cortège entrait dans le sanctuaire où reposait un cercueil en acajou vernis. La lumière du matin filtrait à travers les vitraux, baignant les lieux d'une atmosphère rosée. Avery s'assit au fond. Il y avait des hommes d'affaires avec leurs épouses, des membres de l'industrie du bâtiment et des représentants d'organisations caritatives ayant bénéficié de la générosité de la famille.

Il est rare qu'un rabbin et un chantre prennent tous les deux part aux funérailles d'un Juif réformé, mais quand le défunt est un homme aussi important que Jacob Gladstone, l'équipe entière se mobilise. Le rabbin Brickman, petit homme affable aux cheveux blancs et au visage glabre, et le chantre Mendelsohn, solennel et nettement plus jeune, prirent place de chaque côté du cercueil. Quand le rabbin fit signe à l'assemblée de se lever, la famille Gladstone entra par une porte latérale et emplit les deux premiers rangs. Bingo était assis à côté d'Helen, la mère de Jay, qui était assise à côté de Bebe. Jay s'installa près de sa sœur, aussi loin que possible de son père.

D'une voix de baryton, le chantre entonna les mélodies douloureuses qu'Avery écouta avec ravissement. Le rabbin récita les prières. Le défunt fut décrit comme un mari, un père et un grand-père aimant, un homme bon et généreux, pilier de la communauté, fan de baseball et grand joueur de cartes, dont la ténacité et le flair lui avaient permis de poser les premières pierres de ce qui était aujourd'hui une grande entreprise américaine et dont l'héritage continuerait à vivre dans le cœur et l'esprit de tous aujourd'hui et à jamais. Je regardais Jay qui regardait droit devant lui. Avery remarqua qu'il avait un héritage sacrément lourd à porter.

Le reste de la cérémonie ressembla aux funérailles de n'importe quel riche homme d'affaires de cette génération jusqu'à ce que le rabbin déclare : « Et maintenant, le petit-fils de Jacob va prononcer l'oraison funèbre. » Aussitôt, Jay se leva, enjamba la rangée où sa famille était assise et s'avança vers le pupitre. De tous les Gladstone, ni Bingo ni son frère et associé Jerry n'avaient voulu prendre la parole. Cette tâche sublime, donner voix à la mémoire collective, incombait au descendant, au fils chéri, à l'héritier.

Jay se racla la gorge et parcourut des yeux l'assistance. « Jacob Gladstone est né en Europe et a émigré aux États-Unis quand il était jeune. Issu d'une famille de quatre enfants, il a été le premier à entreprendre le voyage... »

Avec éloquence, il vanta les accomplissements de son grand-père. De la misère à l'opulence, son parcours avait tout du conte de fées américain. En général, les grandes fortunes ne sont pas acquises par des saints, mais la complexité de l'humanité n'était pas à l'ordre du jour. À mes yeux, le discours de Jay était un condensé de formules éculées, mais il savait que c'était ce que les circonstances exigeaient et il livra ses récits réconfortants avec une verve rafraîchissante. On aurait dit un jeune politicien charismatique promis à un brillant avenir.

« Malgré la tristesse de ce jour, quand je pense à tout ce que cet homme nous laisse et à tout ce qu'il m'a appris sur la vie, je ne peux que sourire. Il vit en moi, dans tout ce que j'entreprends et tout ce que j'entreprendrai, parce que ses qualités – l'ambition, la détermination, le courage – l'ont poussé à tout quitter et à monter sur ce bateau. Ça veut dire quoi au fond, traverser l'océan et partir vers un avenir meilleur ? Ça veut dire rejeter le destin qui était écrit pour vous, le fouler aux pieds, le faire voler en éclats – choisissez l'image que vous voulez –, ça veut dire surmonter les obstacles, quels qu'ils soient, et construire la vie dont vous rêvez, la vie que vous méritez. Pourquoi ? Parce que nous n'en avons qu'une. Tous autant que nous sommes. »

Il laissa ses paroles résonner dans l'espace. Cette foule d'entrepreneurs énergiques et avides n'avaient pas l'habitude de reconnaître leurs limites, encore moins leur propre mortalité.

Jay reprit : « Est-ce que mon grand-père va aller au paradis ? Qui sait si le paradis existe ? Nous pourrons en débattre pendant la *shiv'ah*. Le rabbin Brickman sera là. C'est un homme érudit, je suis sûr qu'il a un avis sur la question. Mais je peux vous dire une chose : Jacob Gladstone ne laissait rien au hasard. Il a construit son paradis ici, sur Terre, en fondant cette magnifique famille aux États-Unis. Que sa vie soit une bénédiction et un modèle rayonnant pour nous tous. »

Ce digne représentant des Gladstone, ce jeune orateur doté de tant des attributs ayant contribué au succès de son aïeul, s'interrompit pour savourer les effets de son oraison sur l'assemblée conquise. Bien qu'affecté par la disparition de son cher parent, il semblait regonflé par les vagues d'estime familiale qui affluaient vers lui. Tout le monde s'accordait à penser que lui, oui, lui, Harold Jay Gladstone, avait hérité de la force ayant permis à Jacob de fuir le charnier de l'Europe de l'Est, la pauvreté et les pogroms, la superstition et la bêtise, la boue amère qui tuait et rongeait les os de ceux qui étaient restés, pour se jeter dans l'avenir radieux de l'Amérique dont les plaines fertiles et les montagnes ensoleillées comblaient tous ceux qui les foulaient.

« Amen. »

Le public se retint d'applaudir.

Dans un quartet de jazz virtuose, après un solo de saxo endiablé, le trompettiste, capable des mêmes prouesses techniques que son partenaire, hoche la tête en signe d'appréciation complice.

« Waouh », chuchota Avery.

Après la cérémonie, les membres de la famille s'alignèrent pour laisser sortir le cortège. Debout près de ses parents, Jay accepta les baisers, les étreintes et les compliments pour son vibrant hommage. Quand vint le tour d'Avery et moi, il nous présenta à son père et sa mère. Avery resta très digne, les Gladstone polis. « Merci, ma chère », dit la mère de Jay après avoir reçu les condoléances d'Avery. « Comment allez-vous ? » demanda Bingo, à quoi Avery, déconcertée, répondit : « Je vais bien, merci, et vous ? » Dans un haussement d'épaules, il lança : « Qu'est-ce que vous voulez qu'on y fasse ? » avant de reporter son attention sur le prochain participant à la farandole solennelle de poignées de main, de malaxages d'épaules et de larmes à l'œil.

34

Dans un quartier parfaitement entretenu composé d'imposantes bâtisses néo-Tudor, de vastes maisons coloniales et d'élégants manoirs géorgiens, Bingo Gladstone avait fait construire un ranch moderne fait de poutres de noyer noires, d'ardoises et de verre trempé afin que sa femme et lui puissent y élever leur famille. C'est là que tout le monde se retrouva après l'inhumation à laquelle n'avaient assisté que les proches du défunt.

Une immense pelouse fraîchement tondue montait vers l'illustre demeure qui, du haut de son monticule, dominait royalement Betancourt Lane présentement envahie de Mercedes, Lincoln Continental et Cadillac. Si la différence entre un mariage irlandais et un enterrement irlandais est qu'il y a une personne en moins au bar, la même plaisanterie pourrait s'appliquer aux mariages juifs et aux *shiv'ah* pour les Juifs de banlieue de la trempe des Gladstone qui ne comprennent pas mieux l'hébreu que le cantonais et considèrent la liturgie comme un vestige antique. Le salon spacieux et confortable, avec ses meubles modernes rutilants, son élégante cheminée de pierre et ses murs blancs ornés de peintures abstraites, était rempli d'invités qui évoquaient respectueusement le défunt tout en vidant leurs assiettes de saumon fumé servi au généreux buffet présidé par deux serveuses aux vestes blanches. À travers les gigantesques baies vitrées, on apercevait une partie de la foule repliée dans le jardin.

Dans un coin de la pièce, Avery et moi, elle munie d'un verre de vin blanc et moi d'une bière, observions la scène. La présence du rabbin et du chantre à ce stade de la journée témoignait de la taille du chèque que Bingo remettait tous les ans à la synagogue. Les deux hommes circulaient parmi les convives, pour la plupart du même âge que les parents Gladstone, Jacob ayant enterré pratiquement tous les gens de sa génération.

Quelqu'un me tapa sur l'épaule. C'était Bebe. Elle sourit et se pencha pour me laisser embrasser ses joues soyeuses. Je lui présentai Avery.

« Jay m'a dit que tu étais réalisateur maintenant.

– Il paraît », répondis-je.

Avery nous annonça qu'elle allait explorer le jardin.

« J'adore les films, dit Bebe. Tu dois en voir des tas.

– Oui.

– Il y a un nouveau Fellini qui sort la semaine prochaine. J'ai très envie de le voir. »

Est-ce qu'elle me draguait ? Difficile à dire. Elle était avenante, charmante, mais peut-être voulait-elle juste me mettre à l'aise. De toute façon, il n'était pas question de sortir avec elle ; c'était la sœur de Jay. Je la trouvais quand même sympa et me demandai pourquoi j'étais toujours plus attiré par les femmes compliquées. Elle voulut savoir si Avery était ma petite amie ; je lui répondis que c'était une amie de son frère et moi. Je ne lui dis rien sur notre projet de film, Jay m'ayant bien fait comprendre que sa famille n'était toujours pas au courant. Quant à sa relation avec Avery, ça n'était pas à moi d'en parler.

Avery revint de son tour du jardin juste au moment où Bebe s'éclipsait pour aller saluer des copines du lycée qui venaient d'arriver. Jay nous rejoignit après avoir fui une amie de sa mère qui l'avait supplié, par pitié, d'appeler sa fille célibataire. Il sirotait une vodka en observant les invités. « Les moments comme ça, ça nous rappelle qu'on n'est pas éternels, pas vrai ?

– En même temps, les rituels consolent, observa Avery. Et tu as revigoré tout le monde avec ton discours. Je regrette de ne pas avoir connu ton grand-père. » Elle posa la main sur son bras et pendant une seconde, Jay la couvrit de la sienne.

Puis il me désigna Marat Reznikov que je n'avais pas encore rencontré. Le cousin était venu en voiture de Brooklyn et se répandait en condoléances auprès de Bingo. Je me souvins que Jay m'avait dit qu'il avait fui l'URSS et que, grâce à la miraculeuse alchimie des États-Unis, il était aujourd'hui producteur de cinéma.

« Pablo, ça me fait plaisir de te voir. » La mère de Jay s'était glissée jusqu'à nous. De forte carrure, les cheveux gris épais coupés dans un carré impeccable, elle dégageait malgré les circonstances une énergie hors du commun. « Et cette jeune femme, poursuivit Mme Gladstone en désignant Avery, mon amie Sylvia Gottlieb me dit qu'elle vous a vue dans un Shakespeare et que vous étiez sensationnelle. » Avery la remercia. « Tu as une petite amie très douée, Pablo. Je te félicite.

– En fait… bégayai-je.

– Avery n'est pas la petite amie de Pablo », coupa Jay. Allait-il choisir ce moment pour annoncer la nouvelle à sa mère ? Les Gladstone étaient de généreux donateurs à la NAACP[1], mais quand il s'agissait de leurs propres enfants, ils étaient très conservateurs.

1. National Association for the Advancement of Colored People : Association pour la défense des droits civiques.

« Dommage pour toi, ajouta la mère de Jay. Sylvia ne tarit pas d'éloges sur elle. »

Avery regarda Jay qui buvait une gorgée de son cocktail. Allait-il dire quelque chose ? Avais-je été invité pour jouer les doublures ? Avant que j'obtienne une réponse, la fameuse Sylvia surgit à point nommé et se mit à inonder Avery de compliments. Les yeux tapis derrière d'épaisses lunettes, elle nous servit un monologue sur les différentes qualités des spectacles qu'elle avait vus à Shakespeare in the Park tout en assurant Avery que le sien faisait partie des meilleurs. La mère de Jay partit saluer d'autres invités, ignorant toujours tout de la vie sentimentale de son fils. Sylvia fut bientôt rejointe par son mari Herb, un grand homme sec qui, d'après son épouse, « dort toujours au théâtre, mais lui aussi, il a adoré votre pièce ». Herb avoua avoir réussi à rester éveillé, puis il annonça à sa femme qu'il était temps d'y aller car il devait retourner au bureau.

Pendant que les Gottlieb s'éloignaient, Marat s'approcha. Après avoir examiné Avery, il adressa un hochement de tête à Jay comme un expert estimant un vase étrusque.

« Tu vas me présenter ton amie ? » demanda-t-il. Il ne parlait clairement pas de moi. Avery le salua chaleureusement, supposant à tort que s'il faisait partie des invités, son pedigree était irréprochable. Je lui fis un signe de tête, mais il était trop absorbé par la présence féminine pour m'accorder la moindre attention. Il n'avait pas l'air à l'aise dans son costume étriqué et n'arrêtait pas de rouler des épaules comme pour s'extraire de ce carcan. Dans son anglais écorché, il se mit à raconter son parcours aux États-Unis, tout ce que le père de Jay avait fait pour lui, un vrai héros américain, et qu'il espérait bien pouvoir lui rendre la pareille un jour.

« Qu'est-ce que vous pensez de Léonid Brejnev ? » demandai-je. Il était aux commandes depuis 1964. Je m'attendais à une réponse haute en couleurs, mais Marat n'avait apparemment pas une très bonne écoute.

« Tu aimes attraper poissons ? » La question était adressée à Avery. « J'ai gros bateau.

– Pas d'avis sur Brejnev ? » insistai-je.

M'ignorant toujours, Marat dit : « Ce gars-là – en parlant de Jay pour qui il semblait éprouver une affection démesurée –, j'essaie de convaincre ce gars-là d'aller pêcher avec moi. J'ai gros bateau dans Sheepshead Bay. Je vais tout le temps. J'attrape beaucoup poissons. » À Avery de nouveau : « Tu aimes pêcher ?

– Je ne suis jamais allée à la pêche, dit-elle. Je ne crois pas que je pourrais tuer un poisson.

– Tu manges sandwich au thon des fois ? » demanda Marat. Avery avoua manger non seulement du thon, mais aussi du saumon grillé et des filets de sole. « Alors tuer c'est pas un problème !

– Tout le monde n'est pas de cet avis, intervint Jay.

– Tu veux dire quoi ? demanda sèchement Marat.

– Même si nous ne tuons pas ce que nous mangeons, nous sommes moralement responsables de ce que nous consommons. »

Marat scruta Jay comme s'il venait d'une autre planète. « Ce gars, dit-il, a travaillé avec moi comme collecteur de loyers. »

Avery ouvrit de grands yeux. « Tu as été collecteur de loyers ?

– C'était le boulot de Marat, s'empressa de préciser Jay. Je l'ai accompagné pour apprendre les rouages du métier.

– Et à chaque fois que *moudak* pas vouloir payer, poursuivit Marat, Jay disait à moi de pas lui faire peur. »

Il se mit à imiter Jay en poussant sa voix dans les aigus et en gémissant : « "Oh Marat, sois pas méchant ! Ils vont payer le mois prochain !" Et je disais : "Jay, si je suis pas méchant, ils paient jamais." »

Jay se tourna vers Avery. « Je défendais les gens.

– Tu es gentil garçon, conclut Marat.

– Attends, s'étonna Avery, tu as vraiment fait ça ?

– Je prenais la défense des locataires », dit Jay en soutenant son regard comme pour faire pénétrer l'information dans son cerveau.

La tête penchée, Avery réfléchit un instant. Jay possédait toutes les qualités qu'elle recherchait chez un homme. Dans le système capitaliste, il y avait forcément des propriétaires et des locataires. Si elle avait des idées libérales, elle n'était pas pour autant révolutionnaire. Optant pour un compromis similaire à celui qui lui interdisait de tuer des poissons mais ne l'empêchait pas d'en manger, elle décida de laisser tomber le sujet. Peut-être pensa-t-elle à l'appartement que Jay lui avait récemment dégoté.

« Tu sais quoi, Marat, dit Jay en pivotant vers son cousin, je crois qu'on devrait aller pêcher ensemble. »

Marat lui flanqua une grande tape dans le dos et prononça quelques mots russes laissant entendre qu'il était ravi.

Jay prit congé et entraîna Avery avec lui, me laissant seul avec Marat. Celui-ci profita de leur départ pour s'éloigner sans dire un mot. Je n'ai jamais été particulièrement à cheval sur les bonnes manières, mais Marat se comportait avec moi comme un ours.

Bingo sourit en voyant approcher son fils en compagnie d'Avery. Il était clair qu'un lien fort unissait les deux Gladstone, un lien profond qu'aucun différend ne pouvait briser. Tous les trois discutaient joyeusement quand Jay me fit signe de les rejoindre. Bingo me salua chaleureusement.

Jay expliquait qu'Avery venait de jouer dans un Shakespeare à Central Park. Il avait manqué l'occasion de dire à sa mère que l'actrice et lui étaient ensemble, et je me demandai s'il allait franchir le pas avec son père. J'avais imaginé que c'était pour ça qu'il l'avait invitée à partager ce moment de deuil familial. Amener sa nouvelle petite amie à dîner était une chose, la présenter à ses parents au cours d'un enterrement traduisait un autre niveau d'engagement.

« Ma femme m'a dit que vous étiez actrice, commença Bingo. Je crois qu'on a donné dix mille dollars aux gens de Shakespeare cette année.

– C'est très généreux, déclara Avery, impressionnée.

– Il faut qu'on ressuscite la grandeur de New York, expliqua Bingo.

– On espère tous faire partie du mouvement, dit Jay.

– Vous en faites déjà partie, dit Bingo avec emphase. Vous êtes l'avenir de cette ville, mes enfants.

– On va tourner un film à New York, annonça Jay.

– Vraiment ? » s'étonna Bingo. La température de la pièce chuta de dix degrés. « Avec quel argent ? »

Jay but une gorgée de son nouveau verre de vodka. « C'est ce que Grand-père Jack aurait fait à mon âge. Il aurait essayé quelque chose de nouveau, il aurait foncé. Je fais ça pour honorer sa mémoire. »

Bingo prit une profonde inspiration pour maîtriser ses émotions. Un homme corpulent de sa génération s'approcha et lui tapota l'épaule.

« Bingo, je disais justement à…

– Tu peux me laisser une minute, s'il te plaît, Irwin ? » lâcha Bingo d'un ton exaspéré. Le pauvre Irwin hocha respectueusement la tête et partit aussi vite qu'il était venu. Bingo se retourna vers son fils : « Ton grand-père est mort depuis moins d'une semaine et tu veux honorer sa mémoire en faisant un film ? Tu as perdu la tête. Si tu veux honorer la mémoire de ton grand-père, bosse comme un chien pour l'entreprise familiale, fais construire une aile moderne dans un hôpital et donne-lui notre nom. C'est comme ça qu'on honore la mémoire de quelqu'un. »

Avery regardait les deux hommes avec inquiétude. Allaient-ils se disputer devant tout le monde ?

« Je ne crois pas que Grand-père aurait vu les choses comme ça, se défendit Jay.

– Je t'assure que c'est exactement comme ça qu'il aurait vu les choses. » S'adressant à Avery : « Si on parlait de vos grands-parents, très chère ?

– Comme vous voudrez, *très cher* », répondit Avery. Bingo ne s'attendait pas à ce qu'elle lui renvoie son « très chère ». « Le père de ma mère était dentiste.

– Vraiment ? » lâcha Bingo, admiratif, mais toujours furieux et d'autant plus irrité par le culot d'Avery. « C'était un sacré accomplissement pour un Noir à l'époque, avec tous les préjudices raciaux qu'il devait subir. Je lui tire mon chapeau. Est-ce que vous diriez que vous honorez sa mémoire en montant sur scène ?

– Oui, on peut dire ça, répondit Avery. Mais on honore surtout la mémoire de nos ancêtres en étant des gens bien, vous ne croyez pas ?

– Il aurait sûrement préféré que vous soyez dentiste, observa Bingo.

– Vous vous trompez. » Bingo l'avait agacée et elle n'avait pas l'intention de s'écraser devant lui, même si, vu les circonstances, il n'était probablement pas dans les meilleures dispositions. « C'était un grand amateur d'art. »

Bingo se tourna vers moi. « Et ton père à toi, Pablo ? Est-ce qu'il a envie que tu fasses le guignol ?

– Tant que je peux payer mon loyer, il est content, répondis-je.

– Il vend des boutons, c'est ça ?

– Il est dans la mercerie », précisai-je.

Le père Gladstone hocha la tête comme si je venais d'avancer un argument imparable. Le monde avait besoin de boutons et Harvey Schwartzman lui en fournissait. Mon père ne divisait pas l'atome, mais il avait un travail honnête. Pourquoi une telle condescendance ? Et était-ce réellement de la condescendance ? Mon ressenti était peut-être influencé par mon sentiment d'infériorité.

« Je vous souhaite bien du courage, dit-il en s'adressant à nous trois. Je côtoie des gens du cinéma. Ils ne sont pas tendres. Si vous voulez mon avis, je pense que certains sont même des criminels. Ils ont défiguré Times Square qui était le joyau de New York et maintenant, c'est le royaume de la pornographie, des peep-shows, des prostituées et de la drogue.

– Papa, on loue des appartements à ces gens.

– Tu crois que je me paie le luxe de choisir mes locataires ?

– Non, mais…

– Crois-moi, je préférerais louer des bureaux à un fabricant de cookies, mais Nabisco n'a pas envie d'être à Times Square. »

Jerry, l'oncle de Jay, se glissa près de Bingo et lui murmura quelque chose à l'oreille. Réplique plus grande et plus mince de son frère, il avait l'air d'une branche de céleri à côté d'une aubergine.

« Ces gosses vont faire un film, annonça Bingo avec une pointe d'ironie.

– C'est formidable, dit Jerry, interprétant mal le ton de son frère.

– Ça n'est pas formidable, rectifia Bingo. Mais chacun doit apprendre de ses propres erreurs, pas vrai ?

– Si Bingo le dit, c'est que c'est vrai, nous apprit Jerry.

– Tu veux investir ? » demanda Jay à son oncle.

Jerry regarda Bingo, puis son neveu. « Je vous souhaite de réussir », conclut-il avec diplomatie.

35

Le son métallique d'une fourchette cognant contre un verre interrompit les bavardages et l'assemblée se tourna vers l'origine du bruit : Franklin Gladstone. Il se tenait près du buffet, ravi d'accaparer l'attention de la foule. Il but une gorgée de son verre. C'était son deuxième double bourbon et il était un peu pompette. Il se présenta, puis attendit que les murmures s'arrêtent et qu'on n'entende plus que les glaçons s'entrechoquer.

« Comment ça va, tout le monde ? » cria-t-il comme si nous étions en boîte de nuit. Pas de réponse. Les gens le regardaient, perplexes. « Pas super, c'est sûr. Je veux dire, on est en pleine *shiv'ah*, là », ajouta-t-il, cherchant le rire mais ne parvenant pas à en obtenir un seul. Il ne se laissa pas démonter. « En ce triste jour, j'aimerais rappeler à tous que mon grand-père avait un merveilleux sens de l'humour. Rien ne lui faisait plus plaisir qu'une bonne blague et il adorait en raconter.

– Il va raconter une blague ? grogna Bingo en direction de son frère.

– Qu'est-ce que tu veux que j'y fasse ? répondit Jerry.

– Mon Dieu, épargnez-nous », murmura encore Bingo.

Les invités regardaient Franklin avec effroi.

« Certains d'entre vous savent déjà que je fais un peu de stand-up, surtout des imitations, mais ça ne serait pas approprié aujourd'hui. Je veux dire, personne n'a envie de me voir faire mon Marlon Brando là, tout de suite. Bref, Grand-père Jack n'était peut-être pas un comique, mais c'était une source d'inspiration pour beaucoup. Le rabbin a récité le *kaddish*, merci monsieur Brickman. » Les têtes se tournèrent vers le chef spirituel qui afficha un sourire digne et prudent. « Et mon cousin Jay, qui est venu accompagné de sa charmante et talentueuse fiancée noire... Tante Helen, dépêche-toi de planquer l'argenterie... »

Qu'est-ce qu'il lui prenait ? Avery regarda Jay, puis Franklin, puis Jay de nouveau l'air de dire : fais quelque chose. Jay vida sa vodka et écrasa un glaçon entre ses dents.

Chacun à une extrémité de la pièce bondée, Bingo et Helen scrutèrent le prétendu couple, puis échangèrent un regard : Jay avait une fiancée noire ?

Franklin poursuivit : « Je rigole, bien sûr. C'est une femme adorable. Il y a cinq minutes, j'ai dû lui demander d'arrêter de faire la poussière. » Remarque accueillie par quelques grognements qu'il décida d'ignorer.

« T'es pas drôle. »

Avery prononça la sentence avec une clarté et un aplomb qui figèrent l'auditoire. Tous les yeux se tournèrent vers celle qui toisait Franklin comme une professeure de théâtre face à un élève irrécupérable.

« Les blagues pourries que tu as sorties au club n'étaient pas drôles et la dernière, là, était à peu près aussi marrante qu'un cancer. Si ces gens n'étaient pas de ta famille, ils ne se donneraient même pas la peine de t'écouter. »

Plusieurs personnes se mirent à chuchoter. D'autres acquiescèrent. Franklin n'avait pas l'habitude d'être provoqué. N'ayant pas la repartie du comique aguerri, il vacilla.

« Merci pour tes conseils constructifs, dit-il enfin.

– Ça suffit ! lança Jay.

– Salut, Jay, dit Franklin. Mon cousin a prononcé une oraison funèbre d'enfer. Est-ce qu'on peut tous l'applaudir bien fort ? »

Les invités applaudirent poliment. Jay était mort de honte.

« Fais quelque chose, supplia Avery.

– Tu veux que j'aille lui casser la gueule ?

– Tu veux que j'y aille, moi ? »

Je crus qu'Avery allait partir, mais elle resta campée sur ses positions. Refusant de regarder Franklin, elle gardait les yeux fixés droit devant elle tandis que Jay lui caressait le dos.

Réagissant aux applaudissements destinés à son cousin, Franklin reprit : « Ça va, il était pas si bon que ça. » La remarque fut accueillie par un silence de plomb que le comique du dimanche remplit aussitôt en disant : « Donc, si vous le voulez bien, j'aimerais évoquer le souvenir de Grand-père Jack en vous racontant sa blague préférée. Vous êtes d'accord ?

– C'est pas une blague raciste ? cria Avery.

– Non, pas du tout », la rassura Franklin.

Pendant que les invités opinaient du chef – que pouvaient-ils faire, c'était le petit-fils du défunt –, Bingo murmura à Jerry : « Tu savais qu'il allait nous faire son numéro ? » Jerry haussa les épaules.

Jay pencha la tête en arrière et leva les yeux au plafond. Il avait amené Avery et n'avait pas avoué la nature de leur relation à sa famille. Son père l'avait humilié devant elle. Elle risquait de lui en vouloir, mais à première vue, il ne faisait rien pour arranger les choses. Et maintenant, ça :

« En voilà une qu'il adorait. Vous êtes prêts ? » Les invités suivaient Franklin à contrecœur et, comme tout mauvais acteur, lui ne sentait pas du tout ce que lui renvoyait son public. « C'est un vieux qui passe l'hiver à Miami et il est un peu déprimé. Sa femme est morte, il se sent seul alors pour son anniversaire, ses petits-fils décident d'engager une prostituée. » Les invités échangèrent des regards anxieux. Allait-il vraiment partir dans ce registre ? Conscient malgré tout qu'il s'engageait sur une pente délicate, Franklin précisa : « Je demande par avance aux dames de bien vouloir m'excuser, le sujet est un peu olé-olé, je sais, mais que voulez-vous, c'était la blague préférée de mon grand-père. » Le numéro prenait un tour de plus en plus alarmant. Les gens serraient leur verre d'un air ébahi, imaginant sans doute feu Jacob Gladstone dans les bras d'une prostituée de Miami Beach. Abasourdi, Jay secoua la tête et ferma les yeux. « Mais les enfants ne préviennent pas le vieux. Donc la fille frappe à la porte de chez lui et dit : "Tu vas voir, tu vas prendre ton pied, mon cochon." Le vieux réfléchit une seconde et répond : "Du pied de cochon, non, sans façon." »

La chute déclencha autant de rires que de grognements. « Grand-père rigolait à chaque fois », expliqua-t-il au public avant d'étouffer un sanglot soudain.

« Putain, soupira Jay avant de se tourner vers Avery : Je suis vraiment désolé. »

Avery dit à Jay qu'elle voulait s'en aller immédiatement. C'était déjà assez compliqué d'être la seule Noire, mais se faire insulter en plein hommage au défunt, c'était inadmissible. Jay accepta et, alors qu'il essayait de l'apaiser, Franklin arriva.

« C'était pour rigoler », dit-il à Avery qui le fusillait du regard. À voix basse, Jay demanda à Franklin de le suivre dehors. Bien qu'il fût quelque peu alcoolisé, Franklin était assez perspicace pour sentir que sa tirade n'était pas très bien passée et, pendant que les deux hommes s'éloignaient vers le jardin, je le vis se recroqueviller sur lui-même, prêt à essuyer la tempête.

« Il est vraiment nul », dis-je.

Avery ne répondit pas. Les yeux tournés vers les baies vitrées allant du sol au plafond, elle observait le face-à-face. Jay fulminait. L'échange avec son père, le chagrin du deuil, ses sentiments pour Avery : tout se mêlait pour produire une fureur sans nom à l'égard de son cousin. Quittant sa réserve habituelle, il lui aboyait dessus, gesticulant en direction de la maison. Je ne l'avais jamais vu si agité. Franklin ne semblait pas comprendre d'où venait tout ce pataquès – quoi, on n'avait plus le droit de blaguer ? Il n'exprimait pas le moindre remords, bien au contraire. Quand Jay posa un doigt sur son torse, il écarta sèchement son bras, Jay s'approcha plus près et, dans un élan qu'il regretterait plus tard, le poussa violemment. Franklin riposta en poussant Jay à son tour. Celui-ci le poussa plus fort, Franklin se prit les pieds dans un arroseur automatique et tomba sur les fesses. Il se tortilla au sol quelques secondes, mais rebondit rapidement et, vexé par cette humiliation publique, envoya un coup de poing à son cousin. Il le rata. Jay, enragé, lui sauta dessus et lutta pour le mettre à terre où, au plus grand désarroi des personnes présentes, les deux hommes continuèrent à se battre comme deux enfants. Je courus dans le jardin et, avec l'aide d'autres témoins de cette scène désastreuse, entrepris de séparer les combattants écumants.

Imaginez une rangée d'invités respectables venus rendre hommage à leur intrépide ami, héros du rêve américain. Debout contre les baies vitrées de la somptueuse maison de banlieue, ils assistent, bouche bée, au spectacle ridicule donné par ses petits-fils. Chemises débraillées, cravates défaites, aussi pantelants que deux labradors, les princes héritiers de la dynastie Gladstone se regardent d'un air penaud. Franklin n'a pas vu que la couture de son pantalon a craqué, Jay, honteux de son manque de self-control, regrette d'avoir perdu sa dignité. Depuis le salon, les curieux continuent à les observer pendant un moment puis, gênés ou confus, retournent à leurs lamentations et à leurs petits fours.

Alors, tels deux hommes de coin dans un match de boxe, Bingo et Jerry – aussi choqués et furieux l'un que l'autre – foncent vers leurs fils respectifs, persuadés que c'est l'autre qui a commencé. Au fond, ça n'a pas d'importance. Ils sont de la même famille, c'est plus fort que tout, ils n'ont pas d'autre choix que de cohabiter. Les deux frères ordonnent aux cousins de se serrer la main et, après quelques secondes d'hésitation, encore haletants, l'oreille basse et fuyant le regard de l'autre, les pugilistes obéissent.

Jay se réfugia dans la salle de bains située près de sa chambre d'enfant, se nettoya un peu et annonça à son père qu'il allait raccompagner Avery. Personne, et encore moins une femme comme elle, n'aurait dû subir une injure pareille. Bingo tenta de le dissuader de partir si tôt, mais renonça rapidement et lui dit de faire ce qu'il avait à faire : « Mais laisse-moi te poser une question. Qu'est-ce qu'il y a entre cette fille et toi ? » Jay répondit qu'ils sortaient ensemble, qu'elle était douée, intelligente et généreuse et qu'il allait voir où cette relation le mènerait. « On va faire le film de Pablo, ce sera un grand succès, pourquoi renoncer à un brillant avenir ? C'est mon projet, pas le tien. » Bingo lui demanda s'il avait l'intention de tuer sa mère.

36

Nous montâmes dans la voiture. Jay prit le volant, Avery s'installa à l'avant et moi, à l'arrière. Chacun perdu dans ses pensées, nous roulâmes en silence sur Bronx River Parkway. Au bout d'un moment, Avery demanda à Jay pourquoi il n'avait pas pris sa défense.

« Je l'ai fait !

– C'était un peu tard. » Elle regarda par-dessus son épaule : « Pablo, tu ne trouves pas qu'il a réagi un peu tard ?

– Je n'ai pas très envie de participer à cette conversation, répondis-je.

– Le boulot du réalisateur, c'est d'avoir un point de vue, rétorqua-t-elle. Si tu n'as pas de point de vue... »

Son reproche me piqua au vif. Je devais assumer mon rôle. Si on perdait Avery...

« Alors si tu veux mon avis... » commençai-je pour gagner du temps. J'étais d'accord avec elle, mais je ne voulais pas que Jay se sente attaqué. « Peut-être qu'on aurait pu faire taire Franklin un peu plus tôt. »

Avery soupira. Ça n'était pas la condamnation sans appel qu'elle avait espérée. Mes paroles ne suscitèrent aucune réaction de la part de Jay. Cramponné au volant, il gardait les yeux rivés sur la route. Ça n'était pas dans la nature d'Avery de déverser sa colère sur quelqu'un, mais elle était peut-être fatiguée de garder toujours ses frustrations pour elle. « Je suis la seule Noire du coin à ne pas être habillée en bonne et ensuite... et ensuite... » Elle éleva la voix. « Je me fais insulter par ton cousin débile devant tout le monde. » Jay tressaillit et se concentra sur la voiture de devant comme si sa plaque d'immatriculation contenait la solution à tous ses ennuis. « Donc oui, c'est clair que tu aurais dû faire taire cet imbécile plus tôt.

– Tu as raison, admit Jay.

– Je sais que j'ai raison. Mais le pire, c'est qu'après, il a fallu que tu ailles dans le jardin te rouler dans l'herbe comme un chiot et pourquoi ? Pour défendre mon honneur, parce que tu n'avais pas été capable de le faire au bon moment. Tu es passé pour un idiot. »

Jay s'excusa encore.

Pourquoi n'avais-je pas pris le train ?

Avery inspira profondément, Jay renonça à poursuivre son acte de contrition.

« Aux cours de théâtre, reprit-elle, il y avait un exercice qui consistait à monter sur un escabeau et se laisser tomber en arrière – tout droit. Et on ne s'écrasait pas par terre parce que les autres étaient là pour nous rattraper. C'était dur pour moi au départ, mais j'ai fini par y arriver. Il faut avoir confiance en ses partenaires.

– Tu peux me faire confiance, dit Jay. Je te le promets. »

Elle devait avoir envie de le croire car elle n'insista pas. Jay la déposa devant son nouvel appartement. Elle sortit de la voiture et après un bref salut de la main, disparut dans l'immeuble. Quand Jay me proposa de me raccompagner, je lui dis que je préférais marcher.

« Je suis désolé pour ton grand-père.

– Ça ne peut qu'aller mieux maintenant », dit-il.

C'était un éternel optimiste.

Je traversai lentement Times Square en méditant sur l'avenir de notre film. Après les péripéties de la journée, Jay et Avery allaient-ils se séparer, mettant en péril tout le projet ? C'était une possibilité. Submergé par l'angoisse, me rappelant que j'avais quitté mon boulot sans filet de secours et que mes économies diminuaient à vue d'œil, je rentrai la tête dans les épaules et pressai le pas. En traversant la 42e Rue, je lus sur le fronton d'un cinéma en lettres rouge sang : *Johnny Velvet* et *Ghetto War*. La blaxploitation avait encore de beaux jours devant elle. Il fallait impérativement tourner *Le Dernier Homme blanc*.

Près d'Union Square, j'aperçus au loin une silhouette familière. Était-ce Claudia, mon ancienne collègue de chez *Classy* ? Ces cheveux frisés, ce dos légèrement voûté… je la rattrapai. En me voyant, elle m'adressa un sourire qui révéla sa dent cassée, mais je sentis que quelque chose clochait. De nature exubérante, elle se montrait réservée et fuyait mon regard. Quand je lui demandai si tout allait bien, elle m'apprit que quelques jours plus tôt, Loomis Hayes était mort d'un étrange virus qui se répandait en ville et tuait surtout les homosexuels. Je n'en croyais pas mes oreilles. Je n'avais pas vu Loomis depuis notre soirée au cabaret – le temps filait, j'étais sûr que nous nous reverrions un de ces jours – et la nouvelle me dérouta d'autant plus que je revenais d'un enterrement.

Une fois le choc passé, je racontai ma journée à Claudia. Elle en conclut que l'univers nous jouait parfois de drôles de tours. « Et maintenant, Loomis est enterré au fin fond du Mississippi, dit-elle, comme pendant les dix-huit premières années de sa vie. » Ce trait d'humour nous fit rire tous les deux.

Nous allâmes boire du café et fumer des cigarettes dans un restaurant grec. Nous parlâmes de notre ami disparu, des difficultés à surmonter pour mener une vie d'artiste à New York et de la nécessité de mettre à profit le temps qui nous était imparti. Je lui demandai comment se passait sa carrière d'humoriste. Elle participait toujours à des scènes ouvertes. Je lui parlai de mon film, de la joie que j'éprouvais à l'idée de le réaliser, mais l'évocation d'un projet dont la concrétisation semblait de plus en plus compromise me démoralisa.

Après avoir réglé l'addition, nous restâmes un moment face à face sur le trottoir.

Nous convînmes de nous revoir bientôt. Cela n'arriva pas.

Alors que je traversais sans regarder, un taxi me bouscula. Il ne roulait pas vite, je réussis à garder mon équilibre, mais après les épreuves de la journée, l'incident provoqua en moi une rage telle que, sans réfléchir, je frappai le pare-brise du plat de la main – ce qui me fit un mal de chien – et insultai le chauffeur horrifié. Inspiré par Dustin Hoffman dans *Macadam Cowboy* et pour enfoncer le clou, je criai : « Hey, je marche ici ! »

Qu'il existât en moi une telle violence me dérouta. Le taxi s'éloigna, heureusement, car je n'avais aucune idée de quoi faire ensuite. Et j'avais affreusement mal à la main.

En arrivant chez moi, je trouvai un message de Rob Schenk sur mon répondeur. Quand je le rappelai, on me le passa tout de suite.

« J'ai envoyé un extrait de *L'Homme blanc* à plusieurs producteurs de télé, dit-il. L'un d'eux aimerait te rencontrer pour te parler d'un job sur une sitcom. »

Ayant, en une journée, été confronté à l'arrivée impondérable de la mort et au déchirement d'une famille devant une foule en deuil, mon esprit exalté était empli de thèmes universels. Avec l'arrogance de la jeunesse, je répondis : « Plutôt me faire dévitaliser. » Je ne savais pas vraiment ce qu'était une dévitalisation, quoique depuis, deux de mes dents y soient passées. À l'époque, j'imaginais ça comme le summum de la torture.

« Ne fais pas le con, Pablo. Ce mec est chaud bouillant.

– Je n'écrirai pas pour la télévision, décrétai-je.

– Si tu loupes le coche maintenant, après ce sera trop tard.

– Quelqu'un d'autre peut prendre ce coche, dis-je, fier de ma capacité à filer la métaphore.

– Très drôle, mais c'est pas pour rien qu'on appelle ça le show business. C'est un business avant tout. »

Je m'en fichais.

Le lendemain, je retrouvai House au Blue & Gold. Nous pestâmes contre ce qu'on allait bientôt appeler le SIDA, bûmes des gimlets à la mémoire de Loomis Hayes et trinquâmes au club des Jeunes buveurs pornographes. House se débrouillait bien à la rubrique des faits divers du *Daily News*, mais tentait de bifurquer vers l'actualité politique et espérait rejoindre prochainement l'équipe assignée aux affaires de la mairie. Je m'efforçai de me réjouir pour lui, mais au fond, j'enviais la façon dont il avançait dans la vie, j'étais triste pour Loomis et découragé par ma propre situation. Avait-il parlé à sa sœur depuis l'enterrement ? Il m'apprit que oui. J'aurais voulu savoir dans quel état d'esprit elle se trouvait par rapport à notre projet. House botta en touche et me conseilla de l'interroger moi-même.

« Vous avancez sur le budget ? »

Je lui dis que lever des fonds pour un film était plus compliqué qu'il n'y paraissait.

37

Jay convint d'un rendez-vous avec Marat pour aller pêcher et me proposa de me joindre à eux. Pourquoi avais-je accepté ? Parce que c'était le printemps, que je n'avais rien d'autre à faire et que, aussi désagréable que Marat ait été avec moi le jour de l'enterrement, quelque chose chez lui m'intriguait. Il ne ressemblait à aucun des artistes que j'avais l'habitude de côtoyer et pourtant, il avait réussi à faire son trou dans le cinéma. Peut-être que certains de ses pouvoirs magiques déteindraient sur moi.

Dans la pénombre de l'aube, nous sortîmes de Brooklyn. Pétri d'angoisse au sujet de l'avenir, je dormais très mal. Je m'affalai donc sur le siège avant tout en essayant de puiser de l'énergie dans un sandwich aux œufs brouillés acheté dans un fast-food d'East Village pendant que Jay me racontait le dernier échange entre son père et lui. À la fin de la traditionnelle période de deuil, de retour au travail, Jay était entré dans le bureau de Bingo. « Je ne peux plus continuer, avait-il dit. Je ne suis pas toi. » Son père avait répondu : « Non, c'est sûr » et lui avait indiqué le canapé. Jay était resté planté devant lui. « Mon fils, avait insisté Bingo, fais-moi ce plaisir, assieds-toi. » Bien que ce fût contraire à ses plans, Jay s'était replié sur le canapé, les coudes sur les genoux, penché vers l'avant.

« Tu sais, j'ai bien réfléchi à ton histoire, commença Bingo. Tu veux nous quitter pour faire un film, ce qui, entre nous, est complètement ridicule donc je ne vais pas te dire que je respecte ta décision parce que je ne respecte pas ta décision, je pense qu'elle est stupide. Mais je vais te dire une chose : quand ça tournera mal, que le petit Schwartzman fera tout foirer et que la banque te demandera de rembourser ton prêt pour une raison ou pour une autre – et crois-moi, ils trouveront toujours une raison – bref s'il t'arrive quoi que ce soit, et je dis bien quoi que ce soit, qui te mette dans le pétrin, ne compte pas sur moi pour te tirer d'affaire parce que je ne bougerai pas le petit doigt. Et je te rends un service en te disant ça. Il n'y a pas de parachute. Je veux que tu comprennes bien ça. C'est clair ? »

D'une voix d'une fermeté rare, Jay avait répondu qu'il comprenait.

La conversation se poursuivit dans la même veine. Bingo ne chercha pas à convaincre son fils de revenir sur sa décision et ne sous-entendit pas non plus que s'il le quittait, il ne pourrait plus jamais revenir, comme dans *Le Chanteur de jazz*, quand Al Jolson part tenter une carrière dans le show business et que son père, chantre dans une synagogue, pète les plombs. Jay aurait presque préféré de la colère, une réaction à la hauteur des turbulences intérieures qu'il avait ressenties en se préparant à cette confrontation. Rage titanesque, révolte, imprécations : il n'eut droit à rien de tout ça. La mort de son père avait-elle vidé Bingo au point de lui enlever la force de lutter contre le départ de son fils ?

« Tu es sûr que c'est ce que tu veux faire ? » avait-il conclu. « Eh bien, bonne chance, fiston. »

38

Le soleil se hissait au-dessus de l'horizon, projetant des rais de lumière dorée sur les flots agités de Sheepshead Bay. Des mouettes voraces tournoyaient au-dessus de nos têtes, prêtes à plonger. *Slivovitz*, le bateau en fibre de verre de Marat, fendait les eaux venteuses. Jay et moi étions assis, à boire du café d'un thermos, tandis que Marat pilotait l'engin aérodynamique vers ce qu'il considérait comme le meilleur emplacement où pêcher du bar. Nous étions sortis à l'aube parce que, d'après Marat, c'était l'heure idéale pour en attraper à cette période de l'année.

Mon sandwich aux œufs me retournait l'estomac. Nous heurtâmes une vague et la proue du bateau hoqueta. Le vent fouettait ma veste. Je frissonnais.

Debout à la barre, Marat, qui avait fait partie de la marine russe, exsudait force et puissance. Les yeux fixés sur l'embouchure de la baie, savourant le rugissement des moteurs, il se réchauffait en buvant régulièrement une gorgée de la flasque qu'il gardait dans sa poche. Comme tous les jeunes garçons du monde, quand je rencontrais un de mes semblables, j'évaluais mes chances contre lui au combat or il était clair que Marat aurait pu écrabouiller Jay et moi, en même temps. C'était la première fois que je passais plus de quelques minutes avec lui et sa présence n'avait rien d'apaisant. Ses mots sortaient en rafales bourrues, exclusivement adressées à Jay. Il lui parlait de sa voiture, de son bateau, de ses conquêtes et de sa femme à qui il s'efforçait de cacher ses frasques. Le rythme de son babillage n'était pas désagréable et je me contentai d'écouter.

Après une quinzaine de minutes de traversée, Marat coupa les moteurs. Il sortit un couteau, tira un vers frétillant de la boîte d'appâts qu'il avait achetée sur le port avant de partir, le coupa en deux et en tendit une moitié à Jay. Il fixa l'autre moitié sur son hameçon. Je décidai de l'imiter mais, sans couteau et rebuté à l'idée de scinder le vers en deux à la main, je plantai l'animal entier sur mon hameçon.

Marat me regarda avec dédain. « *Niet*, déclara-t-il en levant sèchement le menton. Il faut utiliser que moitié. » Il ne s'adressa directement à moi que lorsque la situation l'exigea, pour me montrer où me placer au moment de lancer nos lignes. Je me campai d'un côté du bateau, Jay de l'autre et Marat à l'arrière. L'embarcation tanguait doucement au gré du courant sous un défilé de cumulonimbus. À côté du cockpit, reposait une glacière remplie de sandwichs et de bouteilles d'Heineken que Jay avait apportés. Des petits bateaux de pêche filaient sur les eaux, transportant des passagers mal réveillés vers Jamaica Bay et la péninsule de Rockaway. Dans mon uniforme de citadin – éternel jean noir, veste de friperie, chemise au col râpé et baskets montantes –, j'avais l'air de tout sauf d'un pêcheur. Jay portait des chaussures bateau, un pantalon en toile et un anorak, Marat un survêtement rouge à lignes blanches assorti d'une casquette de capitaine ornée d'une ancre dorée dont l'effet comique était atténué par l'abord menaçant du personnage. Tout observateur se serait demandé ce que nous faisions tous les trois ensemble.

Nos cannes métalliques scintillaient à la surface de la baie. Si les poissons étaient attirés par ce que nous avions à leur offrir, ils se gardaient bien de le montrer. Le roulis du bateau ne faisait pas du bien à mon estomac, mais il n'était pas question que je demande à regagner la terre ferme. Marat partageait avec nous son enthousiasme pour *Les Dents de la mer*, sorti quelques années plus tôt, et je me mis à songer à la fragilité du bateau, à l'atmosphère paisible, ordinaire, qui règne juste avant que le monstre jaillisse des profondeurs et vienne renverser l'équilibre de l'univers.

Le clapotement de la mer, la tiédeur du soleil et les effets du sucre et de la caféine me mirent bientôt dans un état de vigilance relâchée. Mon estomac n'allait malheureusement pas mieux. Pensant qu'une boisson gazeuse me soulagerait, j'ouvris une canette de soda pendant que Jay demandait à Marat comment son projet de film se passait.

« Mal, répondit Marat. Très mal. » C'était un aveu totalement inattendu de sa part étant donné qu'il n'avait cessé de fanfaronner depuis le début de la journée. Jay l'encouragea à en dire davantage et, après une autre rasade du breuvage contenu dans sa flasque, Marat commença à nous raconter ses mésaventures de producteur de cinéma.

Il n'aurait peut-être pas été aussi franc s'il avait été sobre, mais d'après le torrent de mots qu'il déversa, il était évident qu'il avait besoin de s'épancher. Il avait récolté de l'argent auprès de plusieurs investisseurs, deux millions de dollars en tout. Vu l'angoisse et le désarroi qu'il affichait, la majeure partie de son récit devait être vraie. Le réalisateur philippin maîtrisait les bains de sang ; il avait tourné en tagalog plusieurs films d'horreur appréciés. Premier problème : il était reparti aux Philippines avec la moitié de l'argent et il s'était avéré très difficile de le traquer là-bas. Deuxième problème : les « investisseurs » n'étaient pas des investisseurs ordinaires. Il s'agissait d'un consortium d'entrepreneurs louches – Marat ne rentra pas dans les détails – qui rendraient la vie de leur associé extrêmement compliquée s'il ne leur livrait pas le film attendu. Troisième problème : Marat ne voyait pas quel réalisateur pourrait le sauver. Il se retrouvait donc seul avec une somme d'argent sur les bras et un film de zombies à tourner.

Jay l'écoutait, hochant la tête avec compassion. Marat avait toujours réussi en prenant des risques que personne n'aurait osé prendre, mais cette fois, son audace se retournait contre lui. Il n'avait personne à qui s'adresser, les immigrés de son cercle d'amis ne pouvaient rien faire pour l'aider et même s'il empruntait le million manquant à des types véreux, en admettant qu'ils veuillent bien lui prêter une telle somme, il n'arriverait jamais à rembourser les intérêts pharaoniques.

Conclusion : il était foutu.

J'étais de plus en plus mal à l'aise. Subjugué par les bandits des films hollywoodiens, je n'en avais jamais rencontré un en chair et en os. Or Marat semblait répondre à la définition. S'il n'était pas un gangster, il était clairement proche du milieu. Ce constat me déconcertait et me fascinait à la fois. N'importe quel jeune homme avide d'expériences ne peut s'empêcher de se sentir plus grand, plus important, au contact d'un être confronté à une situation aussi rocambolesque et périlleuse. Sur le moment, j'eus l'impression d'être réellement au cœur de la vie, celle dont sont faits les films et les romans. C'était étrangement excitant.

Marat contemplait l'horizon, pareil à un marié sonné dont la fiancée vient de s'évaporer dans les airs. Les vagues frappaient la coque ; une mouette solitaire planait au-dessus de nos têtes, ballottée par un courant d'air ascendant. Personne ne disait rien. Mon estomac grondait. Jay dit enfin : « Pourquoi tu ne nous laisserais pas faire ce film ?

– Vous deux ? » Marat était dubitatif.

« Tu peux le produire avec l'argent qui reste. Il y a des tas de façons de faire un film », insista Jay comme s'il avait une quelconque expérience en la matière. Son cran était admirable. Il se glissait, tête baissée, dans la brèche. « Et si on ne faisait pas un film de zombies ? Si on faisait un autre film, un film plus original, un film qui te rapporterait encore plus d'argent ?

– Mes associés veulent film de zombies.

– Ça, c'est parce qu'ils n'ont pas lu le scénario de Pablo », dit Jay avant de se lancer dans un exposé destiné à convaincre le producteur tourmenté. Il raconta la genèse de l'histoire issue de ses pérégrinations nocturnes, la gestation du scénario, sa résonance avec les thèmes du moment, la participation de Frank Bones et d'Avery Rogers, les prix que j'avais reçus. Il n'y en avait eu qu'un, mais Jay avait enfilé son costume de vendeur agressif et s'il enjolivait quelques détails, où était le mal ? C'était une approche nouvelle de la blaxploitation, registre cinématographique lucratif qui attirait un public varié. Nous allions offrir au monde une version améliorée d'un genre considéré jusqu'à présent comme secondaire.

Afin de montrer que j'étais prêt à assumer un rôle de meneur, je tentai d'adopter une posture altière, mais la nausée rendait la tâche assez ardue.

Marat ne s'intéressait pas à moi. Il était tellement captivé par le boniment de Jay qu'il ne remarqua pas tout de suite que quelque chose tirait sur sa ligne. Quand la pression devint plus forte, il détourna son attention de Jay et quelques instants plus tard, hissa sur le bateau la première prise de la journée, un spécimen noir à écailles et nageoires rayonnées qu'il s'empressa d'identifier comme un bar de plus de deux kilos. Radieux, il retira l'hameçon des lèvres du poisson frétillant, l'attrapa par la queue et frappa violemment sa tête sur le pont, le tuant d'un seul coup.

« Alors, *boytchik* », fit-il en jetant négligemment sa prise dans la glacière prévue à cet effet. Le poisson mort atterrit dans un bruit mat. « Tu as besoin combien ?

– On essaie de réunir un million de dollars », expliqua Jay. En l'entendant, le montant me parut ridicule, comme une rançon dans un film ringard, un gros lot, un chiffre sorti de la tête d'un enfant. Jay avait réussi à obtenir environ dix pour cent de la somme. « On cherche des investisseurs. »

Un rot sonore s'échappa de mes lèvres salées. Les deux autres ne réagirent pas.

Marat ne répondit pas tout de suite. Il plongea la main dans la boîte d'appâts, en sortit un ver et en empala la moitié sur l'hameçon qui lui avait servi à attraper le bar. D'une main, il serra la canne pendant que le ver se tortillait sur son crochet à environ un mètre au-dessus du pont. Nos lignes à Jay et moi restaient immobiles. Nous attendions. D'un geste sec du poignet, Marat envoya l'appât vers le large où il disparut dans les eaux. Je songeai à Fredo Corleone dans le deuxième volet du *Parrain,* assis avec son neveu dans une misérable barque de pêcheur juste avant que son frère – son propre frère ! – le fasse tuer dans un plan large qui constitue sans doute un des meurtres les plus déchirants de l'histoire du cinéma. Pour calmer ma nausée, je me concentrai sur un point fixe de la côte.

Ça ne ressemblait pas à Jay de faire affaire avec quelqu'un comme Marat. Mais aucun studio n'avait voulu de notre scénario, ses camarades d'université pour qui nous avions organisé la lecture n'avaient presque rien donné, et son père tentait par tous les moyens de le décourager. Il était à court d'options, prêt à vider son compte en banque, ce qu'il ferait en désespoir de cause, m'avait-il assuré. Mais nous aurions été encore très loin de notre budget. Ce rapprochement avec Marat était-il un moyen détourné de se venger de son père, de lui prouver qu'il savait prendre des initiatives et mener à bien un projet tout seul ? S'il s'agissait d'un dernier recours, je comprenais mieux le ton de son plaidoyer.

« Un million de dollars », répéta Marat. Il se délectait du son de ces mots. *Un million de dollars.* Un montant si fondamentalement américain, sans comparaison aucune avec un million de livres ou pire, un million de roubles. Son inquiétude se mua alors en joie pure et il se mit à parler gros sous avec le fils de son ancien protecteur, un homme qui connaissait les principes du pouvoir aux États-Unis, un bâtisseur dont les immeubles avaient conquis une petite partie de la surface du globe.

Jay disserta sur les différents genres cinématographiques, des États-Unis et d'ailleurs, pour expliquer que notre film, conçu comme une exégèse subtile des problématiques raciales de notre pays – bien qu'il ne mentionnât pas ce détail –, pourrait se ranger dans la catégorie des films d'action. Pour une fois, Marat écoutait attentivement. Jay cita *La Nuit des morts-vivants*, un film qui n'avait pratiquement rien coûté et rapporté des dizaines de millions. Marat se léchait les babines.

« George Romero l'a tourné en noir et blanc, remarquai-je. C'est aussi ce que je veux faire pour notre film. » Mes héros du septième art avaient tourné plusieurs de leurs chefs-d'œuvre en noir et blanc. C'était pour moi une marque d'engagement artistique.

Jay m'ignora.

« Faites-moi voir scénario », exigea Marat.

Originaire d'une terre ayant donné naissance à une littérature grandiose, notre capitaine n'était pas un grand lecteur. Ça n'avait pas d'importance. Pour un homme ayant des velléités de production cinématographique, le scénario était la clé du royaume légendaire. Nous voulions tous entrer dans le show business. Les moindres gestes de Marat transpiraient la violence contenue, mais c'était à cause de l'environnement dans lequel il avait grandi. Je n'allais pas laisser mes scrupules petits-bourgeois m'empêcher de réaliser mon rêve. Marat était une brute, il appartenait à la catégorie d'hommes qu'en principe j'évitais. Mais s'il proposait de se battre à nos côtés, pourquoi refuser ? Je ne me serais pas permis de le juger et Jay non plus. Et puis, l'argent était toujours de l'argent, quelles qu'en soient les origines.

« Pablo, qu'est-ce que tu en dis ? demanda Jay. On peut montrer la dernière version à Marat ? »

Avant que j'aie le temps de répondre, une vague de nausée m'envahit. Je me penchai par-dessus bord et vidai mes tripes dans la baie. Pendant que j'étais plié en deux, les yeux fixés sur les flots, une secousse manqua de me faire tomber à l'eau, mais je m'agrippai au plat-bord et réussis à me redresser et à hisser mon corps dans le bateau. Cette marque de faiblesse était évidemment gênante, indigne d'un homme censé diriger toute une équipe sur un plateau de tournage avec un mélange intimidant d'autorité et d'inspiration esthétique, mais sur le coup, je me sentis un peu mieux.

Marat me toisa. « Ce gars-là va réaliser le film ?

– Pablo est un grand auteur », dit Jay.

Le blanchiment est un processus illégal visant à transformer de l'argent issu d'activités criminelles comme le trafic de drogues, la prostitution ou la vente d'essence sur le marché noir, en revenus légaux. Si j'avais été un peu plus perspicace, j'aurais tout de suite compris que c'était le but du film de zombies de Marat. Vu son profil, il y avait peu de chances pour que ses investisseurs soient un groupe de cardiologues de Dallas. Mais Marat était assis sur une montagne de cash, ses associés n'auraient aucun contact avec nous et nous voulions à tout prix tourner *Le Dernier Homme blanc.*

L'ambiance à bord du *Slivovitz* se détendit en même temps que son capitaine. Nous attrapâmes quelques poissons pendant que notre hôte nous régalait d'anecdotes amusantes sur son expérience dans la marine russe et les différents commerces lucratifs qu'il y avait montés. Maintenant qu'il voyait en moi le réalisateur du film qui allait propulser sa carrière de producteur, il semblait prêt à passer l'éponge sur mon épisode d'incontinence digestive et il m'adressa plusieurs fois la parole. Il était évident que malgré ses contours grossiers, il possédait une intelligence rare. Son passé obscur me rappelait d'ailleurs les pionniers d'Hollywood qui avaient fui la misère de l'Europe de l'Est, vogué sur l'Atlantique en troisième classe, traversé le continent jusqu'à la Californie et construit l'industrie du divertissement. Les premiers nababs du cinéma ne faisaient pas non plus dans la dentelle.

39

Quand le concierge me demanda si Avery m'attendait, je l'assurai que oui. C'était faux, mais je m'étais dit que sonner à l'improviste était le moyen le plus sûr et le plus efficace d'avoir une conversation avec elle. J'attendis pendant que le concierge l'appelait.

Jay m'avait spécifiquement demandé de ne pas la solliciter sans lui, mais j'avais envie de constater par moi-même l'ampleur des dégâts après le fiasco des funérailles. Si elle comptait nous laisser tomber, il fallait que je le sache. Le concierge me tendit le combiné.

« Qu'est-ce que tu fais là ? demanda-t-elle.

– J'étais dans le coin, mentis-je, et j'ai eu envie de passer pour parler de ton personnage. »

Je sentis une pointe d'hésitation dans sa voix quand elle me proposa de monter.

Elle m'ouvrit en bas de survêtement et T-shirt et me salua avec méfiance.

Situé au 17e étage, l'appartement était spacieux et flambant neuf. Le mobilier simple et moderne. Aux murs, des affiches de spectacles de Broadway et dans un coin, un piano droit avec une partition sur le pupitre.

Je pris place sur le canapé, elle sur une chaise, les jambes repliées sous elle. J'avais la bouche sèche, mais je n'osais pas lui demander un verre d'eau.

« Après notre retour de l'enterrement... commençai-je.

– Sacré enterrement, ajouta-t-elle.

– Oui, c'est sûr, dis-je avant de lui laisser le temps de chasser les démons qui avaient certainement jailli de son inconscient. Je voulais m'assurer que tu étais toujours partante pour faire le film. » Comme elle ne répondait pas, je poursuivis : « Je ne veux pas me mêler de vos affaires, à Jay et toi, mais c'est moi, le réalisateur, donc...

– Est-ce que vous avez l'argent ? »

Elle était sérieuse. Ça n'était pas une discussion amicale.

« On touche au but.

– Tant que vous n'y êtes pas, tout ça n'est qu'une histoire racontée par un idiot, pleine de bruit et de fureur et qui ne signifie rien blablabla.

– Tu as raison. Je sais. »

S'étant exprimée et ayant constaté que je ne la contredisais pas, elle s'adoucit. « T'es un mec bien, Pablo. Mon frère t'apprécie et il a un bon instinct avec les gens. Mais je ne suis plus sûre de vouloir faire le film. »

Ma priorité était de rester le plus calme possible. Sa démission compliquerait énormément les choses, notamment parce que la possibilité de travailler avec Avery était la principale raison qui avait poussé Jay à se lancer dans l'aventure.

Quand je lui demandai quel était le problème, elle me raconta la première fois qu'elle était venue à New York visiter la Juilliard School et le conflit intérieur qu'elle avait vécu alors. Elle aimait décidément beaucoup parler de Juilliard. Je m'installai et l'écoutai. Elle avait étudié le chant lyrique pendant cinq ans, mais ce qui la passionnait, ce qui l'exaltait, c'était de jouer la comédie : incarner un personnage complètement différent d'elle. Elle aimait la discipline liée à cette pratique, mais aussi l'abandon, le lâcher-prise, aux antipodes de la musique classique pleine de frontières et de contraintes. Elle décrivit le bonheur que lui procuraient les amitiés nouées sur scène, la camaraderie, les fêtes, l'ouverture d'esprit qui régnait dans ce petit monde. Elle avait participé à des spectacles au lycée, y jouant souvent le rôle principal, ce qui n'était pas banal pour une personne de couleur à l'époque dans le sud des États-Unis – dans le reste du pays non plus d'ailleurs.

Juste en face de cet appartement, elle avait passé son audition devant un jury de professeurs impassibles. Ensuite, elle et sa mère avaient longé les immenses Chagall de l'opéra, visions venues d'un autre monde, et tout ce qu'elle avait réprimé jusqu'alors : l'angoisse, l'impatience, la peur d'un échec qui déterminerait le reste de sa vie, elle avait tout laissé sortir dans un torrent de larmes libératrices. Sa mère, professeure de musique ayant passé sa vie à consoler des enfants émotifs, avait attiré sa fille de dix-sept ans vers elle et, comme tout parent fier et plein d'espoir, lui avait juré que les gens de cette école auraient de la chance de la compter parmi leurs élèves et que si tous ces Blancs – elle présumait à juste titre que tous les individus présents dans la salle, à l'exception de sa fille, étaient blancs – n'étaient pas assez malins pour le voir, d'autres seraient certainement plus perspicaces.

Elle me confia que le conservatoire était un cadre compliqué, exigeant, pour tous les étudiants, mais répéta que le fait d'être noire ajoutait un niveau de difficulté que les Blancs ne pouvaient pas connaître ni même concevoir. Elle avait été si profondément marquée par ses années d'apprentissage qu'elle y revenait sans cesse. Aussi fière qu'elle fût d'être passée par cette école, elle gardait de sa formation un souvenir plus qu'ambivalent.

Il y avait quelque chose d'obsessionnel dans son raisonnement. J'avais déjà entendu une version de ce discours au café, après son tour de chant au cabaret. Je ne la jugeais pas : les artistes de tout acabit peuvent être obnubilés jusqu'à la fin de leur vie par certaines expériences vécues dans leur jeunesse. Et pour que notre relation professionnelle fonctionne, je devais l'écouter. Ça n'était pas non plus comme si elle délirait. Elle était assez intelligente pour se demander à quel point ses sentiments étaient justes ou exagérés. Quand elle avait obtenu le rôle de Nora dans *Une maison de poupée*, ses collègues avaient-ils réellement réussi à surmonter leur sidération et à croire – comme l'exige le théâtre – qu'elle pouvait passer pour une épouse norvégienne du XIXe siècle, en particulier l'acteur blanc qui jouait son mari ? Comment interpréter certains regards, insistants ou fuyants ? Le professeur lui avait-il donné ce rôle par provocation ou parce qu'il estimait qu'elle était la plus apte à le jouer ? Pourquoi n'avait-elle pas été prise dans la pièce inspirée d'un fait réel à propos d'un groupe de terroristes qui détournent un avion jusqu'à Cuba ? Quand ce spectacle avait été programmé au Public Theater – une décision sans précédent – et avait reçu plus d'attention que tous ceux montés pendant qu'elle travaillait là-bas, elle avait failli tout arrêter. Il y avait des jours où elle se disait qu'elle se fourvoyait, que si sa couleur de peau était toujours un sujet, elle aurait mieux fait de se consacrer à la musique.

J'étais flatté qu'elle m'ouvre si librement son cœur. Nous étions en train de créer un lien – vraiment ? Je me plaisais à le croire – cet échange n'avait rien à voir avec Jay et il nous servirait sur le tournage, si le film se faisait un jour.

Elle me raconta qu'au printemps de leur dernière année, les élèves passaient une audition collective devant des agents et des directeurs de casting. Seule Noire de sa promotion, elle savait qu'elle attirerait l'attention et avait rapidement signé un contrat avec une des petites agences réputées de New York. Un professeur lui avait expliqué que les plus grosses maisons, ramifications des géants de Los Angeles, cherchaient des futures stars de cinéma, elle n'avait donc pas à s'y intéresser. Qu'est-ce que ça voulait dire ? Qu'une femme noire ne pouvait pas devenir une star ? Elle n'y avait jamais songé et d'ailleurs, pour beaucoup d'élèves de Juilliard, la notion de vedette avait quelque chose de vulgaire, mais elle avait été blessée par le commentaire. Son talent était indéniable, voire unique, et si elle rêvait de gloire au cinéma, de quel droit osait-on la sommer d'y renoncer ? Plus elle y pensait, plus l'idée de devenir une star lui plaisait. N'était-ce pas le meilleur moyen de prouver à ceux qui ne croyaient pas qu'elle pouvait se hisser au rang d'icône que le monde lui appartenait ?

Elle se leva de sa chaise et se dirigea vers la fenêtre.

« Tu vois ces Chagall ? dit-elle. Ils sont grands et beaux et ils occupent l'espace, tu comprends ? Tous ceux qui viennent au Lincoln Center se souviennent de ces œuvres. Parfois, je me mets là, et je les regarde parce que je n'arrive toujours pas à croire que je vis ici. » Je songeai à mon propre appartement et à sa vue nettement moins glamour. Heureusement que nous nous étions retrouvés chez elle.

Se tournant vers moi, elle dit : « Tu sais que c'est Jay qui m'a aidée à obtenir cet appartement ?

– Oui.

– Mais je paie un loyer. Et ma dette envers lui n'a rien à voir avec mes choix artistiques. Je ne vais pas dire que j'ai envie de devenir une star parce que ça risque de me porter malheur. Mais ça ne me dérangerait pas. Ce que je veux dire, c'est que j'ai une marge de manœuvre limitée et que je ne voudrais pas que mon premier grand rôle au cinéma soit dans… » Elle ne termina pas sa phrase, sans doute de peur de me vexer. Je savais ce qu'elle pensait : un projet sans budget, bas de gamme, esthétiquement nul. « Tu comprends ?

– On va faire un super film, dis-je. Tu es entre de bonnes mains. »

Si elle fut convaincue par une de ces affirmations, elle ne le montra pas. Je n'avais cependant pas l'impression qu'elle quittait officiellement le projet. Du moins, pas encore.

« J'ai envoyé le scénario à mon agent.

– Qu'est-ce qu'il a dit ?

– Il a bien aimé.

– Fantastique.

– Et il m'a déconseillé de faire le film. »

Cette nouvelle m'assomma. J'aurais dû m'y attendre. Seul un agent visionnaire ou complètement fou encouragerait sa cliente à s'engager sur un film comme le nôtre.

« Quoi ? Pourquoi ? » Je connaissais déjà la réponse.

Elle confirma mes soupçons : « Parce que tu n'as jamais réalisé de long-métrage et que Jay n'en a jamais produit. »

Son départ nous couperait dans notre élan. Il mettrait toute la machine à l'arrêt. Effaré par cette perspective désastreuse, je lui demandai si elle connaissait le réalisateur Robert Downey. Elle me dit que non. Je lui expliquai que c'était un Blanc qui avait réalisé un film brillant et provocateur intitulé *Putney Swope* à propos d'un Noir qui prend la tête d'une agence de publicité et vire tous les employés blancs sauf un. Il n'y avait aucun acteur connu au générique parce que Robert Downey n'en voulait pas. Le film avait fait l'effet d'une bombe dans tous les cinémas du pays, enflammant les spectateurs de toutes origines, il avait reçu des critiques dithyrambiques, des tonnes d'attention et allumé un de ces incendies culturels dont rêvent tous les réalisateurs. Je ne pouvais pas garantir que notre film remporterait le même succès, mais je lui promis que c'était ce que nous essayions de provoquer. Mon plaidoyer était sorti d'un coup, dans un souffle désespéré, comme si je passais une audition devant elle. J'essayais de lui transmettre ma passion, de la rendre palpable, de lui faire comprendre que j'étais prêt à tout pour réaliser un grand film dans lequel elle serait fière d'apparaître. Quand j'eus fini, elle me dévisagea un moment. Puis elle hocha doucement la tête.

«Je parie que ton agent t'aurait conseillé de ne pas faire *Putney Swope.*»

Elle ne confirma pas mon hypothèse. Au lieu de ça, elle mit un terme à notre entretien en m'annonçant qu'elle avait une audition plus tard dans la journée et qu'elle devait se préparer. Je brûlais d'envie de lui demander si elle était toujours avec nous, mais mon instinct me dit qu'il valait mieux ne pas insister. Je la priai de ne pas parler de ma visite à Jay. Il pouvait se montrer assez sensible sur le sujet.

40

La sueur coulait de tous mes pores, ruisselait de mes aisselles et le long de mon dos. Noyés dans un épais nuage de vapeur, deux hommes nus aux traits batraciens et panses rebondies baragouinaient en russe. Dans leurs peignoirs en éponge, un trio de rabbins hassidiques aux corps en forme de poires et barbes dégoulinantes palabraient en yiddish. Une paire d'artistes rachitiques en maillots de bain hawaïens discutaient des mérites du dernier album de Patti Smith tout en évacuant les drogues consommées la veille. L'humidité m'irritait la gorge et brûlait mes poumons. Le brouhaha étouffant était régulièrement ponctué d'arpèges de pets.

Enveloppés dans des serviettes usées, Jay et moi cuisions comme deux homards dans le sauna des bains russes de la 10e Rue Est. Deux jours après notre partie de pêche, nous avions été convoqués là par Marat. Habitué des lieux, il était enraciné à côté de nous sur un banc de bois, son corps musclé fourré dans un maillot en nylon de la taille d'un *knish*[1]. Des tatouages sophistiqués s'enroulaient autour de ses bras et de ses épaules en un amalgame d'images difficiles à identifier. Je crus voir un dragon cracheur de feu et un poignard dégouttant de sang. Le reste restait un mystère et je ne voulais pas qu'il se sente scruté.

« Le scénario est pas mal », commença-t-il sur le ton pris par les producteurs depuis des temps immémoriaux. L'avait-il vraiment lu ? Impossible de le savoir. Allait-il nous faire des critiques ? Jay et moi attendions. « Mais pourquoi y a pas zombie ? »

Nous n'avions pas anticipé cette question. Jay inspira une grande bouffée de vapeur et, laissant la sueur dégouliner de son menton lisse, expliqua patiemment à son cousin que ça n'aurait pas été malin de reproduire une formule existante, qu'il valait mieux créer quelque chose de nouveau et d'original. Marat réfléchit un instant et demanda s'il ne pouvait pas y avoir des scènes de kung fu. Si le prix à payer pour sa participation était une scène de kung fu, aucun problème, je ferais en sorte que le héros soit un maître des arts martiaux. Marat gloussa de satisfaction, savourant les pouvoirs que lui conférait le

1. Mot yiddish désignant un petit chausson farci.

titre de producteur. À ce stade, nous étions prêts à lui dire n'importe quoi. Je me préparais déjà à l'entendre exiger un rôle pour sa petite amie.

« Tous ces Noirs qui poursuivent un Blanc... » Il s'interrompit pour méditer à nouveau sur cette question. « C'est film d'horreur.

– C'est une façon de voir les choses, dit Jay. C'est aussi une histoire d'amour avec de l'action. »

Je lui précisai qu'en renversant le paradigme de l'homme noir pourchassé à travers des territoires hostiles par des hordes de Blancs sanguinaires et en créant un personnage de fugitif blanc poursuivi par des Noirs voulant l'enfermer dans un zoo, nous offririons une précieuse leçon d'empathie aux spectateurs blancs (qui s'identifieraient au gangster juif Ben Silk) et un moment de divertissement jouissif aux spectateurs noirs qui frissonneraient de plaisir en voyant les rôles inversés et l'homme blanc soudain privé de ses pouvoirs. Pour couronner le tout, l'histoire se déroulerait au rythme endiablé d'une musique disco qui, à elle toute seule, avait de quoi nous rendre riches.

Marat enregistrait toutes ces informations. Je sentis que Jay était épaté par l'argument musical. Tant pis si je détestais le disco.

« J'aime disco, dit Marat. John Travolta ! » Et il dodelina de la tête dans une imitation très minimaliste des prouesses de la star.

Les trois rabbins se levèrent de leur banc, plissant les yeux sans leurs lunettes, et sortirent l'un après l'autre. Ils furent bientôt remplacés par une paire de Russes tatoués et bedonnants qui reconnurent tout de suite Marat. En l'apercevant, leur expression changea imperceptiblement et, sans faire demi-tour, ils eurent un léger mouvement de recul. Ils le saluèrent avec déférence et discutèrent en russe quelques instants. Marat ne nous présenta pas. Dès qu'ils furent installés, il leur tourna ostensiblement le dos et baissa la voix.

« *Zadrotas* », dit-il en jetant un œil par-dessus son épaule. Ça n'avait pas l'air d'un compliment. À travers la brume, nous pouvions voir que les deux nouveaux venus étaient déjà plongés dans une conversation inintelligible. L'organisation sociale de la communauté d'immigrés nous dépassait, mais il était clair que Marat occupait une place plus élevée dans la hiérarchie. Il nous fit signe de le suivre hors du sauna.

« Le scénario c'est fou, déclara-t-il.

– Fou, c'est-à-dire bien ? » demanda Jay.

Marat leva le doigt pour réduire Jay au silence. « Et maintenant, *platza* », annonça-t-il. Avions-nous fini de parler du film ? Marat ne nous avait toujours pas dit s'il était prêt à le financer. J'étais déshydraté d'avoir autant transpiré et nerveux d'avoir été au contact de l'énergie intense de Marat pendant si longtemps. Sur le bateau, elle s'évaporait dans l'air marin, mais dans l'espace confiné des bains, elle se condensait et nous écrasait de tout son poids. Je ne savais pas ce que *platza* voulait dire, mais le regard de Jay me fit comprendre que nous avions intérêt à faire tout ce que Marat nous demandait.

Dans une pièce carrelée attenante au sauna, assis sur une table, la tête entre les genoux, je laissai deux Russes torse nu aux chairs molles me battre méthodiquement les bras, les épaules et le dos à l'aide de fagots de chêne aromatiques ce qui, en plus des vertus exfoliantes, me procura une sensation étonnamment agréable. J'avais l'impression de participer à un rite d'initiation avant d'entrer dans une confrérie slave complètement timbrée. La tension causée par mon laïus dans le sauna s'évanouit et malgré l'agitation tourbillonnante des masseurs qui continuaient leur flagellation, mon esprit se calma et ne s'occupa plus que du froissement des branches dans l'air humide. La séance de fouet avait été ordonnée par Marat et les sensations animales convoquées par cette pratique me parurent parfaitement en accord avec sa nature profonde. Visiblement, le sujet du film était clos.

Pendant que je me remettais de mes émotions, Jay et Marat allèrent se soumettre aux assauts de la *platza*. Marat insista ensuite pour que nous plongions dans une piscine si froide que j'eus peur de faire une crise cardiaque. Devant un troupeau de vieillards devisant sur des bancs dans plusieurs langues, Jay et moi grelottions dans l'eau glacée tandis que Marat folâtrait comme un ours polaire. Il devenait de plus en plus clair que nous endurions tous ces tourments pour rien.

Nous nous douchâmes et nous rhabillâmes en silence. Accablés, nous contemplions tristement notre échec. Marat était notre dernier espoir, nous avions raté notre coup, et pour une raison tordue, sadique, il avait décidé de nous torturer.

Nous attendîmes dans le hall pendant qu'il discutait en russe avec un réceptionniste barbu et baraqué en nous montrant du doigt. Ils riaient – sans doute de nous –, ce qui confirma le caractère inutile de notre entreprise. Me lancer dans un nouveau scénario après le naufrage de celui-là représentait une montagne que je n'étais pas prêt à gravir. Je redoutais de devoir appeler des journaux pour leur vendre des articles, encore plus de supplier Candy Mitchell de me réengager. Je voulais juste rentrer chez moi, boire une bière et regarder le basket à la télé.

Une fois dehors, mon corps, surstimulé par la chaleur torride, le froid glacial et les coups de fouet, se couvrit d'un voile de picotements qui attisa mon désespoir naissant. L'optimisme contagieux de Jay avait érodé mes penchants défaitistes, mais après des mois d'excitation liés à la mise en œuvre de ce projet, contempler la destruction imminente de tous ces faux espoirs me vidait de mon énergie.

Un mendiant approcha, le visage boursouflé par l'alcool, la paume crasseuse tendue vers nous. Une veste tachée pendait de ses épaules voûtées, son pantalon déchiré menaçait de tomber. Au coin de son œil jaune, une plaie suintait et sa langue roulait entre plusieurs dents cassées. Cette apparition funeste renforça la morosité ambiante.

« Aidez un citoyen américain », supplia-t-il.

Marat lui aboya de foutre le camp, mais au lieu d'obéir, l'homme resta immobile.

« Pas de place à l'hôtel ? » croassa-t-il d'un ton plein de défi. La paupière de Marat tressaillit. Sentant le danger, Jay posa délicatement la main sur l'épaule de son cousin. Puis il sortit son portefeuille, en tira un billet et le tendit au mendiant.

L'homme fourra l'argent dans sa poche, remercia Jay puis se tourna vers Marat et dit : « Que tout ce que tu aimes flétrisse et meure. » Une fois cette malédiction prononcée, il resta planté là, comme s'il attendait que Marat le frappe. Je repensai aux Russes déférents du sauna, à la façon dont ils s'étaient ratatinés devant leur compatriote. Les turbines du cerveau de Marat se mirent à tourner tandis qu'il décidait si l'affront méritait une correction ou non. J'avais entendu parler de ses accès de colère et je n'avais aucune envie de voir ce pauvre homme décharné devenir une tache sur le trottoir. Le danger plana dans les airs, puis, ayant regagné une once de dignité, le mendiant s'en alla.

« Gros tas de merde », cracha Marat.

Dans un effort pour détendre l'atmosphère, Jay siffla : « I love New York », tel un touriste face au slogan omniprésent. La stratégie eut l'air de fonctionner. Marat se déplia lentement. J'allais pouvoir poursuivre cette journée déprimante sans assister à une mise à mort. Il ne nous restait plus qu'à accomplir les formalités d'usage. Jay remercia Marat de nous avoir invités aux bains et, toujours de bonne composition, lui proposa de continuer à réfléchir et de nous faire savoir en temps voulu s'il voulait investir dans notre projet.

« Je vous donne argent », dit Marat. Avais-je bien entendu ? J'eus d'abord un doute. Mais Jay souriait ; l'affaire était conclue. Je n'en revenais pas. Nous avions trouvé notre sauveur.

J'appelai aussitôt Frank Bones pour lui annoncer que nous allions travailler ensemble.

41

Ce soir-là, Jay, Avery et moi allâmes fêter la nouvelle au Raoul's, dans Prince Street, et toutes mes craintes sur les hésitations d'Avery s'envolèrent. Nous mangeâmes des steaks-frites arrosés de champagne. Je regardai avec bonheur Jay et Avery vider leurs verres bras dessus bras dessous. Quand ils firent la même chose avec moi, je me dis que ce geste scellait notre amitié et augurait un brillant avenir pour notre film. Tout semblant de gêne et de doute issus de l'enterrement avait été oublié, toute réserve exprimée par l'agent de l'actrice mise de côté.

D'ordinaire réservée, Avery se lâchait : elle plaisantait, chantait des bribes de chansons, me serrait le bras pour imprimer en moi la différence entre le jeu à la caméra et le jeu théâtral. Elle comptait sur moi pour l'aider à trouver le bon équilibre, une requête qui, le champagne aidant, me fit rougir de plaisir. Nos espoirs atteignirent de nouveaux sommets quand nous nous mîmes à imaginer des lieux de projection prestigieux : à Cannes, Venise, au New York Film Festival (après tout, n'étions-nous pas fiers de notre ville ?), tous ces rassemblements de cinéastes et d'artistes d'envergure internationale venus rendre hommage à l'image en mouvement. Nous nous en donnions à cœur joie.

Pour livrer une description fidèle de la soirée, il faudrait que je parle de la pointe de mélancolie, à peine perceptible à travers les brumes d'alcool et de bonne humeur, que je ressentais en voyant Jay et Avery ensemble. Jeunes, sensuels et amoureux, ils formaient un couple brillant, glamour, iconique.

Il était difficile de ne pas faire de comparaison cruelle entre ce duo sublime et ma relation désastreuse avec Kit que j'avais malencontreusement autorisée à me rayer de sa vie. J'aurais voulu mettre notre rupture sur le compte de son égoïsme, sa frivolité, son libertinage, mais ça n'aurait pas été juste. Mes attentes n'avaient pas été réalistes.

Étais-je jaloux de Jay ? Bien sûr. Un petit peu amoureux d'Avery ? Sans doute. Mais je n'exprimai aucun de ces sentiments complexes – à quoi bon ? – et profitai pleinement de notre célébration. Dans notre ivresse, nous nous jurâmes que nous étions au début de longues années de collaboration, puis Jay et Avery sautèrent dans un taxi. Je les regardai s'éloigner, bifurquer dans la 6e Avenue. Ils allaient passer la majeure partie de la nuit à se déhancher au Studio 54 sur le disco assourdissant qui faisait fureur à l'époque, exaltés par leur passion, leur bonne étoile et l'avenir qui s'ouvrait à eux, transportés pendant quelques heures chimériques dans une rêverie de phéromones et de cocaïne. Je me dirigeai vers la Bowery dans une fugue aux notes presque joyeuses.

42

Quelques jours plus tard, on frappa à ma porte. C'était Kit munie d'un sac de courses. Elle ne pouvait pas savoir que le film allait se faire et pourtant, voilà qu'elle débarquait chez moi. Nous ne nous étions pas vus depuis la lecture au Wags Club.

« Je viens en amie », annonça-t-elle. Je m'écartai pour la laisser entrer. Elle posa son sac sur la table de la cuisine et en déballa le contenu, c'est-à-dire un poulet rôti, une boîte de cannoli achetée dans une boulangerie de Little Italy et un pack de bières.

« On a rendez-vous demain avec les services de l'immigration. »

Bien sûr ! J'avais complètement oublié cette histoire.

Elle sortit deux assiettes et se mit à découper le poulet qu'elle venait de cuire elle-même. En la regardant, je me demandai comment j'en étais arrivé là, avec cette femme, ma femme, qui déposait de la nourriture pour moi sur une assiette dans l'espoir que notre escroquerie vis-à-vis du gouvernement américain ne soit pas découverte.

Au cours du dîner, elle ne cessa de me témoigner sa reconnaissance. *Ma femme, ma femme*, répétai-je intérieurement. *Cette fille assise en face de moi, en train de picorer sa viande, est ma femme.* Je ne sentais pas entre nous de lien aussi fort que celui qui unissait Jay et Avery, mais je prenais plaisir à penser que Kit et moi accomplissions ensemble quelque chose de puissant, d'illicite.

Elle sortit un bloc-notes et un stylo de sa sacoche.

« Dis-moi tout ce que je dois savoir sur toi, dit-elle. Où tu es né, le nom de tes parents, les écoles que tu as fréquentées, tout.

– Ça t'intéresse maintenant ?

– Le fonctionnaire qui va nous interroger peut nous demander n'importe quoi. Il faut qu'on soit prêts. »

Cette perspective me stressait, mais j'obtempérai. Elle me tendit une feuille remplie d'informations.

« C'est quoi, ça ?

– Tous les faits importants sur moi. Apprends ça par cœur. »

Je n'étais pas préparé. Quand nous nous étions mariés, je n'avais pas du tout réfléchi à la suite. Nous devions nous soumettre à une inquisition migratoire ? Apparemment. Elle me demanda si je voulais bien prendre le temps de mémoriser tous ces détails. Je m'y engageai. J'avais le sens du devoir.

« Goûte les cannoli », dit-elle.

Dans *Le Parrain*, quand Sonny Corleone est assassiné, l'acteur Richard Castellano dit au tueur une phrase qui résonne à travers toute l'histoire du cinéma : « Laisse le flingue, prends les cannoli. » À cause de cette réplique, les cannoli ont toujours été ma pâtisserie préférée. Kit le savait. L'intention était touchante. Habile.

Après son départ, je réfléchis à mes options. C'était un peu tard. Il n'y en avait pas tellement. Bien que sa philosophie de femme libérée m'ait fendu le cœur, Kit était plus qu'une artiste, c'était une force indéniable, une source d'inspiration inattendue, un être qui ajoutait du piment à mon existence. Pour les gens comme elle, les frontières n'ont aucun sens. Et quand je songeai que l'échec de notre plan conduirait à son rapatriement dans un État policier raciste où les autochtones étaient forcés de vivre dans la pauvreté à l'ombre des cités blanches et prospères…

Mais. Mais. Mais.

La loi était ferme et le gouvernement, un adversaire redoutable.

Cette nuit-là, des rêves violents se glissèrent dans les brèches de mon sommeil agité. Un seul m'est resté : J'étais dans une petite pièce sans porte ni fenêtre. Assis sur une chaise à dossier très raide. Quelqu'un que je ne voyais pas se tenait derrière moi. Quand j'essayais de parler, ma bouche ne parvenait pas à articuler un mot.

43

Le jour de l'entretien qui devait déterminer si notre mariage était réel ou non, le ciel entre les immeubles de Foley Square était bleu vif. Je n'avais presque pas fermé l'œil de la nuit car, sous mes airs détendus, l'idée de mentir à un fonctionnaire du gouvernement me perturbait et j'avais commencé à douter de mes capacités à livrer une prestation crédible. J'avais essayé de retenir les informations que Kit m'avait fournies et en avais mémorisé à peu près la moitié. Je me voyais comme un candidat à un jeu télévisé s'apprêtant à échouer lamentablement. Kit et moi étions convenus de nous retrouver dans un café près des bureaux de l'immigration afin de faire un point sur notre stratégie. Quand elle se glissa sur la banquette en face de moi, je relisais la feuille qu'elle m'avait apportée la veille. Ses parents s'appelaient Carol et Richard. Je lui annonçai que j'avais bien réfléchi, que j'avais changé d'avis et que je n'allais pas mentir.

« Qu'est-ce que tu comptes faire alors ? » Elle avait la gorge serrée, la voix pincée.

« Je vais dire à la personne qui nous interrogera que j'ai une laryngite et que je ne peux pas parler. Je répondrai aux questions en faisant oui ou non de la tête.

– Oh non, fit-elle. C'est ridicule.

– C'est la meilleure solution. J'ai peur que ma voix me trahisse.

– Pablo, tu ne peux pas rester muet.

– Je ne sais pas jouer la comédie, moi. Je ne sais pas mémoriser un texte. Tous ces détails sur toi, je n'arrive pas à les retenir. Je t'assure que c'est la meilleure solution. »

Kit fut obligée d'accepter ma décision, même si, pendant le court trajet jusqu'au rendez-vous, elle persista à vouloir me faire changer d'avis. Je faisais la sourde oreille. Elle enrageait. Nous prîmes l'ascenseur jusqu'au 19e étage sans échanger un mot.

Nous fûmes reçus par M. Krish, un Indo-Américain élancé d'une trentaine d'années. Avec son costume sombre, sa chemise blanche, sa cravate en tricot, ses lunettes à montures noires, ses cheveux courts et sa raie sur le côté, il avait tout du petit fonctionnaire. La pièce était étroite et dépouillée. Sur son bureau ordonné, trônaient quelques photos de famille, dont celle d'une femme qui devait être son épouse légitime. Une fois tout le monde assis, il nous demanda depuis combien de temps nous étions mariés.

« Avant de commencer, dit Kit, mon mari Pablo a une laryngite donc c'est moi qui vais parler pour deux aujourd'hui. »

M. Krish eut l'air sceptique. Doutait-il déjà de la sincérité de notre union ? « Vraiment ? » s'étonna-t-il. J'acquiesçai. « Désolé d'apprendre ça. » Il me demanda si à part ça, je me sentais bien. Je fis oui de la tête. Kit et moi fûmes étonnés de le voir aussitôt plonger la main dans un tiroir, en sortir un bloc-notes et un stylo et les faire glisser vers moi. « Vous n'aurez qu'à écrire vos réponses. »

J'avais du mal à ne pas penser à la foule d'immigrés pleins d'espoir qui avaient foulé ce bureau spartiate avec leur conjoint. Des gens qui s'étaient mariés pour de vrai, qui avaient des projets d'avenir, des désirs d'enfants, et qui s'étaient efforcés de prouver à cet homme que leur union reposait sur l'amour et non sur le mensonge.

« Mais oui, Pablo, dit Kit sans ciller. Tu n'as qu'à écrire tes réponses.

– Très bien, reprit le Grand Inquisiteur en se tournant vers Kit. Depuis combien de temps êtes-vous mariés ? »

Kit lui montra notre certificat de mariage. Quand il lui demanda comment elle pouvait prouver qu'elle ne serait pas dépendante des aides de l'État, je lui tendis une pile de fiches de paie de *Classy*.

M. Krish nous montra alors qu'il ne plaisantait pas. Il me demanda : Où vous êtes-vous rencontrés ? Quels sont vos points communs ? Où a eu lieu votre premier rendez-vous ? J'écrivais péniblement des réponses détaillées avant de faire glisser le papier vers lui. Le procédé dura plusieurs minutes. Mes réponses s'étoffèrent. De temps en temps, je souriais à mon épouse fictive, simulant l'affection, espérant fourvoyer le bureaucrate. Il regarda Kit qui déclara en haussant les épaules : « Pablo est écrivain. C'est plus fort que lui. »

Enfin, l'homme perdit patience et se mit à assommer Kit de questions.

Quand a débuté votre relation amoureuse ? Au bout de combien de temps avez-vous décidé de vous marier ? Qui a fait la demande ? Quand vous êtes-vous présenté vos parents? Combien de personnes ont assisté à votre mariage? Est-ce que vos parents y étaient? Où la cérémonie a-t-elle eu lieu? Qui étaient les témoins? Où êtes-vous allés pour votre voyage de noces? Qui s'occupe des finances? Quelle est la date de naissance de votre conjoint? Êtes-vous déjà partis en vacances ensemble? Allez-vous à l'église? Quelle est votre date d'anniversaire de mariage? Prévoyez-vous d'avoir des enfants? Vivez-vous sous le même toit? Passez-vous beaucoup de temps ensemble? À quelle fréquence voyez-vous la famille de l'autre? Quand l'avez-vous vue pour la dernière fois? Que faites-vous pour les fêtes de Noël? Combien de frères et sœurs a votre conjoint? Comment s'appellent-ils? Votre conjoint a-t-il des neveux et nièces? Avez-vous des amis communs? Comment s'appelle le meilleur ami de votre conjoint? Où votre conjoint est-il allé à l'école? Qu'a-t-il étudié? Qui est son employeur? Depuis combien de temps travaille-t-il là-bas? À quel poste? Où a-t-il travaillé avant?

Le torrent de questions continuait à pleuvoir sur Kit, qui répondait sans hésiter, maîtrisant l'art de la tergiversation. Après environ vingt minutes de torture, je sentis que l'entretien touchait à sa fin.

On nous emmena ensuite dans des pièces séparées où on nous posa à peu près les mêmes questions. J'écrivis toutes mes réponses et malgré l'air hautement soupçonneux de M. Krish, je réussis le test.

Nous sortîmes du bâtiment sous un soleil radieux.

« Ne me remercie pas, dis-je. Maintenant on peut divorcer.

– Pas tant que tu ne m'auras pas donné un rôle dans *Le Dernier Homme blanc.*

– Il y a un rôle pour toi. » J'avais légèrement modifié le scénario et maintenant, l'ancienne femme de Ben Silk apparaissait dans un flashback. Kit me serra dans ses bras avec une fougue semblable à de l'amour. C'était une excellente actrice.

«Je sens qu'il va t'arriver des choses merveilleuses», dit-elle et en partant, elle m'adressa une révérence.

En rentrant chez moi, je trouvai un message de Frank Bones. Il voulait me voir pour parler du scénario. Tout se mettait en place.

44

En cette journée de printemps en technicolor, le repaire haut perché de Jay était baigné de soleil. Nous avions engagé un producteur exécutif qui avait pour mission de gérer le budget, recruter les membres de l'équipe et s'assurer que le film se ferait. Jay, Marat et moi écoutions Ross Morrow nous expliquer les étapes de production d'un long-métrage. C'était un homme grand et mince avec des cheveux blonds clairsemés et des lunettes d'aviateur. Il portait un blouson en cuir marron, une chemise en coton, un jean et des Doc Martens. À trente ans, il venait de terminer *Contre-nature*, un film d'horreur à petit budget à propos d'un monstre qui émerge d'une déchetterie toxique et terrorise une banlieue du New Jersey. L'esthétique du film nous intéressait beaucoup moins que le fait que Ross ait réussi à boucler le tournage à temps sans dépasser le budget.

Il transpirait l'autorité. Appuyé contre le dossier du canapé, une jambe posée sur l'autre, il nous apprit qu'il faudrait une semaine pour engager les différents chefs d'équipe et encore une pour recruter leurs collaborateurs. D'après ses savants calculs, il estimait que nous aurions vingt-cinq jours de tournage. Marat insistait pour que le projet se fasse rapidement. Nous convînmes donc de commencer à filmer six semaines plus tard. Six semaines seulement ! Après quoi, nos vies changeraient irrémédiablement.

Je ne pouvais m'empêcher d'observer Marat qui fixait Ross de ses yeux tombants comme un loup face à un herbivore des bois. Mais les producteurs exécutifs ont l'habitude d'essuyer les plâtres et si l'intensité du regard de Marat déstabilisait Ross, il n'en montrait rien. Mon seul souhait était que tout se déroule sans encombre.

Ross nous demanda si nous avions des questions.

Jay voulait savoir s'il était possible d'engager un directeur de casting noir qui serait en contact direct avec la vaste réserve de talents officiant sur la scène new-yorkaise. J'avais aussi envie de travailler avec un chef opérateur noir. Ross dit aussitôt qu'il connaissait quelqu'un. Nous parlâmes des syndicats en nous demandant si, compte tenu du budget, nous pouvions obtenir certaines dispenses. L'idée d'un tournage en studio et non en décors réels fut abordée, tout comme la location du matériel, le transport et le catering.

Marat écoutait la conversation en fumant à la chaîne des cigarettes sans filtre. Un grognement s'échappait parfois de ses lèvres, mais il était impossible de savoir s'il s'agissait d'un commentaire ou d'un relent gazeux. Il aspira une longue bouffée de tabac, cracha un épais nuage de fumée, resta silencieux un instant et lança :

« Tu peux faire ce travail ?

– Oui », dit Ross comme si la question était stupide.

Les pupilles de Marat semblèrent vouloir percer le crâne du producteur. Ross soutenait son regard, clignant des yeux derrière ses lunettes d'aviateur. Il avait eu affaire à des syndicalistes véreux ; il n'allait pas se laisser impressionner par Marat.

« Bien », dit Marat.

Au même instant, le soleil atteignit le point de sa trajectoire au-dessus de Manhattan tel que ses rayons frappèrent le jukebox, donnant vie à sa palette de verts, roses, violets et bleus. Dans un roman de réalisme magique, la machine se serait mise à jouer un air joyeux. Jay affichait une expression béate. Nous allions faire ce film.

Je marchai jusqu'au métro avec Ross qui habitait aussi dans Lower Manhattan. Marat l'intriguait. Je lui dis que j'avais passé peu de temps avec lui, mais qu'il avait réussi à réunir les fonds et que, tout en nous poussant à travailler vite, ce qui pouvait se comprendre quand le budget était serré, il ne se mêlerait pas des décisions artistiques. Nous n'avions aucune inquiétude à avoir.

« Je connais ce genre de type, avoua Ross.

– Il a des relations », dis-je en haussant les épaules. Je n'arrivais toujours pas à croire que l'univers allait me laisser réaliser un film. Cette perspective influençait toutes mes décisions. Marat s'était montré intimidant et louche, mais il était de notre côté.

« Qu'est-ce que tu veux dire ? » demanda Ross.

Qu'est-ce que je voulais dire ? Qu'il n'était pas un producteur comme les autres, que l'argent venait probablement de sources douteuses, qu'il y avait des tas de signaux alarmants que j'avais choisi d'ignorer ?

« Tu vas apprendre à l'aimer, dis-je. On va souvent pêcher ensemble. »

Ross haussa à son tour les épaules. Le milieu du cinéma était comme un souk oriental. Les esthètes les plus raffinés côtoyaient des brutes épaisses aux comportements proches de l'animal. C'était euphorisant. C'était la vie. C'était le printemps 1980 et nous allions faire un film.

45

Jay et Marat me firent comprendre que tourner en noir et blanc était hors de question. Après plusieurs échanges passionnés au cours desquels Jay m'assura que si *Le Dernier Homme blanc* marchait bien, nous pourrions tourner le prochain film en noir et blanc, je cédai. J'étais cependant déterminé à offrir une palette visuelle plus dynamique et plus élaborée que celle associée d'ordinaire à la blaxploitation. Je cherchais un jeune chef op' avec qui créer une œuvre d'art.

Chester Reed avait été formé à la NYU. À moins de trente ans, il avait été assistant opérateur sur plusieurs films, dont *Contre-nature*, et Ross estimait qu'il avait assez de talent pour être notre directeur photo. Il nous avait d'ailleurs montré son film de fin d'études que j'avais trouvé magnifiquement réalisé. Je lui donnai rendez-vous au Kiev. Grand homme noir de plus d'un mètre quatre-vingts, à la voix douce et aux gestes mesurés, il portait un jean, une veste en jean et des godillots. Une barbe mouche poussait sous sa lèvre inférieure. Il me fit savoir que même s'il n'avait jamais été chef op' sur un long-métrage et que c'était une formidable opportunité, il n'était pas sûr d'accepter le boulot.

« J'aime bien que le scénario soit grave et drôle à la fois, mais à propos de l'humour… j'ai un gros problème.

– C'est-à-dire ?

– Tu peux y aller à fond et tomber dans le cartoon ou faire un truc un peu plus subtil, plus artistique.

– Subtil et artistique, dis-je. Toujours. » J'avais soudain très envie qu'il accepte.

« Parce que ça ne m'intéresse pas de faire un cartoon.

– Moi non plus.

– Ça veut pas dire que ça ne peut pas être drôle par moments.

– Il faut que ce soit drôle par moments.

– Mais il faut que tu préserves la dignité des acteurs.

– Je tiens à leur dignité. »

Comme les réalisateurs et chefs opérateurs du monde entier, nous citâmes nos sources d'inspiration, parlâmes de ma vision pour certaines scènes, des différents plans que je prévoyais, des costumes, des objectifs des caméras, du format de l'image et de tout ce qui contribuerait à définir l'esthétique du film, notamment de la fameuse palette de couleurs puisque nous avions renoncé au noir et blanc. Chester connaissait l'histoire du cinéma en long et en large. Il mentionna ses directeurs photo préférés et partagea avec moi son admiration pour les œuvres des pionniers du cinéma indépendant comme Melvin Van Peebles et John Cassavetes, même si, en tant que caméraman, il trouvait que leurs films auraient pu être visuellement plus réussis.

Je lui parlai de l'évolution du scénario, de la portée de l'histoire et de mon envie profonde de réaliser le film. J'imaginais une œuvre mêlant les éléments de la blaxploitation à ceux d'un road movie à la Wim Wenders, un savant mélange d'action et de contemplation que j'espérais rendre avec lui au moyen d'images saisissantes.

La discussion dura des heures. Chester ne s'engageait toujours pas et nous nous quittâmes sur une poignée de main. Notre échange dut le convaincre car le lendemain, il m'appela pour me dire qu'il se réjouissait de travailler avec moi.

Ross eut plus de mal à trouver notre directrice de casting. Nous engageâmes finalement une femme noire qui avait été assistante de casting sur la tournée du succès de Broadway, *The Wiz*. Comme Chester, Ella Telfair allait être cheffe d'équipe pour la première fois, ce que Jay et moi avions décrété d'excellent augure. Le régisseur général était un Blanc nommé Dennis Hearn, un ancien militaire bourru originaire de Brooklyn qui n'avait pas peur de demander aux gens si on pouvait tourner chez eux et qui avait le don de trouver des décors pas chers. Les repérages avec lui me rendirent euphorique. Sillonner la région dans une camionnette voulait dire que le film devenait de plus en plus concret.

Marat surveillait nos dépenses d'un œil froncé. Il restait néanmoins au second plan, déboulant parfois dans les bureaux de la production situés dans un quartier industriel de Garment District, fumant à la chaîne, passant quelques coups de fil et discutant avec la secrétaire, une femme de Long Island nommée Jerette qui mastiquait constamment un chewing-gum.

46

Quelques semaines avant le début du tournage, Frank Bones m'invita chez lui. Il voulait parler de Ben Silk. Je fus étonné d'apprendre qu'il avait déménagé dans Riverside Drive, pas loin de Central Park, une adresse étonnamment tranquille et cossue pour un homme aussi indomptable. Je m'attendais à tout sauf à l'immeuble blanc de style Beaux-Arts devant lequel je m'arrêtai. Serrant mon sac en toile contenant le scénario, je sortis de l'ascenseur et cherchai la porte de Frank. Je m'accordai quelques instants pour savourer ma chance. Six mois plus tôt, je martelais une machine à écrire dans les bureaux d'un magazine porno, pondant des critiques de films X, et voilà que je m'apprêtais à entrer dans l'appartement d'un artiste que j'admirais pour discuter avec lui d'un scénario que j'avais écrit et d'un film que nous allions faire ensemble. C'était enivrant.

Je frappai fermement à la porte. Peu de temps après, elle s'ouvrit en grand et… Kit?

Elle était là, ma future ex-femme, pieds nus, souriant jusqu'aux oreilles. Ses pieds nus reflétaient son approche de la vie, son sourire le plaisir que son ascension lui procurait. Le reste de son corps était dissimulé par un jean et une chemise d'homme. Dans l'entrée, contre un mur, son vélo.

Elle déposa un baiser sur mes lèvres et m'invita à entrer. Comme la tragédie selon Aristote, Kit était à la fois surprenante et inévitable. En entrant, je repensai à notre nuit d'ivresse au clair de lune sur la plage, au ciel constellé d'étoiles, aux soupirs des vagues. Ma muse!

Jules et Jim et…

«Frank est dans la chambre», annonça-t-elle. Je hochai la tête, encore sonné par sa présence. «Tu te rends compte qu'on va tous travailler ensemble?

– Oui», articulai-je péniblement.

Elle proposa de faire du café et alla s'activer dans la cuisine ouverte. Elle semblait connaître parfaitement les lieux. Évidemment. Le salon accueillait un canapé marron élimé, deux fauteuils en tissu de couleur verdâtre et une table basse rectangulaire en bois couverte de taches sur laquelle étaient posés une pile de *Rolling Stone*, un sachet d'herbe et des feuilles à rouler. Au sol, un tapis oriental avec quelques trous de cigarettes. Contre le pan du mur attenant à la cuisine, une table en formica et deux chaises en vinyle. Sur la table, des assiettes et des restes de nourriture chinoise dans des boîtes en carton. Contre un autre mur, une étagère bourrée de livres de poche et une chaîne hi-fi d'où s'échappait doucement la voix d'Otis Redding. Je regardai à la fenêtre, en direction du New Jersey, et tentai de mettre de l'ordre dans mes pensées confuses.

« Ça va pour toi, mon frère ? »

Un homme noir avait surgi derrière moi. Qui était-ce ? J'étais censé retrouver Frank. Avec Kit et cet inconnu, voilà que nous étions quatre. L'homme me sourit et me fit une petite démonstration de shimmy[1]. Je compris alors que le danseur n'était autre que Frank Bones. En blackface.

« Je suis le dernier homme blanc incognito !

– Il a la classe, non ? » s'extasia Kit en débarrassant la table.

J'étais là depuis moins de cinq minutes et la situation m'échappait totalement. Abstraction faite de la portée du geste de Frank – ce qui n'était pas simple – la couche de maquillage me parut excessive. Ça n'avait pas l'air d'un gag.

Des tas de questions se bousculaient dans ma tête, mais la plus pressante :

« Pourquoi tu es en blackface ?

– Parce que j'ai eu une idée géniale et comme tu es le réalisateur, j'ai eu envie que tu la voies. »

Encore flatté d'être appelé « le réalisateur », je tentai de renvoyer l'image de sérieux qui allait avec, ce qui n'était pas facile face à cette apparition déconcertante. Le chapeau de proxénète en velours à larges bords que portait Frank ne me facilitait pas la tâche.

« Frank, le film s'appelle *Le Dernier Homme blanc.* » Pour être sûr d'être entendu, j'insistai lourdement sur le mot « blanc ».

---

1. Danse d'origine afro-américaine datant de la fin du XIXe siècle.

«Je sais, babe. Mais on passe à côté d'un truc. Si mon personnage essaie d'aller de New York à L.A. et qu'il est le seul Blanc sur Terre, tu ne crois pas que je devrais essayer de me déguiser en Noir ? »

Kit nous servit des cafés et nous nous assîmes, moi sur une chaise, les deux autres sur le canapé. Frank commença à rouler un joint.

« On travaillait sur notre scène, expliqua Kit en parlant du bref moment du film où elle jouait l'ex-femme de Ben Silk. Et Frank m'a expliqué son idée. Au début, je me suis dit non, mais ensuite… ouais ! »

Vu le caractère délicat de la situation, je refusai le joint que Frank me tendait. Être défoncé n'allait pas m'aider. Il fallait que je préserve l'enthousiasme de mon acteur tout en affirmant mon autorité.

« Ta proposition n'est pas bête, commençai-je.

– Ne me prends pas de haut, babe. » Pour un grand fumeur de marijuana, il était assez irritable.

« Personne ne te prend de haut ! » J'avais envie de crier : Ça n'est pas dans le scénario ! Mais je ne pouvais pas parce que celui qui tient le rôle principal devient de fait un partenaire créatif à part entière. « Dans la logique de l'histoire, l'idée de se déguiser en Noir est plausible, mais pense à tout ce à quoi on renonce en faisant ça !

– À un film moins bon ? »

La pique me blessa, mais je décidai de ne pas relever. « Si tu as l'air d'un Noir, il n'y aura plus aucun Blanc dans l'histoire, ce qui n'est pas grave en soi, mais le film parle du dernier homme blanc donc il faut absolument qu'on ait ce contraste de l'îlot blanc perdu au milieu de la mer noire. »

Frank tira sur son joint, retint la fumée, toussota et souffla. « On est où là, dans les putain de *Cahiers du cinéma*? C'est marrant! » Il passa le joint à Kit qui en avala une bouffée.

« Et je ne suis pas sûr que les acteurs noirs aient envie de jouer avec un mec blanc en blackface, ajoutai-je. Ils risquent de se sentir insultés.

– Je croyais que c'était une comédie. »

C'était un film d'aventures avec une dose de satire et quelques notes dramatiques, mais pour un comique, tout était prétexte à servir le rire universel. Je n'allais pas me lancer dans une discussion théorique sur l'humour avec Frank. C'était comme débattre de la nature du bore avec un chimiste.

« Les gens se griment en Noirs quand ils sont entre Blancs, fis-je remarquer, parce qu'ils sont relax avec ça. Toi, tu vas travailler avec des acteurs noirs et ils risquent de ne pas tous être aussi relax.

– Les Noirs sont génétiquement plus relax que les Blancs.

– Qu'est-ce que ça te ferait si une bande de mecs noirs se déguisaient en Juifs hassidiques ?

– Si tu me dis où ils jouent, je prends mes billets tout de suite.

– Ce serait hilarant », ajouta Kit, à mon grand désespoir.

L'image de deux Noirs déguisés en Juifs hassidiques était très mal choisie. J'aurais sûrement payé pour voir ça, moi aussi. Comment convaincre un être aussi narcissique que Frank ?

« Tu as du respect pour Avery, pas vrai ?

– Elle est l'avenir du théâtre américain, babe.

– Tu veux qu'une actrice que tu respectes pense que tu te moques d'elle ?

– Je me moque de qui ?

– Réfléchis une seconde : tu débarques comme si tu sortais tout droit d'un *minstrel show* face à une actrice formée au conservatoire qui vient de jouer dans une pièce de Strindberg. »

Cet argument le fit réfléchir. Il était impatient de travailler avec Avery parce que tout comique qui n'est pas un toquard espère être un jour pris au sérieux. Et pour Frank, les intérêts de Frank primaient toujours sur tout.

« Tu veux dire qu'elle n'a aucun sens de l'humour ?

– Pas du tout. Je veux dire qu'elle s'est engagée sur la base du scénario et que personne n'est en blackface dedans.

– Parle-lui-en.

– Je le ferai. » Il n'en était pas question.

Frank ajouta : « La comédie meurt un peu à chaque fois qu'on se demande ce que vont penser les gens. »

Nous pourrions débattre de ce point un autre jour.

Je travaillai avec eux la scène que j'avais ajoutée pour montrer que Ben sortait d'une relation compliquée. Kit était parfaite. J'eus du mal à me concentrer parce que Frank resta en blackface pendant toute la durée de ma visite, bien qu'il consentît à retirer son chapeau. Nous passâmes en revue plusieurs autres scènes pour lesquelles Kit accepta de lui donner la réplique. Après les critiques de Frank, j'étais rassuré qu'elle soit là. Les tensions qu'il y avait eu entre nous s'étaient apaisées et à ce stade, j'étais plus occupé à faire un bon film qu'à démêler mes sentiments à l'égard de ma future ex-femme. Quand je les quittai, Frank semblait serein. Si je ne le croisais pas par hasard au bureau où il devait retourner pour des essayages, notre prochaine rencontre aurait lieu sur le plateau.

47

L'homme qui finançait notre projet, avec son argent et celui d'individus anonymes, était Sergei Balagula, un immigré russe à la notoriété apparemment considérable. Je dis « apparemment » parce que je n'avais jamais entendu parler de lui. Quand Marat citait son nom, c'était avec un mélange de respect et non pas de peur – rappelons que Marat n'avait peur de rien – mais, disons, de déférence. De très grande déférence. Dans l'écosystème en train d'émerger au sein des anciens membres de l'Union soviétique avides de se tailler une place sur les côtes ravagées de Brooklyn, Balagula tenait lieu de superprédateur. Quand Marat prononçait son nom – *Ba-la-gouuu-la* – le *ou* guttural de *goula* produisait une sorte d'affaissement sonore qui menaçait de l'engloutir tout entier. Il nous dit : « Balagula aime scénario, il veut savoir quand ça commence tournage, quand termine, quelle scène en premier, à quel endroit c'est tournage et s'il y a un rôle pour sa fille qui veut être actrice. »

Sa fille qui veut être actrice.

Un projet décousu comme le nôtre avait évidemment de quoi tenter un père aimant et ambitieux dont l'enfant rêvait de briller dans son pays d'accueil. Et même dans ma naïveté de jeunesse, j'aurais dû m'y attendre car l'histoire de la fiancée ou de la fille du producteur qui veut être actrice et obtient un rôle en échange des fonds nécessaires est un cliché qui remonte au moins à *Citizen Kane* et sans doute même à Euripide. J'avais vaguement anticipé une demande de Marat pour le compte d'une maîtresse attirée par le septième art, mais voyant qu'elle n'arrivait pas, j'avais baissé la garde.

Nous chargeâmes Marat d'informer son ami que le seul rôle de femme blanche avait déjà été attribué à une professionnelle, mais que nous pourrions prendre sa fille comme figurante si elle acceptait de porter un grand chapeau et un foulard sur le visage. Nous avions encore des tonnes de détails à régler et le grand jour approchait avec l'inexorabilité d'un solstice.

Jay et moi étions dans les bureaux de la production en train d'ajuster le budget avec Ross – pouvions-nous éliminer certains éléments de costume, ce qui nous permettrait de louer du matériel de meilleure qualité ? – quand Marat arriva en compagnie d'une belle jeune femme en robe moulante et talons hauts. Des cascades de boucles brunes tombaient sur ses épaules et elle était maquillée comme une voiture volée. Marat m'informa discrètement que nous devions lui trouver un rôle et que ça n'était pas négociable. Ross sortit fumer une cigarette et Evgenia Balagula s'assit avec Jay, Marat et moi. Aussitôt, un nuage tenace de parfum fruité nous enveloppa. Elle avait confondu le look d'une actrice de cinéma avec celui d'une pute de luxe et bien qu'elle eût l'air d'avoir trente-cinq ans, son passeport indiquait qu'elle en avait dix-huit. Le fait qu'elle nous remercie de lui offrir l'occasion d'améliorer son anglais ne présageait rien de bon.

L'idée de faire jouer Evgenia était tellement absurde et j'étais tellement sûr que Jay trouverait le moyen de nous tirer de ce mauvais pas que l'échange resta courtois. Chacun jouait son rôle à la perfection et Evgenia n'avait rien d'insistant, en dehors de son parfum.

Son accent était aussi rude que l'hiver à Novossibirsk et, pendant un quart d'heure, nous la ménageâmes en lui posant des questions comme s'il s'agissait d'une véritable audition. Où avait-elle fait ses études ? À l'ombre des montagnes russes de Coney Island, au lycée Abraham Lincoln. Je lui demandai un portrait photo, mais elle ne connaissait pas ce mot. Personne ne fit allusion à son CV inexistant. Ma grand-mère venait de la même partie du globe qu'elle et quand je lui fis part de cette information dans le but de la mettre à l'aise, elle n'eut pas l'air de percuter. Malgré la barrière du langage, elle se montrait avenante. J'étais cependant sans cesse distrait par la façon dont elle se tenait droite sur sa chaise, les seins pointés vers l'avant.

Que pensait-elle ? Que nous détenions la clé de la réussite à l'américaine, la possibilité d'être une star comme celles des affiches géantes placardées devant les cinémas décrépis de la grande ville ? Dans ses yeux bleus scintillants, notre modeste QG prenait des allures de tremplin vers des lendemains enchantés. Son attitude oscillait entre la gratitude et l'obséquiosité. Elle nous traitait comme des personnages d'une importance considérable et non comme les novices pleins d'idéaux que nous étions.

La directrice de casting était dans les parages et, dans un souci de vraisemblance, Jay proposa de faire passer une audition à Evgenia. Elle pourrait ainsi dire à son père qu'elle avait été reçue comme une vraie actrice. L'idée n'était pas mauvaise.

Assise à son bureau, Ella Telfair triait des portraits et des CV. Femme stylée d'une quarantaine d'années, elle portait un châle rouge et de gigantesques anneaux dorés qui se balançaient juste au-dessus de ses épaules. Elle me scruta à travers ses lunettes à larges montures tandis que je lui exposais la situation d'un air contrit.

« La Blanche va auditionner pour un rôle de Noire ?

– Pas pour de vrai, m'excusai-je.

– Tu sais que je suis occupée à recruter des acteurs pour ton film ?

– J'apprécie tout ce que tu fais. S'il te plaît, joue le jeu.
– Elle est russe ?
– Oui.
– Russe née ici ou…
– Ça ne prendra pas plus d'une minute. »

Ella salua Evgenia avec indifférence et lui tendit des extraits de la scène où Viv Piston cache Ben Silk chez elle et reçoit la visite de sa sœur fouineuse. Evgenia lirait le rôle de la sœur, Ella celui de Viv. Une page de dialogue. Ella, Jay et moi prîmes place sur le canapé, Evgenia sur une chaise.

Ce fut un désastre.

En tant qu'actrice, Evgenia avait deux couleurs : furieuse ou séductrice. Si la colère pouvait fonctionner dans une scène entre sœurs comme celle-ci, la séduction pas du tout. Ça n'arrêta pas Evgenia qui oscilla entre les deux sans raison particulière. Elle jouait la colère, puis la séduction, puis les deux à la fois. C'était abominable. Ella restait de marbre, mais après la troisième lecture, elle regarda Jay et moi l'air de dire : C'est bon, les Blancs, vous en avez assez vu ?

Comprenant l'allusion, Jay remercia Evgenia d'être venue. Il se leva et lui tendit la main. Perplexe, elle se leva à son tour et l'attrapa. Pourquoi la rencontre prenait-elle fin puisque tout le monde s'amusait si bien ? Quand nous sortîmes du bureau d'Ella, Marat leva les yeux de son *Daily News* et nous demanda comment ça s'était passé.

« Très bien », s'extasia Evgenia.

Toujours très diplomate, Jay dit : « Cette fille a du talent. »

Elle nous invita aussitôt à dîner chez ses parents le lendemain.

« Mon père veut que vous venir », insista-t-elle.

Jay et moi échangeâmes un regard. C'était transgresser une frontière tacite, mais comment refuser ? Sans Sergei Balagula, nous n'aurions pas pu faire ce film. Nous nous mîmes à bafouiller, mais Marat promit que nous serions au rendez-vous, Evgenia retrouva le sourire et nous serra à tour de rôle dans ses bras. Quand elle partit dans une traînée de senteurs tenaces, je dis à Marat qu'il allait devoir expliquer au père qu'il n'y avait pas de rôle pour elle. Accepter un dîner était une chose, mettre en péril l'intégrité du film en était une autre.

« Si on fait un mauvais film, ajouta Jay, tout ça n'aura servi à rien. »

Marat grogna. Nous étions au pied du mur. Qui pouvait prévoir la réaction de Balagula ? Il déciderait peut-être de se retirer du projet. Ou bien il accepterait notre décision et resterait dans l'ombre jusqu'à la première. Y avait-il moyen de négocier ? Pas vraiment. Même en renonçant à Kit, il n'était pas question de confier une scène entière à une actrice aussi dépourvue de talent.

Enfin, Marat déclara : « Vous allez dire à Balagula qu'il y a pas rôle pour Evgenia. »

Je ne m'étais jamais senti aussi sûr de moi. Je dis à Marat que je m'en chargerais.

48

Le lendemain soir, nous étions dans la voiture de Jay, coincés dans les embouteillages de Manhattan, à nous demander si nous devions engager Early McCray, quand Jay se gara sur une place interdite près de la 11e Rue et me dit d'attendre dans la voiture. Je le regardai entrer dans un deli. Quelques minutes plus tard, il en sortit muni d'une petite boîte blanche fermée par une ficelle.

« Une *babka,* dit-il en posant la boîte entre nous. On n'arrive jamais les mains vides. »

Cette attention délicate ne m'était pas venue à l'idée. J'admirais son élégance.

Les Balagula vivaient dans une rue paisible de Brighton Beach, à quelques pas de l'océan, dans une maison modeste. Jay avait appris par Marat que l'homme que nous allions rencontrer dirigeait plusieurs affaires lucratives dont nous ne devions pas parler et qu'il lui arrivait d'avoir des excès de générosité, de boisson et de violence. Si ce dîner était le prix à payer pour réaliser notre film, nous étions prêts à garder l'esprit ouvert. J'avais récemment entendu le proverbe : Derrière toute grande fortune, il y a un grand crime. Par conséquent, dans le capitalisme, l'innocence était un mirage. Nous étions lucides. Du moins, nous le pensions.

Marat nous ouvrit la porte – son haleine sentait-elle la vodka ? – et nous mena au salon où un tank d'une cinquantaine d'années nous accueillit, la main tendue. De fins cheveux noirs plaqués en arrière. Un nez abîmé sur un visage plat au teint basané. Des petits yeux enfoncés de créature marine assassine. Les deux premiers boutons de sa chemise étaient défaits, dévoilant son torse velu et le fragment d'un tatouage alambiqué. Quand il serra ma main entre ses gros doigts, je crus qu'il allait broyer mon troisième métacarpien. C'était Sergei Balagula.

« Bienvenue chez moi, grommela-t-il. Ce soir, nous devenons amis.

– Amis pour la vie, dit Jay.

– Très bons amis », ajoutai-je.

Jay tendit la *babka* à notre hôte. Celui-ci leva la boîte vers son nez, renifla et fit une moue qui ressemblait à un sourire. Une réaction étonnamment touchante. Il se tourna vers le salon et nous invita à nous asseoir.

Des meubles en bois massif et velours rouge recouverts de plastique. Sur le sol, d'épais tapis. Sous un miroir doré, un buffet si richement sculpté que je n'aurais pas été étonné d'apprendre qu'il renfermait les reliques du dernier tsar. Sur un mur, trois longs sabres et au-dessus de la cheminée, une peinture à l'huile représentant une scène naïve de moisson russe. Jay et moi prîmes place sur le canapé, les deux autres dans des fauteuils. Tous les rideaux étaient tirés. Des lampadaires diffusaient dans la pièce une lumière trop vive.

Balagula vit que je regardais le tableau.

« La famine en Ukraine, dit-il. Vingt millions de morts. » J'avais visiblement mal interprété la scène. En y regardant de plus près, j'aperçus un cadavre couché dans un champ aride. La bonne nouvelle était que nous avions affaire à un amateur d'art.

Balagula posa la *babka* sur la table basse et aligna quatre verres à liqueur. Il les remplit de vodka, leva le sien et prononça quelques mots en russe. Nous bûmes tous. Il nous resservit et nous vidâmes encore une fois nos verres.

Puis il sortit un couteau de sa poche et le déplia d'un coup sec, avec l'aisance de celui qui maîtrise le maniement des armes blanches. C'était aussi impressionnant qu'effrayant. Il coupa la ficelle de la boîte, sortit la *babka* et en coupa une part pour chacun.

Au lieu d'en couper une pour lui, il arracha un morceau et le fourra dans sa bouche. Puis il demanda qui était le réalisateur.

« C'est moi », dis-je sans toucher à ma brioche. Je ne voulais pas parler la bouche pleine.

On entendait des voix d'hommes étouffées venues de la cuisine. Combien de personnes se trouvaient dans cette maison ? Et s'il y avait une Mme Balagula, où se cachait-elle ? Et où était Evgenia ?

« Ton âge c'est quoi ? » demanda Balagula. Je sentais qu'il traitait les gens qu'il n'aimait pas de la même façon que la syntaxe. Il fallait qu'il m'apprécie.

« Le même âge qu'Eisenstein quand il a tourné *Le Cuirassé Potemkine.* »

J'étais calé en cinéma russe et prêt à disserter toute la nuit non seulement sur ce film, mais sur l'intégralité de l'œuvre majeure du réalisateur. Balagula marmonna quelque chose en russe à Marat. J'avais mal jugé mon interlocuteur. Ça n'était pas un cinéphile.

« Dis-lui quel âge tu as, ordonna Marat.

– Vingt-six ans. »

À nouveau, il regarda Marat et prononça une phrase russe qui ressemblait à une question. Marat termina sa part de *babka* et lui offrit une réponse pleine de consonnes râpeuses enchâssant mon nom, me pointant du doigt et hochant la tête comme pour signifier que dans un monde de mauvaises options, Pablo Schwartzman n'était pas la pire. Balagula eut l'air d'accepter ses arguments.

« Donc, monsieur Balagula », tentai-je – Marat nous l'avait présenté par son nom et son prénom, mais j'optai pour la marque de respect –, « quels sont vos films préférés ? »

À son air perplexe, je devinai qu'il n'était pas habitué à répondre aux questions des gens qu'il venait de rencontrer. Après un bref silence, il répondit : « Charles Bronson. » Bien que *Charles Bronson* ne fût pas un film à proprement parler, ce nom traduisait le goût de notre hôte pour la violence et le châtiment.

« J'aime bien les histoires de vengeance aussi, dis-je.

– Vous êtes aux États-Unis depuis combien de temps ? » demanda Jay.

Encore un silence au cours duquel j'entendis des bruits de vaisselle dans la cuisine. Qu'est-ce qui se passait là-bas ? Balagula nous jetait des regards carnassiers en titillant du bout de la langue un morceau de nourriture coincé entre ses dents.

« Assez les questions », dit Marat.

Loin de moi l'idée de le contredire.

Jay et moi échangeâmes un regard. Factotums au service d'un investisseur, nous subissions une évaluation et notre meilleure stratégie était de ne donner aucune raison à notre hôte d'avoir une mauvaise opinion de nous deux. J'attendais des indications sur la marche à suivre. C'est alors que Jay se mit à briller.

« Monsieur Balagula, déclama-t-il. Laissez-moi d'abord vous dire combien nous sommes heureux de faire ce film. Pablo et moi vous sommes extrêmement reconnaissants pour votre aide et je peux vous garantir un retour sur investissement assez conséquent. Nous avons pris toutes les dispositions nécessaires... » Il poursuivit dans cette veine pendant plusieurs minutes et bien que le Russe ne comprît certainement pas tout ce qu'il racontait, il en capta les grandes lignes, soit que son argent était entre les mains d'un homme capable et charismatique qui tiendrait ses engagements. Quand Jay citait mon nom, j'acquiesçais tout en m'efforçant de projeter une sérénité suggérant de longues années d'expérience et une maîtrise totale de mon art. Jay conclut en disant que c'était un honneur de faire affaire avec lui et qu'il espérait que cette collaboration cinématographique serait la première d'une longue série de succès. J'avais du mal à garder mon sérieux.

Je sentis une présence nouvelle dans la pièce. Un jeune homme nous avait rejoints : grand et athlétique, vêtu d'un T-shirt moulant, des cheveux courts plaqués en arrière et une tête de serpent tatouée dans le cou. Il n'avait pas l'air de travailler dans le cinéma. Balagula et Marat ne lui prêtèrent aucune attention.

Evgenia n'était toujours pas là et il ne nous sembla pas opportun de mentionner son nom. Balagula dit quelque chose en russe à Marat et ce dernier nous informa que nous allions changer d'emplacement. Le ventre noué par le stress, je n'avais pas touché ma *babka.* Ne voulant pas la laisser sur la table, je remis ma part dans la boîte.

« Tu fais quoi ? demanda Marat.

– Je ne voudrais pas gâcher », dis-je.

Balagula nous regardait. Jay avait déjà mangé sa part.

« Tu as touché *babka,* dit Marat. Tu veux que lui, il mange *babka* que tu as touchée ? » Il parlait de Balagula, bien sûr. J'avais commis une grosse erreur. J'attrapai aussitôt la part abandonnée et la fourrai dans ma bouche sèche. Puis, je me demandai si je n'aurais pas mieux fait de tenir tête à Marat. Après tout, c'était moi le réalisateur. Céder si vite n'était pas le signe d'une très grande force de caractère.

49

Balagula insista pour que Jay et moi nous serrions tous les deux à l'avant de la Cadillac Brougham. L'inconnu au tatouage de serpent s'installa au volant, Marat et Balagula à l'arrière. Tandis que les trottoirs et devantures de Brighton Beach défilaient sous nos yeux, Jay discutait du film et je m'étonnais de notre situation. Balagula m'inquiétait plus que Marat parce qu'il n'avait aucun sens de l'humour. Marat avait l'air d'un homme qui broie du métal avec les dents, mais il était capable de plaisanter. Balagula me faisait penser à un animal sauvage, aux aguets, prêt à bondir. Sous son regard calculateur, sa nature violente était palpable. On la sentait dans ses coups d'œil opaques, ses silences. Je n'aimais pas la configuration dans laquelle nous nous trouvions car il n'était pas dans mon champ de vision. À l'arrière, les deux hommes parlaient dans un russe guttural, une langue que j'associais à l'élimination systématique du point de vue adverse. Pas aussi malveillante que l'allemand, bien sûr, mais pour des oreilles américaines, aucune parole ne semble amicale en russe. Le chauffeur gardait les yeux fixés sur la route. Quand le babillage de Jay prit fin, lui et moi restâmes silencieux.

Nous nous arrêtâmes devant l'Odessa, lieu de rendez-vous des Slaves en mal du pays venus y respirer le parfum de leur mère patrie. Le maître d'hôtel était un homme d'une cinquantaine d'années doté d'un casque de cheveux noirs parfaitement peignés et d'un visage de boxeur couvert de cicatrices. Il accueillit Balagula avec le plus grand respect. Pendant qu'il nous conduisait à notre table, Marat glissa à Jay et moi que notre hôte était un des propriétaires de l'établissement. Le décor ressemblait à une sorte de Las Vegas à la sauce Vitebsk. Sur un des murs, une fresque gigantesque représentait le grand escalier d'un palais des Romanov. Des serveurs en vestes vertes naviguaient entre les tables, portant à la clientèle d'Europe de l'Est des plats odorants remplis de nourriture fumante. Sur un podium à l'avant de la salle, entre deux statues de cosaques en bois grandeur nature, un homme replet d'un certain âge engoncé dans une veste trop serrée chantait des tubes de pop russe, accompagné par quatre musiciens. Quand nous nous assîmes sur des chaises dorées près de la scène, le crooner adressa un salut à Balagula.

Une bouteille de vodka apparut et nous bûmes encore plusieurs verres. Arrivèrent ensuite des plats de saumon fumé, et des blinis. Notre hôte se détendait. Il nous parlait dans un mélange de russe et d'anglais et comme nous ne comprenions pas les trois quarts de ce qu'il disait, nous hochions la tête avec complaisance. Jay et moi avions passé notre audition; l'ambiance était plus légère, festive. La gêne du début s'était estompée, sans avoir complètement disparu.

Après un roulement de tambour, le chanteur annonça avec un accent prononcé: «…une invitée de marque ce soir, je vous demande d'applaudir bien fort…» et c'est alors qu'apparut sur scène Evgenia avec les musiciens. Ma main qui tenait un morceau de pain noir couvert de saumon fit tomber le tout dans l'assiette. En talons aiguille et combinaison de satin rouge au décolleté dévoilant sa poitrine volumineuse, Evgenia s'avança vers le micro, savourant les tièdes applaudissements de la salle à moitié vide. Sous le regard alcoolisé, mais toujours vigilant du père, Jay et moi l'encourageâmes avec enthousiasme. Elle agita la main dans notre direction. J'aurais voulu rentrer dans ma coquille.

«J'ai écrit cette chanson qui s'appelle *Une chose dangereuse commence.*»

Elle fit signe aux musiciens et se mit à entonner une ballade à propos d'une histoire d'amour impossible à Leningrad. Au milieu du deuxième couplet, un serveur fit tomber un plateau de verres. Je me tournai vers notre hôte. Il était tellement ébloui par sa fille qu'il n'avait pas entendu le bruit. À vrai dire, elle ne s'en sortait pas si mal. Enfin, elle était capable de chanter une chanson jusqu'au bout. Je repensai au soir où j'avais eu la chance d'entendre Avery et au désespoir qui nous avait conduits là, dans ce restaurant russe, des faux sourires plaqués sur les lèvres, à supporter les roucoulements d'Evgenia. Je regardai Jay qui haussa les épaules. À la fin de la chanson, nous applaudîmes.

« Bien, non ? » dit le père. Nous étions d'accord, bien sûr.

Je passais une des soirées les plus étranges de ma vie. La prestation d'Evgenia n'était pas une audition puisque Balagula comptait déjà sur nous pour lui donner un rôle. Le but n'était pas non plus de nous offrir un moment de plaisir partagé étant donné qu'il se comportait comme un primate en plein rituel de domination. C'était justement ça, le message. Si nous voulions faire notre film, nous devions comprendre que nous travaillions désormais pour lui.

Le répertoire d'Evgenia était composé de ballades slaves version pop occidentale. Elle s'époumonait, exprimant à tour de rôle le manque d'amour, la passion et la déception. Le dernier morceau aboutit à un crescendo théâtral au cours duquel elle réprimanda un amant infidèle avec un degré de furie musicale qui frôlait la pathologie. Le public apprécia sa performance et hurla des encouragements en russe. Dans un moment d'apothéose, elle écarta les bras comme une diva, tint une note pendant une durée infinie, conclut par un petit glapissement, puis fit une humble révérence et quitta la scène.

Balagula déclara que sa fille aurait eu une grande carrière de chanteuse s'ils étaient restés en URSS. Mais comme leur famille avait été forcée de refaire sa vie dans un nouveau pays, elle était défavorisée. Il ne faisait aucun doute qu'elle pourrait mettre ses talents musicaux au service de sa carrière d'actrice.

« Pablo devrait pouvoir lui trouver un petit rôle », dit Jay.

J'acquiesçai tout en me demandant comment faire. J'allais devoir imaginer un stratagème qui nous permettrait de tenir jusqu'au montage.

Balagula voulait que sa fille joue un des rôles principaux. Jay lui expliqua patiemment qu'elle avait beau avoir du talent, la nature même de l'histoire – comme le suggérait le titre du film – ne permettait malheureusement pas à Evgenia d'y tenir un rôle majeur. Il ajouta qu'il se doutait que notre hôte était très occupé avant de lui demander s'il avait lu le scénario. Balagula lui certifia que oui.

« Dans ce cas, vous voyez le problème, dit Jay. Evgenia n'est pas noire.

– La fille noire peut avoir amie blanche », déclara Balagula.

Enhardi par la vodka, je rétorquai : « Non, elle ne peut pas. »

Balagula me fusilla du regard. « Changez scénario. »

Jay intervint : « Tout le concept du scénario, c'est qu'il n'y a aucun Blanc en dehors de Ben Silk. On ne peut pas ajouter un rôle principal comme ça. »

Balagula voulut savoir pourquoi c'était un problème. Jay tenta de lui réexposer les raisons, se servant de Marat comme interprète au besoin. Balagula écouta ses arguments posément, puis dit qu'il était sûr que nous pourrions surmonter cette difficulté, il fallait que nous y parvenions sinon il nous couperait les vivres.

Nous y étions. À la croisée des chemins. S'agissait-il d'un simple obstacle ou d'une péripétie qui révélerait nos vraies natures ? Allions-nous renoncer à notre intégrité chancelante et accepter le compromis pour aller au bout de notre projet tout en espérant éviter ce genre de situation à l'avenir ? Devions-nous tenir bon et tenter de trouver d'autres partenaires ? Nous avions déjà dépassé les doses de vodka que nos organismes étaient capables de supporter dans l'espoir d'obtenir les faveurs d'un homme peu disposé à respecter la morale dictée par une instance extérieure.

À ce moment-là, Evgenia prit place à notre table. Elle nous remercia d'être venus et reçut de notre part des compliments qui la firent rayonner de plaisir. Balagula ne dit rien sur l'ultimatum qu'il venait de nous poser. Nous étions censés obéir, il n'imaginait pas d'autre alternative.

Evgenia nous apprit qu'elle se préparait pour le rôle de la sœur de Viv (en chantant sur des disques d'Aretha Franklin). Elle nous remerciait de croire en elle et espérait que ce film lancerait sa carrière à Hollywood. Nous répondîmes par des hochements de tête et fîmes de notre mieux pour entretenir une conversation polie. Au bout de quelques minutes, elle alla rejoindre des amis à une autre table. Quand Balagula se leva pour aller parler au maître d'hôtel, Marat s'empressa de réitérer les ordres que nous venions de recevoir. C'était assez inquiétant, Marat était la personne la plus effrayante que je connaissais et il tremblait devant Balagula.

Quand Jay et moi fûmes enfin libérés, nous nous réfugiâmes dans un *diner* tout proche où, pour dessoûler, nous bûmes du café noir pendant une heure. Je regrettais amèrement d'avoir accepté de discuter avec ce bandit russe. Comme toujours, Jay avait une solution. Il m'expliqua calmement que, comme le personnage d'Evgenia n'avait qu'une scène, nous la tournerions avec elle.

« En quoi ça résout le problème ? demandai-je.

– On la tournera une seconde fois avec la bonne actrice dès qu'elle sera partie. »

C'était simple, au fond. « Mais qu'est-ce qui se passera quand le père verra le film et qu'elle n'y sera pas ?

– Laisse-moi gérer ça, dit-il. Occupe-toi de tourner ton film. »

50

Le tournage devait débuter une semaine plus tard et le temps nous filait entre les doigts. Je rencontrais les chefs d'équipe, revisitais les lieux de tournage, parlais aux acteurs, peaufinais le scénario. Chaque heure passait en quelques minutes, chaque journée en une heure. Presque tout ce que je mangeais me donnait des indigestions. Je survivais grâce à un régime de café, œufs brouillés et bonbons à la menthe. Le soir, j'écoutais les sirènes de police et le bruit des bagarres montant de la Bowery, dans un fracas de bouteilles brisées et de voix étranglées. Épuisé, roulant d'une position inconfortable à l'autre, je parvenais à m'octroyer quelques heures de sommeil agité. Dans des rêves horriblement réalistes, je perdais mes dents ou tentais de parler, mais ne produisais que des borborygmes. Et inévitablement, ma mère apparaissait pour me reprocher un de mes nombreux défauts tandis que la voix de mon père, déformée derrière la porte fermée d'une salle de bains, répétait ses critiques tout en soignant ses hémorroïdes.

En émergeant de ma torpeur, je pensais immédiatement au premier jour de tournage. J'imaginais les visages tendus vers moi, remplis d'attente, observant mes réactions, évaluant mon savoir-faire, guettant la moindre erreur. Je me voyais en train d'affiner le jeu d'un acteur, interrompu par l'entrée fracassante du tempétueux Balagula. C'était déjà assez pénible que Marat ait obtenu un fauteuil à côté du mien. L'idée d'avoir en plus Balagula sur le dos – je m'interdisais d'y penser, mais l'image restait gravée dans mon esprit. Quand je demandais à Jay s'il avait parlé de notre plan à Avery, il me disait qu'il cherchait encore comment présenter la chose pour qu'elle accepte de jouer les complices. Pendant tout ce temps, lui restait imperturbable. Même au cours de ses conversations avec Marat, il ne montrait pas le moindre signe d'agitation. Son flegme, dans de telles circonstances, me paraissait surnaturel. Raison de plus pour ne pas partager mes angoisses avec lui.

Au prix d'un effort titanesque, je réussis à survivre aux derniers jours de préparation et à arborer un air placide, dû en partie à mon niveau d'épuisement. Ça n'était pas l'état rêvé pour démarrer un tournage.

La veille du jour fatidique, dans l'après-midi, Jay et moi nous retrouvâmes enfin chez Avery pour lui annoncer que le financement du film était soumis à une condition. J'avais du mal à croire qu'elle se plierait à nos exigences, mais comme toujours, Jay restait confiant.

« Il n'y a pas beaucoup de beaux rôles de femmes noires », me rappela-t-il.

J'imaginais mal une actrice de formation classique, interprète de Shakespeare et de Strindberg, approuver notre stratagème rocambolesque. Mais nous n'avions pas d'autre solution et comme on dit, le temps jouait contre nous.

L'air grave, Avery nous écouta lui exposer notre situation vis-à-vis de la famille Balagula et lui avouer que, si nous ne voulions pas être à court d'argent, nous allions tous devoir participer à une petite mise en scène. Jay lui promit que nous nous occuperions de Balagula. Je me demandai qui il englobait dans ce « nous », mais j'avais déjà donné mon feu vert donc je ne dis rien. À mon grand étonnement, Avery était partante.

Il n'y avait vraiment pas beaucoup de beaux rôles de femmes noires à l'époque.

51

Nous devions nous retrouver sur le plateau à sept heures du matin. Ce dimanche soir, j'étais donc au lit, tous feux éteints, avant vingt-deux heures. J'avais épinglé des couvertures sur les fenêtres pour qu'aucune lumière de la rue ne pénètre. Le boucan habituel du dehors s'était tu. On n'entendait aucune bagarre, aucun cri solitaire, juste une sirène ponctuelle dans la nuit lointaine. Je tapotai mon oreiller pour le regonfler. Deux minutes plus tard, il était trop chaud. Je le retournai et plaquai ma joue sur le côté frais. Le silence régnait dans le loft. J'entendis des trottinements sur le sol. Une souris? Avais-je réellement entendu quelque chose? Je restai immobile, l'oreille dressée, pendant un temps indéfini. Mon ventre gargouilla. J'hésitai à me préparer une tisane, mais alors ma vessie serait pleine et je serais obligé de me lever au milieu de la nuit, au risque de ne plus réussir à me rendormir, de flotter pendant des heures dans un puits froid et humide, luttant pour ne pas tomber dans une crise d'introspection débilitante.

J'aurais aimé que Kit soit là. Était-elle avec Frank Bones? Sûrement. Cela m'affectait-il? Sans doute, mais je ne pouvais rien y faire. Cela ne m'empêcha pas de me torturer le cerveau pendant un quart d'heure tout en m'efforçant de ne pas les imaginer ensemble. Malgré le lot de complications que Kit traînait avec elle, si elle avait été là, nous aurions eu un rapport sexuel fantastique, de ceux qui vous permettent, entre autres, d'oublier temporairement tous vos soucis. Jusqu'alors, le sexe m'avait toujours détendu, sauf la fois à l'école de cinéma où j'avais bu trop de bières et essayé de coucher avec une Belge nommée Mevie. Je n'avais réussi à obtenir qu'une demi-érection et bien que nous ayons fini par avoir un semblant de rapport, cela ne m'avait pas du tout détendu parce que je n'étais pas assez soûl pour éviter de ressentir une honte profonde et durable. Je n'avais pas repensé à cette expérience depuis très longtemps. Pourquoi contemplai-je mes échecs la veille du jour où j'allais commencer à tourner mon premier long-métrage ? À quoi Truffaut pensait-il la veille du tournage des *400 coups* ? Certainement pas à la même chose que moi.

La masturbation me parut être une bonne idée. Au moins, ça m'éviterait de cogiter. Je convoquai mon Rolodex mental, ce rouleau paléolithique datant de l'époque des dactylos servant à ranger des fiches portant des noms et des adresses. Sauf qu'au lieu de contenir des informations personnelles, chaque fiche représentait une image érotique issue de mes fantasmes. Je tirai celle de Laura Antonelli, une actrice follement sexy récemment mise au premier plan dans des films populaires italiens projetés au Cinema Village. Cette évocation balaya vers la périphérie de ma conscience fébrile toutes mes visions de désastres passés et futurs, de peur, d'incompétence et d'imposture, et je plongeai dans un enchaînement d'interactions lubriques, mais toujours galantes, avec Laura Antonelli, aboutissant à une profonde satisfaction des deux parties et à la promesse d'un prochain rendez-vous autour d'un verre et d'un dîner.

Tandis que mes terminaisons nerveuses alanguies revenaient lentement à leur état antérieur, les pensées négatives se remirent à gonfler dans ma tête comme de l'écume secouée par un bateau pris dans la tempête. Je me rappelai la partie de pêche avec Marat : la nausée, les tripes retournées. Mon oreiller était de nouveau trop chaud. À minuit, j'étais encore en train de scruter le plafond, les tendons du cou crispés. L'image du corps nu de Laura Antonelli avait brûlé comme un feu de paille et n'était plus qu'un tas de cendres.

J'avais une bouteille de whisky irlandais dans le placard. Je sortis du lit, jetai quelques glaçons dans un verre et le remplis d'alcool. Assis sur une chaise près de la fenêtre crasseuse donnant sur le coin de Bleecker Street et de la Bowery, je pouvais voir des silhouettes sombres passer dans la rue. Une bande de punks énervés, bourrés, sortant du CBGB[1]. Le défilé habituel de marginaux ravagés traînant leurs hardes jusqu'au foyer. Leur débâcle me parut splendide et j'enviai leur parfaite insouciance. Je tâchai de boire mon whisky lentement, mais il n'eut aucun effet. Je bus le second encore plus lentement. Tout en faisant rouler un glaçon sur ma langue, je repensai à la cuite que j'avais prise après avoir vu les photos de Kit chez Ving et à la gueule de bois qui avait suivi. J'avais intérêt à me limiter. Ça n'était pas très bon signe que j'envie les punks défoncés et les clodos titubants.

1. Célèbre club où se produisirent de nombreux groupes de rock et de punk.

Enfin, une immense fatigue, et sans doute aussi le whisky, eurent raison de moi et je sombrai dans l'inconscience. Passé un certain seuil, probablement à cause du manque de sommeil des derniers jours, mon organisme ne trouva pas l'énergie nécessaire au tumulte et pendant le reste de la nuit, j'eus l'impression d'être anesthésié.

52

La gueule de bois ne manqua pas de me tomber dessus et en guise de petit déjeuner, j'avalai un café et une aspirine. À l'aube, une voiture vint me prendre. Le chauffeur était Lionel, un des jeunes avec qui Jay et moi avions assisté au match des Yankees. Jay lui avait payé des cours de conduite. Évidemment.

Pendant le trajet jusqu'au lieu de tournage, je relus les story-boards des scènes que nous devions tourner ce jour-là et fis quelques ajustements que je prévoyais de soumettre à Chester, notre chef op'. Nous arrivâmes dix minutes en avance. Jay était déjà là, à côté de Marat qui lui avait rappelé que la moindre dépense devrait passer par lui. J'accueillis les acteurs un par un: Avery, Frank et Evgenia. Cette dernière était venue avec sa propre maquilleuse, une compatriote stoïque d'âge mûr nommée Svetlana dont le revêtement facial de poudre et de peinture semblait s'inspirer de l'esthétique du cinéma muet russe. Nan McNally, ma collaboratrice sur l'article à propos de Frank Bones, avait été embauchée comme photographe de plateau et elle circulait sur les lieux afin d'immortaliser tout ce qui attirait son œil aiguisé. J'avais des aigreurs d'estomac et une migraine épouvantable.

Marat tapota sa montre. Il était temps de s'y mettre.

Le début d'un tournage est toujours marqué par un sentiment de joyeuse insouciance. Aussi pénible et douloureux qu'ait été le travail préparatoire, quand les camions se garent le long du trottoir, que les câbles hachurent le sol, que le café coule à la table régie, que les électros grimpent aux échelles pour accrocher les projecteurs, que les assistants réalisateurs chuchotent dans leurs talkie-walkies, que les cadreurs chargent la pellicule dans les caméras, que les preneurs de son vérifient les micros, que les assistants de production distribuent les plannings, que les producteurs aboient au téléphone, que les acteurs se retrouvent dans des coins pour répéter leur texte, on se dit que toutes les catastrophes évitées de justesse ont fini par aboutir à ce moment précis, d'autant plus exaltant qu'il est éphémère.

Je ne me sentais malheureusement ni joyeux ni insouciant. Je tâchais de transmettre de la joie, mais craignais que notre subterfuge soit découvert et le tournage interrompu. J'espérais que personne n'entende le concert émanant de mon appareil digestif. Ma migraine au moins était silencieuse.

Le premier décor était un appartement spacieux d'Hamilton Heights, au nord de Harlem, dans un immeuble délabré doté d'une vue splendide sur l'Hudson River. Avery devait emmener Frank chez elle et le cacher juste avant que sa sœur, jouée par Evgenia, ne sonne à la porte. Une scène assez simple en somme. Avant midi, Evgenia serait partie et nous tournerions la séquence avec l'actrice noire choisie pour le rôle.

L'installation de l'éclairage se passa sans heurt et au bout d'une heure, Chester et son équipe étaient prêts à tourner le premier plan. Réussir à démarrer à neuf heures représentait un véritable tour de force, même si nous ne comptions pas utiliser ces images. Une équipe de film ressemble à une armée : si ses membres décèlent une faiblesse au niveau du commandement tous les grades en sont affectés. Un démarrage à l'heure donnerait le ton pour le reste du tournage et signifierait à tous que le moteur de la production tournait à la perfection.

Je ne m'étais pas inquiété du fait qu'Evgenia soit venue avec sa propre maquilleuse. La pratique n'était pas rare pour certaines stars à l'ancienne, du calibre d'Elizabeth Taylor par exemple. Déterminée à devenir une vedette, Evgenia devait avoir entendu parler d'elle. À la fin des années 70, elle n'était plus à l'apogée de sa carrière, mais son statut d'icône faisait toujours d'elle un modèle pour certains immigrants pleins d'espoir. Je m'attendais donc à un maquillage dans la veine de *Cléopâtre*, le film de 1962 dans lequel la célèbre actrice au teint de lait interprète la stratège égyptienne. C'est-à-dire à beaucoup d'autobronzant et à une tonne de mascara.

Je fus pour le moins étonné de voir Evgenia débarquer sur le plateau, prête à tourner la scène en blackface. Comme Frank quand j'étais allé chez lui.

Sentant qu'elle tenait quelque chose, Nan pointa son objectif et se mit à prendre des photos.

Avery lançait des regards furieux à Evgenia qui se campa en face de moi.

« Tu aimes ? » demanda-t-elle, ravie de son petit effet.

Frank et Evgenia n'avaient aucun point commun, pourtant, ils étaient arrivés à la même conclusion, fruit d'un cerveau de Blanc ignorant : l'identité noire n'était qu'une marque extérieure qui pouvait s'obtenir en appliquant des produits chimiques sur un visage pâle. Et ils ne voyaient pas en quoi ça posait problème. Leur raisonnement était paresseux, mais pas incompréhensible.

Le blackface est un raccourci dont l'usage a toujours été révélateur de l'assujettissement des Noirs aux États-Unis.

Si nous avions voulu critiquer le concept, ou en faire la satire, nous aurions été ouverts à la discussion. Mais Frank Bones s'était vu refuser le droit de se grimer en Noir, il n'était pas question de l'accorder à Evgenia. Avery, dont j'avais eu tant de mal à gagner la confiance, me fit signe d'approcher. Nous sortîmes dans le couloir afin que personne ne nous entende.

« Putain, qu'est-ce qu'elle fout, cette fille ? » lança-t-elle en quittant sa retenue habituelle. Le juron n'annonçait rien de bon. Ma migraine s'intensifia. Pourquoi l'aspirine n'agissait pas ?

« Je vais m'en occuper », dis-je. Nan nous prenait en photo.

L'idée me vint de préciser que nous allions tourner une scène que personne ne verrait jamais, mais face à la colère bouillonnante d'Avery, je me ravisai. Extérieurement, elle gardait un calme olympien qui la rendait d'autant plus troublante. Croyait-elle que j'avais manigancé tout ça avec Evgenia ? Que je m'étais dit que ce serait « drôle » ? L'hypothèse était trop sordide pour que je m'y attarde.

Jay emmena Avery plus loin et lui murmura à l'oreille quelques mots qui la firent éclater de rire. Il était fort.

Pendant que j'élaborais un plan, Frank m'accosta : « Babe, chuchota-t-il, c'est qui cette nana et pourquoi elle a le droit de se mettre en black alors que tu as dit à Mister Bones que c'était hors de question ?

– Elle n'a pas le droit de se mettre en black », sifflai-je. La fragile jovialité que j'avais réussi à cultiver disparut dès les premiers signes de conflit. Mes mâchoires se serrèrent. J'étais hyper conscient de la présence de Nan, qui braqua encore une fois son objectif sur moi. Dans un effort pour détendre l'atmosphère, je souris, mais l'expression de mon visage aurait fait peur à n'importe quel enfant.

« Tout ce que j'essaie de dire à notre réalisateur débutant, dit Frank, c'est que si cette nana a le droit de faire des choix créatifs audacieux et pas Mister Bones... »

Pendant que Frank s'éloignait, Chester m'attrapa par le coude et me demanda ce qui se passait. « C'est du foutage de gueule, dit-il sans attendre ma réponse. Montre-moi où il est écrit que le personnage est joué par une...

– Ne t'en fais pas, le rassurai-je. Personne ne va se mettre en blackface. »

Sous les regards scrutateurs de toute l'équipe et de l'objectif de Nan, je pris Evgenia à part et tentai de lui expliquer le problème. Alors que la proposition de Frank avait atteint un certain degré de vraisemblance – tout en restant évidemment déplacée – la maquilleuse d'Evgenia n'était pas près de remporter un oscar. Le fond de teint avait été appliqué avec soin, mais on aurait dit du cirage, ce qui produisait un effet des plus bizarres. Evgenia me dévisageait avec un mélange d'innocence et de fourberie et je fus peiné de voir son immense déception quand elle comprit qu'elle avait raté son coup.

« Alors je ferai sans maquillage, proposa-t-elle.

– Ça n'a pas de sens, dis-je. Le personnage d'Avery est noir. Sa sœur est forcément noire. »

Sans le vouloir, j'avais vendu la mèche. Il ne servait plus à rien de maintenir notre stratagème. Nous perdions un temps précieux. Nous devions commencer à filmer.

« Je ne peux pas être son amie ?

– Elle n'a pas d'amis blancs ! Tous les Blancs ont disparu ! C'est le principe du film ! »

Je ne me rendais pas compte que j'avais du mal à me contenir. Il est possible que je me sois mis à hurler. Sur le coup, je ne pensai pas aux conséquences. Jay nous avait rejoints et posé une main apaisante sur mon épaule. Toutes mes tensions s'étaient rassemblées dans ma nuque pour y former une boule aussi dure qu'une balle de golf.

« Tu peux jouer son amie, dit Jay à Evgenia que cette nouvelle transporta de joie.

– Comment tu veux que ça fonctionne ? » demandai-je en massant la boule de stress du bout des doigts.

Marat approcha. Pourquoi on n'avançait pas ? Ce retard nous coûtait de l'argent. Nous avions un planning serré. Jay lui promit que tout était sous contrôle et le pria de le laisser gérer l'aspect concret du tournage.

« Tu as un problème au cou ? demanda-t-il.

– Je vais bien », répondis-je sans cesser de me masser.

Nan pointa son objectif vers nous. Son appareil cliquetait comme les mâchoires d'un crocodile.

« Toi, tu t'occupes du budget, répéta Jay à Marat, Pablo et moi, on s'occupe de faire un film. » Il parlait avec une telle assurance que Marat resta muet. Puis il me prit à part pour m'exposer son idée. Dès qu'Evgenia aurait retiré son maquillage, on tournerait la scène en un seul plan large. Pas besoin de tourner plusieurs plans rapprochés puisque les images ne feraient pas partie du film. Avery était d'accord. Problème résolu. Sauf que non. Evgenia réapparut au bout de quelques minutes.

« Le maquillage veut pas partir », annonça-t-elle. La maquilleuse avait appliqué sur sa peau une recette de son invention dont le retrait s'annonçait long et corrosif. Evgenia avait à présent l'air d'avoir ramoné une cheminée. Son visage était globalement noir, mais strié de fines zébrures rouges comme si ses joues avaient été frottées à la laine de verre. Encore un sujet en or pour notre photographe.

« S'il te plaît, laisse-moi jouer la sœur », supplia Evgenia.

Il suffisait de survivre à la matinée. Si j'arrivais à nous sortir de cette impasse, nous pourrions rattraper le programme de la journée. L'équipe s'impatientait. Rien n'était possible sans la coopération d'Avery. Je demandai à Evgenia d'attendre que nous trouvions une solution. Je priai aussi Nan d'arrêter de prendre des photos pendant quelques minutes, ce qu'elle accepta à contrecœur.

« Tu vas passer à côté de moments géniaux », regretta-t-elle.

Dans la cuisine, Avery s'était servi un gobelet de café et attendait de pouvoir se mettre au travail. Elle nous jeta un regard qui disait : si vous ne m'annoncez pas que le problème est réglé, vous allez avoir un plus gros problème. Jay eut beau déployer tout son charme, cajoler, insister et finalement supplier, elle refusait catégoriquement de jouer avec une actrice en blackface, même sans pellicule dans la caméra. Comment lui en vouloir ? Nous courions droit au désastre. Elle perdait confiance en moi.

La matinée était sur le point de dérailler – et peut-être plus que la matinée. La situation avait de quoi provoquer un enchaînement de catastrophes mettant tout le projet en péril. Nos mois d'efforts risquaient d'être anéantis, sans parler de mon avenir. Je commençai à avoir des douleurs dans la poitrine.

« Ça doit être des remontées acides », conclut Jay.

Mon père en avait souvent et je savais que le stress était un facteur déclencheur.

Sur le moment, j'avais plutôt l'impression de faire une mini crise cardiaque. Jay et moi nous étions réfugiés dans l'entrée de l'appartement. L'actrice qui jouait réellement la sœur ne devait pas arriver avant la fin de la matinée. Il était bientôt dix heures.

« Je me sens mal », dis-je en étouffant un rot. Étais-je taillé pour supporter une telle pression ? Jay me proposa d'aller prendre l'air dehors. Nous annonçâmes dix minutes de pause.

Le trajet dans le vieil ascenseur poussif me rendit claustrophobe et quand les portes s'ouvrirent sur le hall miteux, j'eus soudain envie de me mettre à marcher, de prendre le métro, de rentrer chez moi et de quitter tout ce bazar. Mais le soleil du matin s'était levé sur les remparts de Manhattan, ses rayons se brisaient en diamants sur les flots gris du fleuve et l'air tiède exhalait les senteurs printanières de Riverside Park. Tous ces éléments alliés aux paroles d'encouragement de Jay – « Tu rêves de ce jour depuis que tu es tout petit, tu peux le faire ! On va te trouver des antiacides ! » – me redonnèrent du courage. On envoya un assistant acheter les médicaments et une bouteille d'eau gazeuse.

Peu de temps après, de retour dans l'appartement, un comprimé fondant sous la langue, je constatai que ma migraine commençait enfin à s'estomper. J'informai Evgenia que sa journée était terminée. Nous la contacterions pour convenir d'un prochain rendez-vous. Son visage crasseux s'affaissa comme un fondant au chocolat et elle éclata en sanglots. Sa maquilleuse s'empressa de la consoler en russe. Je posai doucement la main sur son épaule, mais elle l'écarta sèchement. À l'aide d'un mouchoir fourni par la malheureuse Svetlana, elle tamponna ses larmes d'encre. Je marmonnai quelques mots de réconfort qui restèrent sans réponse. Enfin, le duo se prépara à partir. Mais une fois à la porte, Evgenia se tourna vers moi.

À force de regarder des films de gangsters, j'avais appris l'expression italienne *malocchio*, le mauvais œil. Je ne l'avais cependant jamais vu se manifester avec une telle puissance sulfurique. Puis mademoiselle Evgenia s'en alla.

Notre photographe de plateau ne rata rien de sa sortie.

Inébranlable, Jay me promit de gérer les répercussions que cette mésaventure aurait sur le père. L'actrice qui jouait le rôle de la sœur de Viv Piston arriva. Avery et Frank étaient prêts à s'y mettre. Nous avions un film à tourner et c'est ce que nous fîmes. Je n'enregistrai pas plus de trois prises de chaque plan et commençai à trouver mon rythme avec l'équipe. À la fin de la journée, nous n'avions presque pas de retard sur le planning.

53

Avery tint jusqu'au soir, bien que Jay m'apprît plus tard qu'elle avait failli partir quand Evgenia était arrivée en blackface. Elle avait eu l'impression de revivre la mise à l'écart qu'elle avait subie à Juilliard, les sentiments d'aliénation et d'invisibilité qui en découlaient. Elle était allée à la modeste table de régie se servir un café et en le buvant, elle avait remarqué que ses mains tremblaient. Elle connaissait son texte, elle n'avait pas peur de jouer avec Frank Bones qu'elle appréciait. Alors pourquoi une telle réaction ?

Elle aurait peut-être dû renoncer au projet dès qu'elle avait commencé à avoir des doutes. Elle sentait déjà que la situation lui échappait. Pourquoi avait-elle accepté de tourner cette fausse scène clownesque ? C'était un manque de professionnalisme, c'était stupide, et surtout, la ruse révélait un tout autre visage de Jay qu'elle avait jusqu'alors considéré comme une personne sérieuse. Qui étaient ces investisseurs peu recommandables qui nous obligeaient à jouer cette comédie ? Elle n'avait pas résisté. Qu'est-ce que cela traduisait de son caractère ? Tenait-elle tellement à travailler dans le cinéma ? Le rôle avait été écrit pour elle, son avis avait été pris en compte, elle s'était sentie estimée. Avait-elle été manipulée sans s'en rendre compte ? Était-elle si sensible à la flatterie ? Et Jay tenait-il vraiment à elle ou bien sa cour élaborée, ses compliments et ses cajoleries avaient-ils uniquement servi à l'amener où il voulait ?

Dans une chambre de l'appartement, elle avait joint son agent pour lui demander conseil. Il ne lui avait pas rappelé qu'il lui avait fermement recommandé de ne pas faire ce film. Il lui avait conseillé de tourner ses scènes, de voir comment ça se passait et d'en reparler avec lui le soir même. Si elle avait encore envie de quitter le projet, une clause dans le contrat lui permettrait de se ménager un départ sans trop de répercussions sur sa carrière. Rassurée, elle avait réussi à retourner sur le plateau.

Tard le soir, dans un restaurant sino-cubain de Morningside Heights, mon appétit étant revenu, Jay et moi entreprîmes d'analyser la situation. Avery l'avait appelé en rentrant chez elle et menaçait de démissionner. Ces péripéties faisaient partie des aléas du cinéma, disait-il. Le tournage d'*Apocalyse Now* avait été freiné par un nombre incalculable d'incidents, mais tout le monde avait senti dès le début que Francis Ford Coppola préparait un nouveau chef-d'œuvre. Nous attendions notre actrice sur le plateau le lendemain. Marat était furieux que nous n'ayons pas réussi à tourner tous les plans prévus et nous devions encore régler le problème d'Evgenia, mais à part ça, la journée ne s'était pas si mal passée.

Chez moi, je me déshabillai, accomplis mon rituel du soir, relus mes notes pour le lendemain et me mis au lit. Tous les facteurs de stress qui m'avaient torturé jusqu'à ce jour, alliés au manque de sommeil, produisirent enfin une combinaison salutaire qui me plongea dans un voluptueux bain de sommeil – lourd, profond, réparateur. Je ne rêvai ni de dents tombées ni de chute dans une cage d'ascenseur vide.

Au réveil, je me sentais prêt à affronter la journée. Après une douche brûlante, j'avalai une tranche entière de pain de mie avec un café et me lavai les dents. Un peu avant sept heures, j'étais dehors en train d'attendre ma voiture. Il faisait un temps paradisiaque. J'observais un ivrogne auréolé par un soleil poisseux uriner contre une porte de l'autre côté de la rue quand une berline inconnue s'arrêta à ma hauteur. Deux hommes en sortirent. Je reconnus immédiatement la tête de serpent tatouée dans le cou de l'un d'eux.

« M. Balagula t'attend à Brooklyn », dit-il.

54

Le deuxième homme était une brute d'un mètre quatre-vingt-dix aux yeux étroits et au front bas qui semblait capable de plier du fer à mains nues. Je n'aurais jamais pu distancer ces athlètes russes et toute tentative de fuite n'aurait servi qu'à les énerver. Front-bas me prit par le bras, ouvrit la portière de la voiture et me jeta sur la banquette arrière comme un jouet pour chien avant de s'asseoir à côté de moi.

Qu'est-ce qu'Evgenia avait raconté à son père? Lui avait-elle laissé entendre qu'elle avait été humiliée? Son honneur avait-il été bafoué? J'avais vu assez de films pour savoir que je pouvais facilement avoir le crâne transpercé par une balle ou être étranglé avec du barbelé. Ces possibilités tournoyaient dans mon cerveau fébrile tandis que la voiture filait sur le pont de Williamsburg avant de s'enfoncer dans Brooklyn. Dans des moments de lucidité, je me disais que ces scénarios violents avaient peu de chance d'arriver, mais être emmené par deux gorilles dans des circonstances aussi troubles demeurait alarmant. Nous traversâmes des quartiers que je ne connaissais pas, mais en voyant des babouchkas pousser leurs caddies devant des magasins aux devantures cyrilliques, je reconnus Brighton Beach. J'aperçus l'Odessa où nous avions trinqué à notre projet. La voiture s'arrêta devant le restaurant et mes gardes du corps me poussèrent à l'intérieur.

Au fond, à une table, j'aperçus Jay et Balagula en train de boire des cafés turcs dans des demi-tasses. Notre mécène fumait un petit cigare. Il n'y avait personne d'autre dans la salle. La scène me parut assez paisible. Personne n'allait m'attacher à une chaise. Une main me projeta vers l'avant. Comme j'approchai, le champ magnétique hostile que je m'attendais à percevoir chez le gangster russe s'avéra plus positif que je ne l'aurais cru.

« Bonjour », dit Jay avec un sang-froid étonnant. Balagula me fit signe de m'asseoir.

« Où est Marat? demandai-je en me glissant sur une chaise.

– Apparemment, il est à l'hôpital, m'apprit Jay.

– Il a eu accident », dit Balagula avec concision avant de boire une gorgée de café.

Ça n'annonçait rien de bon. Bien que ma peur se fût légèrement dissipée en voyant l'attitude sereine de Jay, à présent j'étais littéralement terrifié.

Marat avait-il réellement eu un accident ? Jay avait-il été enlevé lui aussi, embarqué de force en bas de chez lui ou était-il venu de lui-même ? Était-il de mèche avec Balagula ? Que se passait-il sur le plateau de tournage en ce moment ? Allions-nous pouvoir enregistrer encore un plan de ce film ?

« M. Balagula est fâché que nous n'ayons pas tourné la scène d'Evgenia, expliqua Jay. Mais je lui ai promis qu'elle serait en boîte aujourd'hui.

– Ving Levine c'est excellent réalisateur », déclara Balagula.

Perplexe, je me tournai vers Jay. « Ving Levine ?

– Il prend la relève », annonça Jay.

Notre poignée de main solennelle devant le Katz's, notre virée de nuit sur le pont de Williamsburg, les dizaines de brouillons de scénarios, les rendez-vous, les recherches de financement, les mois de préparation, les storyboards, les castings, les repérages, tout ça pour aboutir à un unique jour de tournage, pas très glorieux d'ailleurs et à…

« Comment ça, il prend la relève ? »

Jay scruta ses ongles. Je le dévisageai en repensant à notre épopée. Nos promesses et nos engagements, notre avenir flamboyant. Enfin, il leva les yeux vers moi.

« M. Balagula finance la totalité du film et il n'a plus confiance en toi en tant que réalisateur. Evgenia lui a dit que tu lui avais manqué de respect. »

Avais-je réellement fait ça ? Je ne m'en souvenais plus.

« C'est une actrice formidable », mentis-je.

J'eus la sensation qu'on m'écrasait la poitrine, qu'un étau comprimait mes poumons au point de me briser les os. Je n'arrivais plus à respirer. Ma bouche eut un mouvement, mais aucun son n'en sortit. J'étais dans un de ces rêves où je n'arrivais pas à m'exprimer sauf que cette fois, l'horrible sentiment d'impuissance et d'extrême vulnérabilité ne disparaîtrait pas au réveil.

Les yeux de prédateur de Balagula me fixaient. Je l'ignorai. Je n'avais pas le temps de discuter en privé avec Jay. Tout allait beaucoup trop vite.

« Tu t'es battu pour moi ?

– Bien sûr que oui. »

Mentait-il? Impossible de le savoir. Ça n'avait pas d'importance. Ma terreur s'évanouit. Je repensai aux innombrables scènes de saloon que j'avais vues enfant dans les westerns à la télé. Les hors-la-loi parqués à une table, les nerfs à vif avec, dans la salle enfumée, un parfum de violence larvée. Une trahison et les pistolets jaillissent, quelqu'un est tué. Balagula me scrutait toujours. Qu'étais-je pour lui ? Un moins que rien, une poussière, une pellicule qu'il pouvait chasser du revers de sa grosse main. Le fiasco de la veille qui avait provoqué cette réunion au sommet exigeait un sacrifice humain et c'était moi la victime.

Je réussis à articuler: « Comment il connaît Ving Levine ? »

Encore une fois, Jay hésita. Je compris alors ce qui s'était passé. Jay avait contacté Ving la veille. Peut-être même bien avant. Depuis le début, il attendait en coulisse. Certes, je n'avais pas brillé sur le tournage, mais Evgenia avait de quoi déboussoler les réalisateurs les plus expérimentés. Balagula avait tendu l'épée à Jay et il l'avait enfoncée entre mes côtes.

« C'est toujours toi le scénariste », s'excusa-t-il.

Tout s'écroulait. Je manquais d'air. Jay se fondit dans le décor. Balagula termina son café et posa la petite tasse sur la soucoupe. Le cliquetis à peine audible brisa le silence du restaurant désert. Mon sang ne fit qu'un tour et pendant un instant, j'eus l'impression de rétrécir et de disparaître dans un gouffre sans fond. Mon avenir était mort dans l'œuf. C'était insupportable. Ce qui se passa ensuite fut le résultat d'un signal cérébral qui contourna mon cortex préfrontal et réveilla une zone atavique inconnue. Brusquement mû par une force indicible, mélange de frustration, de rage primaire et du désir nihiliste infantile de détruire tout ce qui vient d'être minutieusement construit, je me laissai emporter par une vague de révolte phénoménale.

D'un seul mouvement, je bondis de ma chaise et renversai la table, inondant Balagula de café turc sans lui laisser le temps de déplacer sa lourde carcasse. Jay était abasourdi, Balagula furax. Avant que je me retourne, les deux sbires du gangster me plaquèrent sur le sol et commencèrent à me rouer de coups de pieds et de coups de poings. Ce genre de passage à tabac donne la sensation que la seule chose qui existe en ce monde, depuis toujours et à jamais, est ce moment suspendu pendant lequel notre cerveau nous répète que la vie n'est que peur et terreur sans fin. Je subis donc leurs assauts sans résister.

Jay leur criait d'arrêter, arrêtez, ARRÊTEZ, DITES-LEUR D'ARRÊTER. Sa voix montait au même rythme que les coups qui pleuvaient sur mes côtes, mes hanches, mon cou. Je reçus un coup de pied à la tête heureusement raté sinon je n'aurais probablement pas survécu.

Au bout d'un moment, Jay se jeta sur moi pour me protéger du massacre. Mes agresseurs se trouvèrent face à un dilemme. Ne sachant pas s'ils avaient le droit de corriger Jay, ils se tournèrent vers leur patron dans l'attente d'instructions. Balagula leur ordonna d'arrêter et ils reculèrent à contrecœur, sans oublier de me flanquer un dernier coup de pied dans les côtes pour la forme. Jay s'écarta. Lessivé, je restai couché sur le carrelage qui puait le désinfectant. Une de mes dents était tombée. Jay m'aida à me relever. Du coin de l'œil, je vis Balagula qui tamponnait sa chemise tachée avec une serviette. Il ne nous prêta aucune attention.

« Putain Pablo, dit Jay, c'était pas nécessaire.

– Je n'aurais jamais dû te faire confiance », dis-je.

55

Lorsque je sortis en titubant du restaurant, le soleil frappa mon visage tuméfié et j'aspirai de grandes bouffées d'air salé. J'avais un goût de sang dans la bouche. Jay m'appela depuis le seuil du restaurant, mais je crachai sur le trottoir sans me retourner. Cela me fit penser à la fin de *La Prisonnière du désert*, quand John Wayne s'en va tout seul, sauf que John Wayne ne vient pas de se faire casser la gueule par une bande de criminels russes. Sonné, triste, furieux, je trouvai le métro le plus proche et, au milieu de travailleurs maussades, la tête entre les mains, je rentrai à Manhattan.

De retour au loft, j'avalai plusieurs aspirines et m'écroulai sur mon futon, un sac de glaçons sur la tête. Comment en étais-je arrivé là ? Tous mes projets, mon travail, mes espoirs – réduits en cendre. En colère contre Jay et contre moi-même, je me reprochai ma naïveté, ma bêtise. J'étais trop meurtri pour marcher, trop vidé pour rester assis. J'avais été rattrapé par mes propres fantasmes. Pourquoi m'aurait-on laissé réaliser un film, diriger une actrice promise à la gloire comme Avery Rogers ? Ça devait forcément déraper. Les gens disent toujours qu'on aurait dû s'y attendre, mais en réalité, on ne s'y attend jamais – et quand je dis « on » je veux dire moi.

56

Exténué et déprimé, je sombrai dans le monde des rêves.

Il faisait nuit quand on frappa à la porte. Était-ce Jay qui venait se repentir, implorer mon pardon ? L'espace d'un instant, l'hypothèse me parut plausible. Mais nous ne sommes pas dans ce genre d'histoire. Je sortis de ma torpeur et allai ouvrir. Devant moi, se tenait un bel homme noir d'une cinquantaine d'années. Élancé et laconique.

« Je suis Ornette Coleman, dit-il en regardant par-dessus mon épaule. J'habitais ici avant. » Artiste pionnier, instrumentiste révolutionnaire ayant réinventé les codes musicaux, sa place au panthéon était déjà acquise. « Je crois que j'ai oublié une veste. »

Je l'invitai à entrer et sortis le vêtement de mon placard. Tandis qu'il l'enfilait tranquillement, je lui demandai s'il était pressé et lui offris un café. Il me remercia, mais il ne pouvait pas rester. Je profitai de l'occasion pour lui dire combien j'admirais sa musique et quel honneur c'était pour moi d'accueillir un artiste de sa trempe chez moi. Il glissa les doigts dans la poche intérieure de la veste et en sortit un stylo bille. « Ce stylo n'est pas à moi, dit-il. Il est à vous ? » J'avouai avoir porté sa veste une ou deux fois. « Je me disais qu'elle me porterait chance. » Il me demanda si ça avait marché. « Non, pas vraiment. » Il rit. « Ça n'est qu'une veste », me rappela-t-il. Et il s'en alla.

Il était évidemment illusoire de croire qu'en portant un vêtement ayant appartenu à un homme qui possédait ce que je n'avais pas, par un phénomène d'osmose magique, sa bonne étoile brillerait sur moi. La vie ne fonctionne pas comme ça. J'aurais aimé qu'il reste et me livre une vérité générale sur la vie, une leçon que j'aurais pu mémoriser et mettre en pratique afin de devenir un artiste et un homme meilleurs. Quel jeune créateur sensible ne rêve pas qu'un être éclairé vienne un jour frapper à sa porte muni d'un tel cadeau ? Mais c'est un ressort hollywoodien, ça n'arrive pas dans la vraie vie. Et le concept est à la fois juvénile et condescendant pour le public.

57

Les années 80 succédèrent aux années 70, le capital se remit à couler à flots et le malaise national commença à se dissiper. Dans les ruines réhabilitées de Lower Manhattan, les boîtes punks célèbres pour leurs sols poisseux, leur alcool bon marché et leur musique audacieuse se transformèrent en pubs gastros et boutiques de luxe vendant des jeans aux prix équivalents à plusieurs mois des salaires d'autrefois. Sur les trottoirs lavés, les gosses insouciants portaient des T-shirts vantant des groupes formés des décennies plus tôt. À chaque fois que je retournais là-bas, je ne reconnaissais rien. Les jours et les nuits chaotiques de ma jeunesse s'étaient dissipés comme de la buée sur une fenêtre craquelée.

Ving Levine termina le tournage du *Dernier Homme blanc.* Peu de temps après, Sergei Balagula fut arrêté pour trafic de drogue et envoyé en prison. Le film s'est depuis retrouvé empêtré dans une série de procès. Il n'est jamais sorti.

Surfant sur la vague de la comédie, Frank Bones fut pendant quelque temps un des humoristes les plus populaires de sa génération. Mais contrairement à certains de ses pairs plus chanceux qui réussirent à s'élever au rang suprême de stars de séries inspirées de leur vie ou à obtenir des rôles principaux dans des films à gros budget, Mister Bones resta un comique et un acteur occasionnels. Peu de temps après avoir été rattrapé par le mouvement #MeToo, il épousa une actrice européenne et acheta avec elle une maison en Dordogne où il vit actuellement en semi-retraite.

Comme on s'y attendait, la carrière d'Avery survécut à notre malheureux projet, contrairement à sa relation avec Jay. Peu après le fiasco du *Dernier Homme blanc*, elle décrocha un rôle dans une série médicale et devint une star du petit écran. Les rares fois où je raconte que j'ai travaillé avec elle, les gens ne manquent pas d'être épatés. Elle joue toujours des rôles majeurs au cinéma et au théâtre et siège au conseil d'administration du Lincoln Center.

Avant ses cinquante ans, Jay Gladstone fut nommé homme de l'année par The Association for a Better New York. Il ne cessa de développer de vastes projets immobiliers et devint tellement riche qu'il s'acheta une équipe de la NBA. Après cette matinée fatale à Brooklyn, il me laissa plusieurs messages auxquels je ne répondis jamais. Il ne pouvait pas effacer ce qui s'était passé et il me fallut des années de thérapie pour réussir à digérer les événements. De temps en temps, j'hésite à décrocher le téléphone et à l'appeler, mais je ne l'ai pas encore fait.

La vie peut basculer à tout moment. Le revers de fortune brutal et catastrophique qu'il connut plus tard renforça mon envie de renouer le contact. Qui ne serait pas curieux de savoir ce que ça fait de tomber de si haut[1] ?

Grâce à Rob Schenk, j'écrivis deux ou trois scénarios de films à petit budget. L'un d'eux était une comédie adolescente sur le sexe intitulée *Le Chahut,* l'autre mettait en scène une bande de rappeurs et fut vendu comme « le premier polar dans le monde du hip-hop ». Je n'étais cependant pas fait pour m'épanouir dans le milieu du cinéma et quand une ancienne professeure de l'université me sollicita – une université publique du nord de l'État l'avait engagée pour ouvrir un département cinéma, avais-je envie d'en faire partie ? – je dis adieu à mes rêves. Depuis bientôt quarante ans, je mène une vie paisible en enseignant la réalisation à des jeunes que j'encourage à s'investir à fond dans leurs projets. Pour la plupart d'entre eux, l'idée de pureté artistique est ridicule ; elle a été écrasée sous le poids de leur prêt étudiant. Au début, le tourbillon du milieu me manquait, mais l'enseignement convient mieux à mon caractère. Les écrans sont devenus plus petits, le temps d'attention plus court, mais on ne choisit pas l'époque dans laquelle on vit.

Avery, Jay et moi avons eu conjoints et enfants, mais aucun d'eux n'a de place dans cette histoire. Cette précision indique simplement que nos vies n'ont pas seulement été régies par nos ambitions. Nos enfants penseront à nous quand nous ne serons plus là, mais les gens dont le métier consiste à raconter des histoires espèrent aussi survivre dans l'imaginaire collectif. Tous les souvenirs ont une fin. Pourtant le besoin de rester dans les mémoires est profondément humain. Tout comme la conscience de notre inévitable disparition. Un paradoxe insoluble.

---

1. Allusion à *Mécanique de la chute,* trad. Jean Esch, Liana Levi, 2019.

Je travaille toujours sur mon Cicéron.

Je sais, je sais.

Mais comme je dis à mes étudiants: écrire, c'est réécrire.

58

Si je devais me demander si j'avais un jour été parfaitement heureux, je dirais que oui, oui, à coup sûr, je l'ai été, dans les années 70 à New York, quand la ville était une estropiée sublime, profane et tapageuse, et que Jay Gladstone et moi nous jurions de créer quelque chose de grand et de nouveau, quelque chose que personne n'oublierait jamais. Quand il me semblait que tout ce que j'avais espéré allait arriver et que rien n'était une illusion.

CET OUVRAGE A ÉTÉ ACHEVÉ D'IMPRIMER
SUR ROTO-PAGE
PAR L'IMPRIMERIE FLOCH À MAYENNE
EN AOÛT 2023

N° d'édition : 598. N° d'impression : 103011
Dépôt légal : septembre 2023
Imprimé en France